Alpha & Oméga

ROMAN

DU MÊME AUTEUR

L'Affaire Aurore S., thriller
Terre des Loups, thriller
1, 2, 3, Nous irons au bois, thriller
Opération Lupo Rosso, thriller
Meurtres à Château-Arnoux, policier
À quatre doses de la mort, thriller
Les moissons perdues, roman
Yem, du Grand Rift à la liberté, roman
Les nuits de Sophia, érotique

www.editionsdu38.com

Toulouse, juin 2017
La Collection Corail est dirigée par Julie Derussy
Composition de couverture : Anne-Eléonor Olivier

ISBN 978-2-37453-462-6

Gilles MILO-VACÉRI

Alpha & Oméga

ROMAN

Corail

Les Éditions du 38

Toi aussi,
tu es mon Alpha et mon Oméga,
ma plus belle histoire,
la plus vraie et la dernière,
celle pour laquelle je respire.

Pour toi,
et pour toujours,

À Caroline.

Prologue

Quand Marco Stenzza rentra à l'hôtel Seo Jong, en plein centre-ville de Séoul, il était épuisé et chaque pas lui demandait un effort surhumain. Après huit heures d'entraînement intensif, son maître coréen avait exigé un dernier jogging pour conclure la journée. Courir cinq kilomètres, en plus du travail assidu et répétitif, sans oublier les combats soutenus, l'avait achevé. Il ne rêvait plus que d'une chose, ramper jusqu'à son lit et dormir.

L'hôtesse de l'accueil lui fit signe dès qu'il entra et Marco, intrigué, la rejoignit. Elle était ravissante, cependant la Fédération ne lui avait pas payé ce stage de trois semaines pour qu'il joue les jolis cœurs. Elle lui tendit un feuillet plié en deux.

– *Hello* ! *We've got a message for you. Have a nice evening, gentleman.*

Il la remercia dans la même langue et en prit connaissance. Il blêmit aussitôt et interpella la jeune femme. Il demanda à rappeler d'urgence le même numéro de téléphone en France, se souciant peu du décalage horaire. Elle lui indiqua l'une des cabines sur le côté du hall alors qu'elle tapotait déjà sur son clavier. Oubliant la fatigue et les crampes, il se précipita et décrocha rapidement. Il entendait des bruits bizarres dans l'écouteur, des parasites, et enfin, cela s'éclaircit. La tonalité résonnait et personne ne décrochait.

– Merde !

Il relut encore une fois le billet, soigneusement noté en français.

Rappelle-moi d'urgence.
Problème avec ta mère. Grave.
Amitiés, Jean.

Peut-être que l'employé qui avait pris l'appel avait mal noté ou mal traduit le message ? Marco était fébrile et tapait du poing sur l'appareil tandis que la sonnerie lancinante lui broyait le cœur.

– Putain, décroche !

Il avait beau jurer et secouer le combiné, rien n'y faisait. Il raccrocha et sortit en trombe de la cabine. Il demanda s'il était possible de téléphoner directement depuis la chambre et quand on le lui confirma, il prit aussitôt l'ascenseur.

Dès qu'il entra, il jeta son sac de sport et se précipita vers le téléphone posé sur la table de chevet. Il ralluma son portable pour y chercher le bon numéro. Jean Boscari était son entraîneur en France et il voyait en lui le père qu'il n'avait pas eu. S'il l'avait contacté, alors qu'il se trouvait à l'autre bout de la planète, c'est qu'il y avait une urgence réelle. Pour le moment, il se maudissait d'avoir refusé l'option internationale par souci d'économie. Il examina les instructions du document glissé sous l'appareil et composa cette fois le numéro de la salle de sport. De nouveau ces bruits improbables, des sifflements aigus, puis la tonalité. Cela décrocha à la troisième sonnerie.

– Salle du Dragon Rouge ! Que puis-je faire pour votre…

– Salut, c'est Marco. Jean est dans le coin ?

– Oh, c'est toi ? Alors ce stage, c'est…

Il s'emporta immédiatement.

– Merde, passe-moi Jean tout de suite !

Le combiné fut posé et il fallut encore attendre des secondes qui s'égrenaient avec une folle lenteur. Un bruit au bout de la ligne et enfin, il reconnut la voix familière.

– Marco, je suis désolé, petit.

Il sentit ses cheveux se dresser sur la tête.

– Quoi ? Vas-y, parle, nom de Dieu !

– Il faut que tu reviennes et vite. C'est ta mère... Son cancer...

La tempête qui soufflait sous son crâne s'apaisa aussitôt. Étrangement, savoir ce qui se passait le calma. Sachant malheureusement à quoi s'attendre, il s'obligea à respirer profondément et s'exprima d'une voix neutre.

– C'est grave ?

– Sinon, je ne t'aurais jamais appelé, tu penses bien. Elle a fait une rechute.

– Que disent les toubibs ?

Il comprit son hésitation et reprit.

– Jean, je sais qu'elle est condamnée. Dis-moi seulement ce que t'ont expliqué les médecins, s'il te plaît.

– C'est une question de jours, peut-être d'heures. Il faut que tu rentres vite, petit.

Il sentait la tristesse de sa voix dans le combiné, alors que des milliers de kilomètres les séparaient.

– Je décale mon billet et je te rappellerai. Jean, tu pourras...

– Bien sûr ! Ne t'inquiète pas, communique-moi ton heure d'arrivée et je viendrai te chercher. Tu sais bien que je suis là.

– Merci. Je t'embrasse.

Il raccrocha lentement. Oui, il savait qu'il serait là, comme depuis sa plus tendre enfance.

Anéanti, il compta dans sa tête. Il avait commencé le Taekwondo à six ans et il en aurait bientôt vingt-neuf. Vingt-deux longues années que Jean lui tenait la main et l'avait mis sur le bon chemin. L'appétit coupé, il gagna la salle de bain et se doucha encore une fois. La première, il l'avait prise au Kukkiwon[1], tout de suite après son jogging infernal.

Entièrement nu, il se contempla dans le miroir. Sa mère aurait été fière de lui et peut-être qu'il n'aurait même pas le loisir de lui expliquer son séjour. Il était venu passer un grade supérieur à Séoul, afin de devenir maître, un quatrième degré ou Sabum selon la terminologie sud-coréenne. Quelle futilité en un tel moment ! Cela ne changerait rien pour elle de savoir s'il avait eu ou pas ce fichu diplôme.

Comme il s'appuyait des deux mains sur le lavabo, son regard bleu transperça le reflet. Il ne pleurait pas, pourtant, il était dévasté et tout s'effondrait en lui. Sans bruit. Sans cri. Dans un abîme de tristesse qu'il ne connaissait que trop bien. La vie lui avait appris depuis longtemps à cacher, à taire ses émotions, à ne jamais montrer combien il pouvait souffrir.

Le visage de son père flotta rapidement devant ses yeux. Il n'était qu'un gamin quand il avait perdu son travail à l'usine. Il avait alors commencé à boire et rapidement perdu sa dignité. Il se saoulait parce qu'il était devenu chômeur et plus tard, pour oublier qu'il frappait sa femme et son fils, presque tous les soirs.

Marco serra les dents et son regard s'embrasa. Il ne pourrait jamais effacer le sifflement sinistre et le bruit du ceinturon de cuir lorsqu'il le frappait. Aujourd'hui encore, il serait capable de raconter l'impact et l'atroce douleur, de dessiner les couleurs que prenaient les meurtrissures qui s'estompaient avec le temps, mais qui étaient restées gravées dans le marbre de sa mémoire.

Sa mère lui avait dit qu'à cinq ou six ans, à l'époque où son cauchemar avait commencé, il avait fui l'appartement et

1 Prestigieuse salle d'arts martiaux au cœur de Séoul (Corée du Sud).

poussé une porte ouverte, au hasard de la rue. Après sa première dérouillée, c'est ainsi qu'il était entré, par hasard, dans la salle d'arts martiaux et qu'il avait rencontré Jean Boscari. L'adulte n'avait rien dit, l'avait réconforté et ramené chez lui. Il n'en gardait aucun souvenir précis, car tout était trop diffus. Les images se mélangeaient, entre vérité cruelle et rêves d'enfant. Jean l'avait invité à venir suivre des cours et comme sa mère n'avait pas les moyens de les lui payer, Jean lui avait offert les premières années. Ce fut une révélation pour lui et un refuge où il pouvait laisser libre cours à sa colère. Jean lui avait tout appris à ses débuts en Taekwondo, y compris à vivre en dehors de la salle et à supporter l'insupportable.

Sa mère s'était échinée à faire des ménages, rentrait épuisée tous les soirs, même le week-end, et lui évacuait la rage en tapant dans des sacs, sous le regard bienveillant de Jean. C'était ainsi qu'il avait grandi. Frappé d'un côté, frappant de l'autre, dans l'indifférence générale, couvé par l'amour quasi paternel de son entraîneur.

Marco se coiffa avec les doigts et ceignit un drap de bain autour des reins. Il retourna dans la chambre et appela le bureau local d'Air France. Il mit du temps à faire entendre raison à la jeune femme qui tentait de parler français avec un accent effroyable. Finalement, il obtint gain de cause. Il partirait le lendemain, à la première heure. Il nota le numéro du vol et s'empressa de téléphoner à Jean pour lui donner les informations. Ce dernier se chargerait de prévenir la Fédération. Marco contacta la réception pour réserver son taxi. Il soupira et s'étendit sur le lit.

Il en avait beaucoup voulu à sa mère de ne pas l'avoir mieux protégé, de ne pas avoir fui et demandé le divorce. Elle lui avait toujours rétorqué que dans leur famille, on ne divorçait pas. Marco ne les connaissait pas et, selon elle, ils étaient tous en Italie. Pourtant, en 2015, l'Italie n'était pas si loin et on avait bien inventé Internet, les trains, les avions ou encore le papier pour écrire, à défaut d'autre chose. Il n'avait vraiment pas la même conception de la famille.

Ses parents étaient des émigrés italiens, pure souche, et bien qu'il soit né en France, sa mère avait tenu à lui donner un prénom du pays. Cela lui rappelait au quotidien des origines dont il ignorait tout, même s'il parlait italien couramment.

Les mains croisées sous la nuque, il contemplait le plafond.

Sa pauvre mère. Faire le ménage chez les riches avait été sa planche de salut. Elle avait gagné l'argent du foyer et échappé ainsi à l'emprise de son alcoolique de mari. Il aurait dû ressentir une peine immense et la manifester par des torrents de larmes, geindre ou sangloter de façon exubérante, suivant en cela les démonstrations tragicomiques des deuils à l'italienne. Il n'en était rien, pourtant il avait mal et sa peine était bien réelle, lui vrillant les entrailles. Il se morigéna.

– Arrête, Marco ! Tu déconnes, là. Elle n'est pas morte !

Il fallait se reprendre et encore espérer en une rémission, si improbable qu'elle soit ! Sa mère ne méritait pas ça. Elle ne connaîtrait pas le repos bien mérité d'une retraite durement gagnée. Une vie d'esclave et de femme battue, effacée par cette fichue maladie.

Il se releva et ouvrit le minibar. Il n'y avait que de l'alcool et il referma la porte, déçu. Marco se rhabilla promptement et descendit au bar de l'hôtel. Il avait besoin d'un jus de fruits, il voulait boire quelque chose de frais pour hydrater sa bouche complètement sèche.

*

Le salon était plein et le pianiste jouait un air triste qui ajoutait à sa mélancolie du moment. Il se dirigea tout droit vers le bar et s'assit sur un tabouret.

Avec un pantalon de survêtement et un tee-shirt moulant, il dépareillait dans cette faune cosmopolite et bigarrée, où dominaient les robes de soirée et les smokings. Pourtant, tous les regards féminins s'étaient tournés vers lui. Il avait beau avoir l'habitude, il ne le supportait plus. Les femmes le trouvaient beau, le disaient irrésistible. Selon elles, il était sexy en diable, il avait un regard à tomber. Parfois, certaines le fixaient avec un désir charnel clairement affiché.

Marco avait cru dans les grandes promesses, le grand amour, et il en était revenu. Il avait suffi d'une seule femme pour le briser et démolir des illusions qu'il pensait indestructibles. Il était vraiment amoureux de Charlène et aurait parié n'importe quoi sur eux. Manqué !

Il soupira et dégusta son jus d'orange glacé avec bonheur. Il essayait vainement de chasser ses idées noires et ce soir, le vase débordait. Jean lui avait toujours appris à relever la tête, même après un combat perdu ou un échec, quel qu'il puisse être. Mais parfois, c'était vraiment difficile.

Deux policiers entrèrent, visiblement des militaires, ce qui n'avait rien d'étrange, car l'armée était omniprésente en Corée du Sud. Le turbulent et sinistre voisin du Nord n'était pas une sinécure à gérer au quotidien.

L'armée. Après un Bac, plutôt que courir les facs, il avait préféré galoper sur le parcours du combattant, ce qui n'était qu'une fuite en avant. Il y avait d'ailleurs un rapport de cause à effet direct entre la rupture avec Charlène et son engagement dans les parachutistes. Au retour, il avait repris ses études tout en travaillant. Pourquoi faire simple quand on peut se compliquer la vie ?

Son sourire, quoique nostalgique, restait rempli d'amertume et Marco fixait son regard dans le jus d'orange. Tous les souvenirs semblaient fuir sa mémoire pour mieux se noyer en masse au fond du verre.

Normal. Dans quelques heures, une poignée de jours tout au plus, il serait définitivement orphelin de père et de mère, sans famille, avec un métier de minable et un modeste rayon de soleil dans tout ce fatras. Il ne restait que le sport, ses titres chèrement acquis en compétition internationale et les entraînements qu'il donnait bénévolement dans la salle de Jean. Il fallait se raccrocher à ça et refouler le reste.

Il commanda distraitement un second verre.

Marco songea qu'il ne pouvait pas oublier sa mère, il en était incapable. Peut-on aimer quelqu'un qui ne vous a jamais dit je t'aime ? Quelqu'un qui ne vous a pas consolé quand vous pleuriez le soir dans votre lit après avoir reçu votre ration quotidienne de coups et d'insultes ? Malgré tout, il l'aimait, car elle était son dernier point fixe, comme le dernier repère vivant dans la longue nuit de son enfance.

Il but son verre d'un trait, demanda une bouteille d'eau minérale et paya directement ses consommations avant de quitter le bar.

*

Allongé dans le noir, Marco ne trouva pas le sommeil. Les yeux grands ouverts, fixant le plafond, il tentait de gérer son chagrin. Sa gorge était nouée par la tristesse, ses yeux restaient pourtant secs. Un jour, la vie finirait par lui sourire.

Ça, il y croyait encore.

Chapitre 1

– Marco !

Il venait d'accomplir les dernières formalités et de franchir les douanes. En entendant son prénom, il releva la tête et repéra Jean facilement. Il obliqua tout droit vers lui. Les deux hommes se prirent dans les bras et s'embrassèrent.

– Tu as fait bon voyage, petit ? Pas trop fatigué ?

Il lui sourit et le regarda. Son entraîneur semblait imperméable au temps et, malgré sa tignasse toute blanche, il conservait une haute stature et un corps de sportif accompli. À soixante ans, il en aurait remontré à bien des jeunes.

Il fit une petite grimace.

– Ça va, un peu à la rue avec le décalage, mais je tiendrai le choc. Tu as des nouvelles ?

Son ami fit non de la tête.

– Pas plus qu'hier, et tu les connais. Pour savoir quelque chose…

Marco grimaça, les sourcils froncés.

– Où est-elle ?

– À Villejuif. Si tu veux, on passe chez toi poser tes…

– Non. Je récupère ma valise et on fonce là-bas direct.

Jean le fixa quelques instants et comprit qu'il ne changerait pas d'avis. Peu après, ils quittèrent le parking de l'aéroport.

*

Dès qu'il entra dans l'hôpital, Marco sentit ses poils se hérisser. Il ne supportait pas ces lieux de misère et de détresse humaine. Concentré, il accompagna son entraîneur qui se dirigea sans problème et l'emmena à l'étage, devant la bonne porte. Il frappa et entra. Marco le suivit, le cœur battant la chamade.

Interdits, ils se figèrent en regardant deux aides-soignantes qui refaisaient le lit. Marco essaya d'avaler une salive qui avait déserté sa bouche depuis longtemps.

– Où est ma mère ?

Les deux jeunes femmes se regardèrent et l'une d'elles lui fit un petit sourire.

– Vous êtes son fils ?

– Oui, et je...

– Je reviens. Attendez-moi ici.

Il échangea un long regard avec Jean, chacun refusant de formuler son mauvais pressentiment. Un médecin et une infirmière firent leur entrée. L'homme en blanc consulta sa fiche et les salua.

– Monsieur Stenzza ?

– C'est moi, bonjour docteur.

Le praticien pinça les lèvres.

– Bonjour. Je suis désolé de vous apprendre une si triste nouvelle, Monsieur. Votre mère s'est éteinte ce matin, à dix heures. Le cœur n'a pas tenu et...

Marco n'écoutait déjà plus son charabia technique, cela n'avait plus d'importance. Il n'était pas revenu à temps et sa mère était morte toute seule, dans l'anonymat tout blanc d'un lieu inconnu. Un sentiment de honte et de culpabilité le submergea, lui broyant le cœur.

Le médecin pressa son épaule.

– Monsieur ? Écoutez-moi. Ce n'était absolument pas prévisible et elle n'a pas souffert, je vous le promets. Depuis deux jours, elle était tombée dans le coma et auparavant, ses facultés mentales étaient détériorées.

Votre présence n'aurait rien changé, il ne faut pas vous en vouloir.

Marco acquiesça. Sans doute lui mentait-il. Peu importait, le geste était humain et d'une grande élégance. L'infirmière, jusqu'alors silencieuse, prit sa main et afficha une mine de circonstance. Elle semblait sincère dans son attitude et son regard était rempli de compassion. Il la fixa et l'écouta.

– Je suis navrée, monsieur, j'étais là quand elle est partie. Dans son délire, elle vous a demandé pardon et elle a dit qu'elle vous aimait. Je lui ai promis de vous le répéter.

Marco sonda ses yeux pour y chercher la vérité. Était-ce encore un mensonge ? Ou alors, peut-être que sa mère avait senti ce manque, elle aussi, avant de rendre son dernier soupir ?

Il serra les dents puis les regarda.

– Merci à vous deux pour votre gentillesse. J'aimerais la voir, est-ce possible ?

– Oui, bien sûr. Venez, je vous emmène.

Il se tourna vers son entraîneur qui le rassura d'un geste.

– Va, mon petit. Je m'occupe des papiers.

Il le remercia d'un hochement de tête et suivit l'infirmière.

*

Il quitta la morgue de l'hôpital, courant pour sortir, et dès la dernière porte franchie, il fut soulagé de se retrouver à l'air libre. Il inspira plusieurs fois à pleins poumons et remonta lentement vers le parking principal. Jean était déjà là et l'attendait, appuyé sur le capot. Sans un mot, ils montèrent en voiture et quittèrent rapidement les lieux. Après un long moment, le chauffeur brisa enfin le silence.

– Je te ramène chez toi ?

– Non, je voudrais passer chez ma mère, si ça ne te dérange pas. Je vais m'occuper de tout, les papiers et toutes les conneries.

– Tu veux bien accepter mon aide ?

Il regarda le profil de Jean et eut un petit sourire.

– Oh, oui ! Je ne sais même pas quoi faire ni par où commencer.

Le silence retomba. De temps en temps, Jean lui jetait un coup d'œil. Marco regardait Paris défiler, immobile et muet. Sa mère habitait Saint-Ouen, pas très loin du périphérique et de la salle de sport, le Dragon Rouge, située porte de Clignancourt.

Elle n'avait jamais déménagé.

*

20 Marco visita rapidement l'appartement. La dernière fois qu'il était venu, c'était au retour de sa dernière hospitalisation. Il l'entendait encore rire et se moquer de lui parce qu'il voulait revenir chez elle. Même s'il ne demeurait pas très loin, il avait souhaité se montrer plus présent. Sa mère avait refusé et l'avait pratiquement mis à la porte.

Son entraîneur tapota son épaule.

– Que vas-tu faire de tous ses meubles, l'électroménager et ses affaires ?

Il avait raison, il devait revenir sur terre et traiter les questions matérielles.

– On va appeler Emmaüs et je leur donne tout.

Jean pencha la tête de côté.

– Dis-moi, ta machine à laver n'est plus en panne ?

– Heu… Si.

Marco haussa les épaules et il reprit.

– Écoute, petit, je sais que ce n'est pas le moment pour te faire une leçon de morale, mais charité bien ordonnée commence par soi-même. De quoi as-tu besoin ? On fait une liste et je m'occupe de tout faire emmener chez toi avec la camionnette du club. Et je trouverai facilement une dizaine de volontaires pour m'aider. Allez, secoue-toi !

Marco lui sourit et dressa rapidement un modeste inventaire. De toute manière, dans son minuscule deux-pièces, il y avait peu de place. Il se dirigea vers son ancienne chambre pour y récupérer quelques souvenirs du temps de l'armée et des livres aux pages jaunies.

Jean le suivait pas à pas et rangeait tout dans un carton au fur et à mesure.

– Où est-ce qu'elle mettait ses papiers ?

Marco fit une petite moue désabusée.

– Peut-être dans sa chambre ? Je n'en sais rien du tout.

Ils y allèrent et effectivement, Jean trouva un classeur à documents.

– Tiens, ça, on l'emmène. Plus tard, tu pourras contacter les différents organismes et faire le nécessaire.

– Quels organismes ?

– Eh bien, la banque, le proprio de l'appartement, EDF et tout le saint-frusquin !

Il haussa les épaules et le laissa faire en toute confiance. Lui ne quittait pas des yeux la petite table de chevet où il y avait un portrait de ses parents avec lui, tout petit. Il prit le cadre entre ses mains. Tous les trois étaient beaux, ils riaient aux éclats sur ce vieux cliché un peu jauni et il se perdit dans sa contemplation. Il n'avait pas senti Jean approcher dans son dos.

– Elle voulait garder une belle image de sa famille. Avant que…

Il ne termina pas sa phrase et Marco lui en sut gré. La photo avait été prise avant la déchéance de son père, une époque si lointaine que peu de souvenirs avaient survécu au temps. Sans un mot, il la glissa avec le reste, dans le carton.

Jean caressa affectueusement sa nuque en soupirant.

– Je vais chercher le courrier. Tu restes là pour jeter un dernier coup d'œil ?

Il fit un petit signe de tête et lui tendit le trousseau de clés. Son ami quitta la chambre et il entendit la porte claquer. Marco déambula encore dans l'appartement sans but ni idée précise.

Il avait mal à hurler et se sentait impuissant devant ce gouffre que la mort de sa mère avait ouvert sous ses pieds. Sans doute que cet appartement n'était pas étranger à cette angoisse qu'il ressentait. Tant de questions resteraient sans réponse. Il n'avait pas eu le courage de lui parler, pas eu le temps non plus de lui dire qu'il l'aimait. Il aurait dû provoquer un dialogue et ignorer ses colères comme son dégoût du passé. Maintenant, il était trop tard.

Jean était déjà de retour et lui tendit un paquet d'enveloppes.

– J'ai tout pris, tiens.

Marco les prit et les jeta dans le carton, sans même les regarder. Son entraîneur maugréa et ne fit pas de remarques.

– On y va, petit ? Je te ramène chez toi. Il faudrait que tu manges un morceau et que tu prennes un peu de repos, tu as vraiment une sale tête.

Marco haussa les épaules et ils sortirent de la chambre. Avant de partir, il jeta un dernier coup d'œil et ferma doucement. Il introduisit la clé et donna un premier tour, puis un second. Les cliquetis résonnèrent dans son cœur, car il venait de fermer la porte sur son passé définitivement révolu et avec lui, sur les questions, les doutes et tout un pan de sa vie dont il ne saurait jamais rien.

*

Jean déposa le carton sur la table de la salle à manger pendant que Marco jetait sa valise et son sac de sport dans la chambre. Quarante mètres carrés au cinquième étage d'un vieil immeuble de la rue des Martyrs, dans le neuvième arrondissement. Tout son univers se résumait désormais à cela.

– Ça va aller, Marco ? Tu veux que je prépare quelque chose à grignoter ?

Il fronça les sourcils devant le silence de son protégé et ouvrit le réfrigérateur de sa kitchenette.

– Bordel ! Il n'y a rien là-dedans. Allez viens, je t'emmène manger.

Marco était sonné par le jet lag et le deuil. Il fit non de la tête.

– Je n'ai pas faim du tout et…

Jean se fâcha.

– Je suis ton entraîneur, tête de bourrique ! Tu ressembles à un zombie et je veux que tu manges quelque chose. Debout, c'est un ordre et tu n'essaies même pas de discuter ! Sinon, je te colle la volée de ta vie.

Il ne l'avait jamais fait, bien sûr, et ne commencerait pas aujourd'hui. Leurs regards, sans colère, mais remplis de tendresse, s'affrontèrent un petit moment. Pour faire bonne mesure, il lui jeta sa veste à la tête tout en grommelant.

– N'oublie pas que je suis ton aîné et que tu dois m'obéir. En plus, je suis plus têtu que toi, alors bouge tes fesses !

Marco céda et en passant devant lui, l'embrassa sur la joue, ce qui le fit râler de plus belle.

*

Quand ils revinrent du restaurant, proche de chez lui, Marco se sentait harassé de fatigue et ne parvenait plus à garder les yeux ouverts. Jean lui avait commandé une grillade et après quelques bouchées avalées du bout des dents et en se forçant vraiment, il avait fini par ressentir la faim et avait dévoré son plat. De retour, il promit de lui passer un coup de téléphone et le mit littéralement à la porte. N'ayant pas la force de se doucher, il se déchaussa et se jeta sur son lit tout habillé. La tête à peine posée sur l'oreiller, il plongea dans un sommeil agité.

*

– Non mais qu'est-ce que tu fous là ?

Jean le fixait, les mains sur les hanches, et son regard furieux n'annonçait rien de bon. Marco essaya de tergiverser.

– Eh bien, ce soir, il y a un cours, pas vrai ? Donc, je suis là.

Il posa son sac à ses pieds et tenta un sourire avant d'ajouter.

– Écoute, j'ai dormi toute l'après-midi et je suis en forme. J'ai besoin de me changer les idées et de me dépenser un peu. Je t'en prie, laisse-moi assurer mon cours.

Il marqua une pause et prit une voix presque implorante.

– S'il te plaît, Jean. Je dois le faire, tu comprends ?

Son entraîneur était livide.

– Ah, tu me les brises ! Fais ce que tu veux, tête de mule !

Il s'éloigna vers son bureau en jurant grossièrement et en faisant de grands gestes. Marco sourit et reprit son sac pour se diriger vers les vestiaires. Il enseignait bénévolement dans le club de Jean et refusait de se faire payer, estimant qu'il ne faisait que rendre ce qu'il lui devait. Pour son ami, sa présence était l'occasion de proposer des cours de haut niveau et les meilleurs pratiquants de Paris et de sa région venaient s'entraîner sous sa direction.

Quand il pénétra sur le tatami, le silence se fit. Ses élèves étaient tous là et, à leur mine, il comprit que Jean avait dû les prévenir. Un à un, ils commencèrent par l'applaudir et cela finit dans un tonnerre d'encouragements et de cris qui lui provoquèrent une vive émotion. Il leur fit face et, dans le calme, tous prirent position pour l'échauffement. Ici, il se sentait bien et son moral remonta en flèche.

Revenu discrètement près de l'entrée, Jean le regardait de loin, les bras croisés et les sourcils froncés. Il assista au début du cours, hocha la tête et retourna dans son bureau.

Lui aussi souriait.

*

Dès le lendemain matin, Marco se présenta à son travail comme d'habitude. Malgré un master en communication et stratégie de l'entreprise, il s'était rabattu sur un petit boulot sans envergure, qui lui donnait à peine de quoi vivre et qui pourtant, l'arrangeait bien.

Il était magasinier dans un entrepôt de meubles du côté d'Aubervilliers et profitait d'un accord spécial qui lui permettait de jongler avec ses horaires pour participer à toutes les compétitions. Il ne gagnait que le SMIC et bénéficiait de sérieux avantages supplémentaires, car l'entrepôt appartenait à un groupe international, devenu l'un de ses sponsors. Ainsi, pour son dernier titre de champion d'Europe, la Direction générale lui avait offert une grosse prime. C'est pourquoi Marco ne trichait pas avec son employeur et s'était présenté ce matin, alors qu'il était supposé être encore en Corée du Sud. Ce travail, si modeste soit-il, lui permettait de vivre décemment, sans dépendre de quiconque, et il ne voulait pas le perdre.

Quand il arriva dans le bureau, son supérieur direct, Roger, ouvrit de grands yeux.

– Tu es déjà revenu, champion ? Alors, c'est dans la poche ?

Tous ses collègues suivaient sa carrière sportive et il fit un petit signe de tête négatif. Alicia, la secrétaire fronça les sourcils.

– C'est pas vrai ? Mince, alors !

Ils étaient déçus pour lui et il préféra leur expliquer.

– Roger, je peux te parler, s'il te plaît. Alicia, tu peux rester, ça te concerne aussi.

Son chef avait une cinquantaine d'années, était un râleur permanent et patenté, mais tous les deux s'estimaient et se respectaient. Alicia assurait l'administratif et faisait la liaison avec le siège. Tous les trois s'enfermèrent dans le bureau et Marco leur annonça les tristes raisons de son retour anticipé.

Ils furent consternés. Roger le renvoya chez lui pour qu'il puisse mener à bien ses démarches et organiser les obsèques tandis que la secrétaire le prit dans ses bras pour lui donner une accolade de réconfort. Il leur promit de revenir la semaine suivante et de réintégrer son poste.

Ils le raccompagnèrent jusqu'à la grande porte et il les salua avant de reprendre le chemin du métro.

*

De retour chez lui, il prit le temps de se poser et se fit couler un café. En faisant le tour du bar qui séparait la cuisine de sa minuscule salle à manger, il buta contre le carton dans lequel étaient rangées les affaires de sa mère. Il étouffa un juron et, tenant sa tasse d'une main, il vit la pile de courrier et la récupéra pour s'installer à table. En dégustant le breuvage brûlant, il fit glisser les enveloppes, les unes après les autres. Une tombola, une facture d'EDF qu'il mit de côté, une autre d'Orange, encore de la publicité sans importance.

Avant la dernière grande enveloppe en papier kraft, il découvrit une carte postale de Normandie. Il lut le petit mot adressé à sa mère envoyé par Odette Duchemin, sa vieille amie et voisine. Il grimaça en lisant le message qui s'achevait sur des vœux de meilleure santé. Le décès de sa mère avait surpris tout le monde et il la déchira, se promettant de dire à Odette qu'elle n'était pas arrivée si elle lui en parlait.

Puis il retourna la grande enveloppe marron et fronça les sourcils. L'adresse manuscrite était rédigée au nom de Maria-Carlotta della Rovere, épouse Stenzza, ce qui était bien le nom de jeune fille de sa mère, inutilisé depuis son mariage. En haut, à gauche, il découvrit l'expéditeur, une étude notariale à Sceaux, dans les Hauts-de-Seine.

– Mince, c'est quoi cette connerie ?

Marco ouvrit un tiroir et récupéra un couteau pour décacheter proprement le courrier. À l'intérieur, il ne trouva qu'une simple lettre, en papier gaufré très élégant et luxueux. L'en-tête comportait des armoiries avec quelques renseignements sur les horaires et toutes les coordonnées de l'étude Savian-Nobleau. Il la posa pour en prendre connaissance. Quand il l'eut parcourue une première fois, il ressentit le besoin de relire certains passages à haute voix.

Chère Madame… Vous êtes invitée en tant que cohéritière à l'ouverture du testament de feu Monsieur Georges Massard d'Espan… Le vendredi 28 courant, à 14 heures, en mon étude… Merci d'apporter tout justificatif d'identité…

Signée Maître Ernest Marie Savian.

Incrédule, il reprit l'enveloppe. Le courrier était parti trois jours avant le décès de sa mère et le rendez-vous était fixé dans une dizaine de jours. Il prit son portable et appela aussitôt son entraîneur, le seul en qui il avait confiance.

– Jean ? Tu ne devineras jamais ce qui m'arrive.

– Tu as gagné au loto ?

– Non, enfin, je ne sais pas.

Le silence se fit au bout de la ligne et Marco expliqua en détail la missive qu'il tenait entre les mains, la relisant à sa demande. Son entraîneur toussota.

– Eh bien, petit, c'est malheureux pour ta mère, mais en tant qu'unique héritier en ligne directe, tu devras y aller. Je ne sais pas ce que ça cache, mais tout te revient de droit. Il faudra te munir d'un certificat de décès, je pense que cela servira de preuve, en plus de tes papiers d'identité.

Ainsi, il aurait hérité de quelque chose, un bien ou peut-être de l'argent ? Dubitatif, il le relança.

– Tu connais ce Georges Massard d'Espan ?

– Absolument pas ! Mais visiblement, il connaissait ta mère s'il l'a couchée sur son testament. Sinon, le nom de famille me dit quelque chose… Franchement, je ne sais pas pourquoi, mais ça me parle. Tu as cherché sur Internet ?

– Non, je t'ai appelé tout de suite. Je vais jeter un œil. On se voit ce soir. Je t'embrasse !

Sur son vieil ordinateur portable, il mit un certain temps à se connecter puis lança une requête sur Google. Il trouva rapidement des articles de presse. L'homme n'était pas très connu du grand public, bien qu'appartenant à la famille Massard d'Espan qui défrayait régulièrement la chronique. C'était l'une des plus grandes fortunes du pays, attachée à la plus haute et ancienne noblesse dont les héritiers détenaient une multitude d'entreprises et de fondations, dans l'hexagone comme à l'étranger. Georges était mort dans un terrible accident de voiture à l'âge de soixante-neuf ans, sans héritier, précisait l'article qu'il parcourait des yeux.

Marco ne connaissait ni les uns ni les autres et s'intéressait peu aux people ou aux informations économiques. Il abaissa le capot de l'ordinateur et rangea la lettre dans l'enveloppe. Sa mère avait eu de la malchance jusqu'au bout et n'avait pas profité de son héritage, quel qu'il soit. Son seul regret était de ne pas pouvoir lui demander d'où elle connaissait un tel personnage, appartenant à ce que les médias appelaient l'Empire Massard d'Espan.

Il fit la moue et pensa à autre chose.

Pour le moment, il avait des obsèques à organiser. Il avait cassé son plan d'épargne sur lequel il avait économisé toutes ses primes depuis qu'il travaillait. Tant pis, il était jeune et avait le temps de remettre de l'argent de côté. Sa mère méritait une belle cérémonie digne de ce nom, c'est pourquoi il n'avait pas hésité et se retrouvait fauché comme les blés.

Marco regarda sa montre et soupira. Il avait maintenant rendez-vous avec Sabrina, sa copine du moment.

Chapitre 2

Quand Marco toqua à la porte de l'appartement de Sabrina, il avait près d'une heure d'avance. Tant pis, il voulait rejoindre Jean au plus vite afin de parler des obsèques de sa mère. Il fut surpris de découvrir la colocataire lui ouvrir.

– Salut, Claudine, tu vas bien ? Désolé, je suis un peu en avance et j'espère que je ne te dérange pas ?

Elle semblait gênée, appuyée sur le chambranle et répondit d'un hochement de tête évasif. Devant son mutisme, il enchaîna.

– Sabrina n'est pas là ? Elle m'avait pourtant dit de passer et…

– Je sais, tu es un peu en avance.

Claudine était vendeuse dans le même grand magasin que son amie. Il la connaissait bien et depuis trois mois qu'il avait entamé cette relation, elle participait souvent à leurs sorties avec son copain du moment. Elle était ravissante, blonde comme les blés, et il n'eut aucun mal à voir sa peau laiteuse rougir jusqu'au front.

Elle ouvrit brusquement la porte en grand.

– Oh, et puis merde ! Entre.

Fronçant les sourcils, il la suivit et referma derrière lui.

– Que se passe-t-il ? Tu en fais une tête.

Elle montra le couloir d'un petit geste agacé du menton.

– Elle est dans sa piaule.

Il la remercia et avant qu'il n'ait pu faire un pas, elle ajouta.

– Désolée, Marco. Elle n'est pas seule.

Il hocha la tête, ne dit mot et se dirigea vers sa chambre. Quand il mit la main sur la poignée, les râles et les cris qui lui parvinrent à travers le mince panneau de bois dissipèrent ses derniers doutes. En soupirant, il fit demi-tour et rejoignit Claudine, debout dans le salon, se triturant les mains nerveusement. Elle se tourna vers lui.

– Je… Je suis navrée ! Je ne sais pas mentir.

– Pas grave. Tu pourras lui transmettre un message, s'il te plaît ?

Elle pinça les lèvres, n'osant affronter son regard.

– Bien sûr.

– Dis-lui d'effacer mon numéro. Transmets aussi mes meilleurs vœux de bonheur.

Ne sachant que répondre, la colocataire acquiesça d'un signe de tête. Alors qu'il repartait, elle le rattrapa.

– Sinon, tu vas bien ? Ton séjour en Corée, c'était comment ?

Marco afficha une moue un peu triste.

– Pas grandiose. Ah oui, ma mère est décédée, et pour le reste, ça va. Je me sauve. Peut-être à une prochaine fois, répondit-il d'une voix ironique.

Claudine, livide, mit la main devant la bouche et ne put retenir un petit cri.

– Ta mère est… oh, mon Dieu, non ! Je suis désolée.

Il hocha la tête et lui fit un petit geste. Alors qu'il sortait du salon, il se trouva nez à nez avec Sabrina qui s'immobilisa sur place. Nue, elle avait enfilé à la va-vite une chemise d'homme, restée entrouverte.

– Marco ? Mais je…

Il s'obligea à sourire et la contourna.

– J'avais un peu d'avance… ou toi, un peu de retard. Ciao, Sabrina.

Il ferma doucement la porte de l'appartement, au nez de son ex-petite amie.

*

La veille de l'enterrement, sachant qu'il ne trouverait pas le sommeil, Marco préféra sortir pour s'aérer en marchant. Il se sentait seul. Le chagrin le tenaillait de plus belle et tout semblait s'effondrer autour de lui. Le jour précédent, l'incident avec Sabrina l'avait plus secoué qu'il ne l'aurait reconnu.

Jean, inquiet pour lui, l'avait appelé plusieurs fois. Il avait bêtement refusé son invitation à passer la soirée et la nuit chez lui. Son entraîneur étant célibataire, il ne l'aurait pas dérangé, cependant Marco avait préféré lui répondre qu'il voulait rester seul. En réalité, il s'était interdit de lui pourrir le dîner avec sa tête de chien battu et ses longs silences.

Il le regrettait maintenant qu'il arpentait le trottoir en solitaire, à la recherche d'une sérénité qui l'avait fui. Paris était une ville nocturne et la vie battait son plein. Des gens qui riaient, qui sortaient, des jeunes ou des moins jeunes, des touristes aussi, ou peut-être des vagabonds de la vie, comme lui, qui erraient en quête de tout et de rien.

La déchirure en lui s'était agrandie, il le sentait bien. Ça faisait mal d'accompagner sa mère à sa dernière demeure ! C'était terrible d'être seul en cette soirée. Quand il croisa un couple tendrement enlacé, il les envia et repensa aussitôt à Sabrina. Pourtant, il n'était pas amoureux et il ne lui avait tenu la main qu'une ou deux fois, peut-être.

Il sentait un vide en lui, un manque qui se dédoublait maintenant entre un décès et une part de trahison dont il se serait bien passé. Marco soupira et accéléra le pas en songeant au surlendemain, car il ne baisserait pas les bras et envisageait un avenir plus rose.

Encore un couple d'amoureux qui s'embrassait à perdre haleine, planté au milieu du trottoir. Cela devait être une belle sensation de pouvoir arrêter le temps et de tout laisser filer autour de soi. Aimer, être aimé, c'était son talon d'Achille et il en était bien conscient. La peur de s'attacher et de revivre un autre échec le paralysait dans ses rapports avec les femmes. Charlène avait bon dos et il n'était pas dupe de ses propres mensonges. Le malaise remontait à l'enfance et il traînait son boulet depuis toujours.

Il croisa une jolie femme qui lui décocha un grand sourire. Il s'enhardit à le lui rendre et marcha un peu plus vite pour mieux fuir. C'était idiot ! D'autant plus qu'il sentait son regard braqué sur lui.

Il finirait comme Jean, en dirigeant un club où ses anciens élèves viendraient le voir et sans doute prendrait-il sous son aile un jeune qui en voudrait et à qui il transmettrait tout son savoir. Le soir, il rentrerait chez lui, seul, et partagerait un maigre repas avec un chat qui s'endormirait sur ses genoux pendant qu'il regarderait un film soporifique à la télévision.

– Merde, t'as plus qu'à t'acheter une corde pour aller te pendre ! jura-t-il, entre ses dents. Réagis et ne te laisse pas abattre !

La solitude était le mal du siècle, certes, mais qui pourrait comprendre que la sienne était une vieille compagne qui cheminait à ses côtés depuis trop longtemps ?

Tant qu'il y avait de la vie, l'espoir était permis et pour le moment, il poursuivait ses rêves. Peut-être que le Taekwondo finirait par le propulser sur le devant de la scène, au cours des Jeux olympiques, par exemple, et il rencontrerait une magnifique athlète, sincère et fidèle, qui aurait les mêmes idées et les mêmes valeurs…

– Rêve, mon vieux. C'est tout ce qui te reste et en prime, c'est gratuit, dit-il.

À force de penser, il s'était perdu et après s'être rapidement repéré, il reprit sa promenade. C'était tuant d'être ainsi ballotté entre deux opposés, entre un désespoir qui le tirait vers un gouffre insondable et un espoir, soigneusement entretenu, qui le faisait croire aux lendemains meilleurs. Il croisa deux jeunes filles, des adolescentes déjà très belles. Leurs rires l'accompagnèrent un moment. Les femmes. La femme. Quid de la femme idéale ?

Était-ce cette blonde tapageuse qui fendait la foule ? Ou cette jolie brune au charme fou ? Tout cela n'était qu'apparences physiques et souvent trompeuses. La quête de la beauté n'était pas la meilleure garantie pour rencontrer le véritable bonheur. Ça, il avait déjà payé le prix fort pour le savoir.

Après quelques heures de marche à errer le nez au vent, Marco se retrouva devant le Sacré-Cœur et il dévala l'escalier monumental pour s'asseoir sur le parapet. Là, les jambes dans le vide, il contempla Paris et ses lumières. Combien de millions d'habitants dans cette mégapole ? Trop ou pas assez, sans doute.

Demain, avec Jean, ils seraient seuls pour accompagner sa mère à sa dernière demeure, selon la formule consacrée. Devant lui, des millions de gens vivaient, riaient, mangeaient, aimaient, faisaient l'amour. Quelle faute avait-il commise pour voir ses rêves le fuir, ses espoirs anéantis, et souffrir cette solitude qui lui pesait tant ?

Il n'attendait qu'une femme, une seule, et il devinait déjà qu'en la rencontrant, ce serait une évidence. Son évidence ! Même s'il retombait dans l'utopie, il aimait y penser, se consoler en croyant qu'elle existait et qu'elle était née pour lui.

Il regarda sa montre brièvement. Presque minuit, il était temps de rentrer. Le lendemain matin, il devrait se lever pour vivre un moment bien pénible.

*

Le temps était magnifique, un joli ciel bleu et un soleil radieux donnaient un peu de chaleur et amoindrissaient les émotions pénibles du moment. Jean et Marco étaient devant la sépulture, recueillis et silencieux.

Marco s'était promis de faire le nécessaire et il contempla les nombreuses gerbes de fleurs disposées devant eux. Il n'avait pas fait de faire-part, sa mère ayant peu d'amis et, bien qu'hésitant, il avait prévenu son amie Odette par téléphone. Elle était venue pour la cérémonie à l'église puis, après la bénédiction dans le cimetière, avait littéralement pris la fuite, en larmes. Au moins, le décès de Maria causait du chagrin à une troisième personne.

– Ça va, petit ?

– On va dire que oui. Je sais qu'elle ne souffre plus et ça me suffit. Elle est en paix, maintenant. En vérité, je me sens tout bizarre, comme dans un état indéfinissable, et oui, si tu veux savoir, j'ai mal. Ce n'est pas juste qu'elle soit partie si vite. On avait encore beaucoup de choses à nous dire, à faire, et surtout, tellement de zones d'ombre à éclaircir, à comprendre. Je me demande si j'ai vraiment fait ce qu'il fallait quand j'aurais pu agir, avant sa maladie.

Son entraîneur posa la main sur son épaule.

– Elle n'était pas facile, pas toujours accessible et difficile à suivre sur bien des points. Ta mère avait beaucoup souffert et n'avait pas fait sans doute ce que tu attendais.

Marco répliqua aussitôt.

– Pourquoi est-elle restée avec mon père ? Je ne le comprendrai jamais ! Tout aurait été différent et…

– Chut ! Apaise-toi, petit. Il faut oublier tout ça. Ne parle pas d'elle ainsi, ça ne se fait pas.

Il tourna la tête pour répliquer vertement et en découvrant le visage larmoyant de Jean, referma la bouche. Marco inspira profondément et garda un petit moment le silence.

– Jean, laisse-moi, s'il te plaît. J'ai besoin d'être seul.

Son ami acquiesça.

– Tu sais, même les hommes ont le droit de pleurer quand ils souffrent vraiment. Exprimer une émotion, ce n'est pas faire preuve de faiblesse, bien au contraire.

Sur ces mots, son entraîneur lui tapota la nuque, l'embrassa et s'éloigna. Quand il fut seul, il approcha du trou. Son visage était grave.

– Je te demande pardon, maman.

Marco ne put en dire plus, sa voix était déjà brisée et sa gorge trop serrée. Il resta encore un très long moment, le regard fixe et sec, puis il tourna le dos à la sépulture comme au passé et quitta le cimetière.

*

Jean avalait lentement chaque cuillerée de soupe. Son petit appartement était situé au-dessus de la salle et il appréciait le côté pratique, sans oublier les substantielles économies qu'il réalisait. C'était vétuste, mais son logement était propre et confortable.

Assis seul à table, il regardait la télévision sans la voir, plongé dans ses pensées. Soudain, un bruit singulier attira son attention. Il prit la télécommande et coupa le volume. Il entendait à peine des chocs sourds et réguliers. Aussitôt, il sut que cela venait de la salle.

Il enfila un pull et descendit rapidement. Dès qu'il ouvrit la porte, il reconnut le son caractéristique. Compte tenu de l'heure et comme une seule personne possédait un double des clés, il savait qui était là et il se dirigea à pas de loup jusqu'à l'accès du dojo.

Au fond, Marco était en kimono et rouait de coups le gros sac de frappe. Il ne portait aucune protection et enchaînait à une vitesse incroyable des attaques stupéfiantes. Sa puissance était telle que le sac, qui pesait plus de quatre-vingts kilos, dansait au bout de la chaîne avec une amplitude anormale.

Jean grimaça, croisa les bras et resta quelques instants à l'observer dans l'obscurité de l'entrée. Son protégé n'avait pas tout allumé et, en silence, il put le contempler, souffrant avec lui.

Attaque latérale pied droit, fouetté arrière pied gauche et frappe quasi simultanée des deux poings ! Le tout se confondant en une succession quasi continue de claquements secs. Puis, sans souffler, il recommençait une nouvelle série, avec le même timing et la même précision. Plus vite. Toujours plus vite. Plus fort, aussi. Les impacts ballottaient le sac comme un fétu de paille sous un vent de tempête. C'était hallucinant à voir.

Maintenant, Marco travaillait sa botte secrète. C'était un coup de pied arrière sauté, avec rotation complète du corps et sans élan. Il était l'un des rares pratiquants à oser placer une telle technique en compétition et il marquait des points à chaque fois. Détente, souplesse, force et précision, telles étaient les qualités de ce combattant hors pair.

Boum ! Boum ! Le cuir du sac souffrait sous les chocs cinglants que lui imposait Marco. Personne n'aurait pu encaisser des frappes si puissantes et si destructrices à ce rythme infernal.

Il tomba soudain à genoux, certainement à bout de souffle, peut-être enfin à bout de forces ou plutôt à bout de chagrin, pensa Jean, avec tristesse. L'entraîneur baissa la tête, ému. Il savait très bien pourquoi il était venu s'entraîner, avec cet acharnement et ce déchaînement d'énergie, de violence. Depuis qu'il était gosse, Marco canalisait sa haine, ses colères et ses peines en frappant sur un sac, seul et sans personne pour le regarder. Il ne l'avait jamais entendu se plaindre et plus simplement, il ne l'avait jamais vu pleurer.

Là-bas, Marco se mit en position du Lotus. Sous le faible éclairage, Jean pouvait le voir, ruisselant de sueur et immobile comme une statue. Il reprit peu à peu une respiration normale et son essoufflement disparut. Le silence était revenu. Puis soudain, il se plia en deux et il cacha son visage entre ses mains, les épaules secouées de sanglots déchirants. Jean savait qu'il craquerait à un moment ou à un autre.

Quand il entendit son premier râle, un cri de bête blessée, les yeux de Jean s'embuèrent. Il fit un pas vers lui et s'immobilisa. Il ne fallait pas manifester sa présence, il devait le laisser seul. Là-bas, Marco pleurait sans retenue, plié en deux sur le tatami. Quand le petit appela sa mère, avec cette voix brisée, ce fut trop dur pour lui et il recula. Sous l'émotion qui lui serrait la gorge, il en aurait presque voulu à Maria d'être partie.

Il s'éloigna discrètement et remonta à pas lourds chez lui, poursuivi par les pleurs de Marco qui redoublaient d'intensité.

Chapitre 3

– Je t'avais bien dit qu'on allait être en retard. Bon sang de bois !

Marco regarda Jean qui ne cessait de râler depuis qu'ils avaient quitté le club. Les embouteillages bloquaient la circulation, comme d'habitude. Son entraîneur surenchérit.

– En plus, bonjour la honte ! Tu as vu ça ?

Il contempla le parking de la gentilhommière et effectivement, la camionnette du club dépareillait à côté des limousines allemandes de grosse cylindrée.

– Honte de quoi ? Je suis prof de sport, pas Rockefeller et toi, tu diriges un club d'arts martiaux, c'est normal que tu fasses ta pub, non ?

Jean grimaça en contemplant le petit camion, rangé à l'écart des berlines.

– Tu es gentil, petit, mais… impossible ! Allez, dépêche-toi, on a dix minutes de retard.

Ils poussèrent la porte et Marco fut impressionné par le luxe des lieux. Devant eux, il y avait un grand bureau faisant office d'accueil. L'hôtesse se leva à leur arrivée.

– Bonjour, Messieurs. Vous avez rendez-vous ?

Son air supérieur mit Jean très mal à l'aise, mais son protégé répliqua aussitôt.

– Non, c'est juste pour visiter le musée. Deux billets, s'il vous plaît.

Elle blêmit et il afficha un large sourire avant de poursuivre.

– C'était de l'humour. Nous avons rendez-vous avec Maître Savian.

Elle se reprit et consulta son écran.

– Désolée, vous devez faire erreur. Maître Savian est retenu pour une succession cette après-midi.

Marco hocha la tête.

– Absolument et ça concerne Madame Maria-Carlotta della Rovere. Je suis son fils, Marco Stenzza.

L'hôtesse ouvrit de grands yeux.

– Mais ce n'est pas vous qui étiez convoqué !

– Je comprends, ma mère n'a pas pu se déplacer.

Elle leur montra une porte sur sa droite.

– Vous voulez bien patienter en salle d'attente, s'il vous plaît ? Je préviens tout de suite Maître Savian.

Dès qu'ils furent seuls, Jean lui fit les gros yeux et chuchota à son oreille.

– Tu n'avais pas prévenu le notaire du décès de ta mère ?

– Bah non ! Tu m'avais dit que cela me revenait de droit…

Amusé par la mine désabusée de son entraîneur, Marco renchérit.

– De toute façon, on est venu pour rien. Je te parie tout ce que tu veux qu'on repartira aussi pauvre qu'on l'était en arrivant. Laisse tomber !

Jean soupira et s'assit. Marco resta debout et déambula devant l'immense bibliothèque où des milliers d'ouvrages étaient soigneusement rangés. La plupart des titres étaient en latin et il ne les comprenait pas. Cela ne l'empêchait pas d'admirer le cuir des reliures et le soin apporté à conserver des livres qui ne dataient pas d'hier. La porte s'ouvrit et un petit homme, rondelet et chauve, galopa littéralement jusqu'à Jean qui se leva.

– Monsieur Stenzza, je suppose ?

Son entraîneur fit non de la tête et le désigna d'un geste du menton.

– Non, il y a erreur, c'est ce jeune homme.

Ils se serrèrent la main et Maître Savian vint au-devant de Marco.

– Bonjour. Ma secrétaire vint de m'annoncer que votre mère avait eu un empêchement. Elle nous rejoint peut-être bientôt ?

Marco grimaça légèrement et lui serra la main à son tour.

– Je ne pense pas, monsieur. Ma mère est décédée.

S'il avait fait un strip-tease en dansant sur la table, le notaire n'aurait pas été plus consterné. Il devint livide puis rouge de confusion.

– Mon Dieu ! Je suis navré, je ne pouvais deviner. Je vous présente mes condoléances les plus sincères. Cela ne va pas nous faciliter la tâche. Cela dit, vous avez bien fait de venir. Vous avez des documents qui attestent de vos dires, je suppose ?

Marco ouvrit la chemise cartonnée qu'il portait et lui tendit.

– Eh bien, j'ai apporté le livret de famille, le certificat de décès et ma pièce d'identité. Enfin, il y a pas mal de papiers officiels, y compris du Trésor public. Je pense que vous trouverez votre bonheur là-dedans, cher Monsieur.

Le notaire le regarda de pied en cap et hocha la tête.

– Bien, je procède à l'examen des pièces et je reviens vous chercher. Il n'y en a pas pour très longtemps.

Il lui remit la chemise et Maître Savian quitta la salle d'attente. Jean s'approcha de lui.

– Marco, on ne dit pas Monsieur à un notaire !

– Et que dit-on ?

– Tu l'appelles Maître, ça lui fera plaisir.

Il haussa les épaules et retourna admirer les livres. C'était la première fois de sa vie qu'il avait affaire à ce genre de notable et le brave homme ne lui en voudrait pas trop de ses écarts de langage.

Son entraîneur le suivit.

– Tu aurais pu faire un effort, quand même.

Il se tourna vers lui.

– Quoi encore ? Flûte, je me suis montré poli, non ?

– Je ne parle pas de ça, mais de tes fringues…

Marco se regarda, très étonné.

– Un jean sans trou, un polo plus blanc que blanc et une veste crème. Mince ! Je ne suis pas en représentation quand même et je dirais même que je suis très classe, aujourd'hui !

Le notaire revint à cet instant et empêcha l'entraîneur de répliquer.

– Bien, suivez-moi, Messieurs, je m'arrangerai plus tard pour les papiers.

Ils montèrent l'escalier qui menait au premier étage et empruntèrent un long couloir. Comme au rez-de-chaussée, la décoration était luxueuse et Marco regardait partout autour de lui. Il n'y connaissait rien en arts, mais les statues et les toiles qui ornaient les murs étaient magnifiques. Un régal pour les yeux, songea-t-il.

– Je vous en prie, Messieurs, suivez-moi.

Marco entra le premier et découvrit une grande salle avec une table de réunion immense. Le notaire alla s'asseoir en bout de table et leur désigna des chaises vides.

En face, Marco put découvrir ceux qui étaient très certainement les cohéritiers. Entre deux hommes aux cheveux grisonnants, il y avait un couple, assez jeune. Il remarqua aussitôt la jeune femme et nota l'attitude conquérante de l'homme assis à côté d'elle, sans doute son mari. Derrière eux, il y avait deux hommes, debout et les bras croisés. Il n'y avait aucun doute, c'étaient deux montagnes de muscles à la mine peu avenante qui devaient faire office de gardes du corps. Une autre femme posa des papiers devant eux et fit signe à Marco. Avec un sourire sincère, elle lui serra la main.

– Bonjour, Monsieur Stenzza. Je suis Madame Constentin, premier clerc de l'étude. Venez, je vous présente.

Il la suivit et contourna la table. Tous les quatre se levèrent et il surprit le regard amusé échangé par les deux plus âgés.

– Maîtres Ceccaldi et Bayard, avocats.

Marco tendit la main et ils la saisirent, chacun leur tour, sans même une formule de politesse. Le suivant était celui qu'il pensait être le mari. La clerc poursuivit.

– Le Prince héritier Omar Benschritt-Maalouf, le fiancé de Mademoiselle.

Il releva ses lunettes de soleil sur le front et aussitôt, Marco le détesta. Bâti comme un apollon, le visage bronzé, des yeux noisette, très clairs, et la dentition d'une star de cinéma. Quant à son costume, il était visiblement fait sur mesure. Porter des lunettes alors que le soleil n'entrait que par les grandes baies, c'était vraiment l'accessoire inutile et prétentieux. Ils échangèrent une brève poignée de main. Madame Constentin termina par la jeune femme.

Dès qu'elle se leva et qu'elle lui fit face, Marco encaissa un direct à l'estomac. Subjugué, il entendit à peine la clerc.

– Mademoiselle Aurélia Massard d'Espan, votre cohéritière.

De près, il put détailler son visage et Marco se perdit dans ses yeux verts. Elle était blonde, portait un carré mi-long et frisotté, son nez était joliment retroussé et sa bouche, une merveille de sensualité. Il nota que sa robe la moulait parfaitement. Il ne pouvait se détacher de son regard et son cœur avait dû s'arrêter.

Troublé, il balbutia.

– Hum... Je suis ravi, Mademoiselle.

Le sourire de la jeune femme s'élargit et ajouta à sa gêne. Il devait rougir pour qu'elle la regarde ainsi, en inclinant la tête.

– Enchantée, Monsieur Stenzza.

Elle semblait simple et Marco la dévora des yeux. Ce regard couleur émeraude, il ne pourrait jamais l'oublier.

– Heu… Vous voulez bien me rendre ma main ?

Il baissa les yeux et, consterné, vit sa main glissée dans la sienne. Se sentant ridicule, il rougit de plus belle et lâcha prise. Aurélia rit de bon cœur. Dans ses yeux rieurs, Marco devina une très belle personnalité. Madame Constentin attira son attention, amusée par le petit incident.

– Venez prendre place, nous allons commencer.

Marco sortit enfin de son émoi et contempla les deux derniers hommes appuyés contre le mur. Chacun mesurait une tête de plus que lui et devait bien peser son quintal.

– Et ces Messieurs ?

Le premier clerc grimaça, sans s'éloigner d'une correction bien huilée.

– Les gardes du corps du Prince. Venez.

Marco s'assit. Il observa de nouveau la jeune femme, maintenant face à lui. Il sentit enfin les yeux de son fiancé, braqués sur lui, et aussitôt, il nota le changement général de son attitude. S'il avait été simplement poli en le saluant, il avait obligatoirement remarqué ce qui s'était passé entre sa fiancée et lui. Entre son regard assassin et sa mâchoire crispée, il comprit qu'il venait de se faire un ennemi. Aurélia croisa son regard et le détourna rapidement. Bien sûr, il n'était rien, ne pesait rien et n'était pas vraiment de son monde. En conclusion, il n'avait aucune chance et quand cette réunion serait terminée, il ne la reverrait jamais. Son estomac se noua et sa bonne humeur disparut. Il se consola en souriant au fiancé qui ne devait avoir qu'une envie, l'étriper.

– Vous m'avez entendu, Monsieur Stenzza ?

Jean lui mit un coup de coude dans les côtes.

– Eh ! Le notaire te parle, murmura-t-il.

Il sourit à l'homme de loi.

– Désolé, Maître, je ne vous ai pas écouté.

Bon enfant, patient et légèrement amusé, le notaire reprit de bonne grâce.

– Je vous demandais votre profession.

– Je suis magasinier et professeur de sport, en même temps.

Omar lâcha un ricanement et se pencha vers l'avocat à sa droite.

– Encore un crève-la-faim !

Si Maître Savian sembla l'ignorer, Marco avait parfaitement entendu l'insulte. Il inspira profondément et ne répondit pas.

– Votre adresse précise, s'il vous plaît.

Il donna l'information et, à l'évocation de la rue des Martyrs, le Prince y alla de sa petite plaisanterie.

– Ce n'est pas une rue où les dames de petite vertu exercent leur commerce ?

Aurélia le fusilla du regard tandis que le fiancé riait sous cape avec l'avocat. Jean se pencha et posa la main sur la sienne.

– Du calme, petit. Laisse dire…

Pendant que le notaire et son clerc prenaient des notes et mettaient à jour des papiers, Marco sourit à Aurélia. Elle détourna les yeux. Était-elle gênée par la conduite absurde de son fiancé ? Puis survint une autre question qui n'allait plus le quitter. Comment une jeune femme si agréable et qui semblait si polie, ayant bénéficié de la meilleure éducation, pouvait-elle tomber amoureuse d'un gougnafier pareil ?

Le notaire rassembla ses papiers et s'adressa à Aurélia.

– Mademoiselle, vous n'avez aucune objection à ce que Monsieur Stenzza représente sa mère, malheureusement décédée ? Vous pouvez vous y opposer, je vous précise toutefois que la législation nous réunira de nouveau dans quelques mois, puisqu'il est le seul héritier et…

Elle l'interrompit d'un signe. Même ses gestes étaient remplis de douceur et de grâce.

– Non, Maître. Je vous en prie, je ne m'y opposerai aucunement.

L'avocat, assis à ses côtés, protesta.

– Mademoiselle, vous devriez attendre et faire vérifier les documents par des experts, on ne sait jamais. Vous savez que…

– Silence !

Marco admira les petites fossettes et son nez qui s'était légèrement retroussé alors qu'elle venait d'exprimer sèchement un ordre. Elle était encore plus jolie en colère et cependant, sa voix restait douce et mélodieuse. Aurélia se tourna vers lui.

– Acceptez mes condoléances, Monsieur Stenzza. Je suis très sincèrement navrée.

Puis elle se tourna vers le notaire.

– Procédez, Maître, je vous prie.

Son profil était à la hauteur du reste. Marco s'obligea à regarder vers l'extrémité de la table et Dieu seul savait combien il lui en coûtait. Aurélia avait un magnétisme sauvage, un charisme impossible à décrire. Elle l'attirait de manière incompréhensible, voire totalement déraisonnable. Qu'espérait-il ? Elle était fiancée à un Prince de sang, riche comme une dizaine de Crésus, belle et intelligente. Ce n'était pas un monde, c'était tout un univers qui les séparait.

Son regard revint sur elle, glissa sur son corps et s'attarda sur ses mains. Fines et jolies, à son image, bien sûr. Son cœur se serra quand il remarqua le solitaire qui jetait mille feux à son doigt. Il n'y connaissait rien, mais la monture, à elle seule, lui aurait probablement coûté un an de salaires.

– … J'en arrive aux actifs qui vous reviennent à parts égales. Alors…

Tandis que le notaire donnait des explications sur l'héritage, Marco regarda à nouveau son profil et elle dut le sentir, car elle tourna la tête vers lui, pas plus de quelques secondes. Il eut juste le temps de prendre ce vert incomparable en plein cœur. Elle avait esquissé un mince sourire, une simple ébauche aussi belle que fugitive, certainement par politesse, et il s'était senti fondre. Son cœur battait la chamade, il entendait parfaitement les coups dans sa poitrine et il savait qu'il se passait quelque chose d'extraordinaire en lui. D'une part, c'était la première fois qu'il regardait ainsi une femme, avec les yeux émerveillés d'un enfant devant le sapin de Noël. D'autre part, parce que c'était sans espoir, elle l'attirait encore plus.

Regarder Aurélia, c'était contempler une étoile inaccessible qui réchauffait l'âme et que l'on ne pourrait jamais ni approcher ni posséder. Pourtant, en une seconde, elle avait tout chamboulé en lui, renversé bien des principes et fait tomber des barrières qu'il pensait indestructibles.

C'était comme une évidence.

Le terrible mot était lâché et Marco frissonna de plus belle, effrayé par ses propres émotions. Il savait qu'il devait renoncer et surtout ne rien espérer. Dans quelques instants, elle sortirait de son existence, épouserait le Prince de sang et lui se morfondrait pendant des lustres. Soudain, le ricanement de son fiancé le fit sortir de ses réflexions.

– Quoi ? C'est tout ? Vous plaisantez, Maître. Ne me dites pas que vous nous avez fait venir pour de telles peccadilles !

Perdu, il regarda Jean et se pencha pour lui parler discrètement.

– Que se passe-t-il ?

Son entraîneur lui répondit en chuchotant.

– La baraque est estimée à deux millions et demi, avec les liquidités et le reste, ça représente un million et demi chacun.

Marco, bouché bée, resta sonné par le montant annoncé et contempla le notaire qui avait très mal pris le commentaire irrespectueux d'Omar.

– Hem… Cher Monsieur, je ne suis pas responsable des sommes successorales déposées en mon étude. Je me contente de les transmettre et de régler les problèmes légaux.

Marco s'amusa de cette remise en place faite par l'homme de loi et l'apprécia beaucoup plus. Il lui sourit très chaleureusement.

– Pardonnez-moi, je suis particulièrement distrait aujourd'hui et j'aimerais comprendre quelque chose, Maître. Enfin, deux choses… Pourriez-vous me confirmer la somme, s'il vous plaît, et m'expliquer à quel titre je suis ici ?

Il avait parlé poliment et sa demande fut encore ponctuée par un rire du Prince. Marco ne lui jeta même pas un regard. Maître Savian, affable au demeurant et l'ayant apparemment pris en sympathie, posa les feuillets devant lui.

– En ligne directe, vous recevez ce qui vous revient de droit en raison du décès de votre mère. Elle aurait dû percevoir l'héritage de Monsieur Georges Massard d'Espan. Maintenant, je vous confirme que vous recevrez une valeur globale d'un million cinq cent mille trois cent vingt-deux euros, très précisément.

Marco sentit ses jambes trembler.

– Mais… Mais pourquoi ? Je n'ai jamais entendu parler de ce Monsieur, il doit s'agir d'une erreur. Je ne veux pas…

Le notaire le scruta longuement dans le blanc des yeux. Il n'était visiblement pas habitué à ce qu'un héritier se sente si mal à l'aise à l'annonce de son héritage.

– Votre sincérité vous honore, Monsieur Stenzza. Je formulerais simplement l'hypothèse que votre mère devait connaître le donateur et lui avait certainement rendu un grand service.

Maître Savian se frotta lentement le menton, semblant indécis, puis continua.

– Les droits à régler, maintenant.

Marco l'écouta attentivement et quand le notaire eut fini, il eut peur de comprendre.

– Je vais passer pour un idiot, Maître, mais tant pis, je n'ai pas compris.

Patient, l'homme de l'art reprit.

– Il y a des droits à payer à l'État, des taxes, des frais, y compris mes honoraires. Bref, votre mère étant une étrangère pour le donateur, je déduis l'abattement et règle les sommes dues, de façon symbolique. Ensuite, je règle la succession, par un second abattement au titre de votre filiation. Au final, vos frais s'élèveront, environ à…

Il tourna la tête vers son premier clerc qui tapotait sur une calculette depuis le début de son monologue. Elle soupira.

– Entre cent quatre-vingt-cinq et cent quatre-vingt-dix.

Marco soupira, soulagé. Plein d'espoir, il voulut une confirmation.

– Euros ?

Le notaire grimaça.

– Non, milliers d'euros, Monsieur Stenzza.

Près de deux cent mille euros à payer ? Le sol s'ouvrit sous ses pieds. Le Prince ricana.

– Décidément, vous êtes ignare des choses de la vie !

Il le fusilla du regard et se tourna de nouveau vers l'homme de loi.

– Je n'ai pas honte de vous dire que je n'ai pas un sou, Maître. Je suis dans l'incapacité de vous régler une telle somme.

Le notaire acquiesça.

– Je comprends. Auquel cas, et si Mademoiselle Massard d'Espan est d'accord, il suffit de procéder à la liquidation des biens, à commencer par la vente de la maison et…

Il fut interrompu par les deux avocats qui entrèrent en piste.

– Pas question ! Notre cliente souhaite récupérer la maison et elle est prête à verser une somme substantielle à ce… ce Monsieur.

Marco comprit qu'il passait pour le dernier des imbéciles et, pire que tout, sans le sou. Quand il croisa le regard d'Aurélia, il crut y décerner de la pitié et ce fut une véritable gifle. Il n'écouta pas le charabia juridique et leur proposition chiffrée, la meilleure qu'ils pouvaient faire, selon eux. Quand ils eurent fini, il regarda la jeune femme.

– Vous souhaitez vraiment garder cette maison, Mademoiselle ?

Elle lui sourit et fit oui de la tête. Ses yeux verts brillaient d'un étrange éclat. Il reprit.

– Puis-je vous demander pourquoi ?

– C'était la maison de mon oncle, le frère de mon père, et j'y ai souvent passé des vacances de rêve quand j'étais petite fille.

Marco fut ému par ses mots. Elle avait reçu tout ce qu'il n'avait jamais eu.

– On ne brise pas les rêves des petites filles.

Il se leva et regarda le notaire.

– Je souhaite renoncer à tout cela, Maître. Ma modeste condition ne me permet pas d'assumer les frais et je ne veux pas m'opposer aux souhaits de Mademoiselle.

Préparez-moi un papier et je le signe tout de suite, ou je reviendrai. Je ne veux pas de tout cet argent !

Maître Savian était frappé de stupeur. Il secoua la tête.

– Vous devriez prendre un avocat, Monsieur Stenzza, ou au moins donner suite à l'offre qui…

– Non. C'est ferme et définitif. Je renonce à tout ça.

Il regarda son entraîneur, abasourdi.

– Viens, Jean, on s'en va. On n'a plus rien à faire ici.

Aurélia, affolée, se leva d'un bond.

– Maître, ne le laissez pas faire. Je refuse de le spolier ! Expliquez-lui, je vous en prie. Il doit accepter notre proposition.

Omar obligea sa fiancée à se rasseoir.

– Laissez, chère amie ! Que voulez-vous attendre d'un homme de si basse condition ? Il n'a même pas compris que sa mère s'était fait engrosser par votre oncle.

Elle pivota vers son fiancé et devint livide, puis le rouge lui monta au front.

– Comment osez-vous ? Vous n'êtes qu'un…

Marco avait déjà la main sur la poignée de la porte. À ces mots, il serra les dents et lentement fit demi-tour. Jean se précipita vers lui. Il repoussa son entraîneur sans ménagement.

– Je pense avoir mal entendu, pourriez-vous répéter, s'il vous plaît ?

Sa voix était blanche, un tic nerveux agitait l'une de ses joues et il fixait le Prince de sang d'un regard furieux. Aurélia reprit, inquiète et très gênée.

– Je suis désolée, monsieur Stenzza, mon fiancé est d'origine libanaise et…

Omar rit de bon cœur et s'adossa au fauteuil, sûr de son impunité, croisant les bras sous la nuque.

– Je parle français couramment, ma chère.

Il pointa Marco du doigt.

– Je disais que vous êtes stupide. Vous n'avez même pas compris que l'oncle de ma future femme était votre géniteur, à n'en pas douter. Votre mère devait être une employée de maison quelconque et que croyez-vous ? Cela arrive très souvent et ce brave Georges a souhaité se montrer généreux. Il a pensé à récompenser votre mère… pour ses bons et loyaux services. Voilà tout !

Marco cherchait de l'air et serra les poings. Il n'entendit pas les protestations véhémentes du notaire et de son clerc, sentit encore moins Jean qui le tirait par la manche de sa veste. Des éclairs blancs crépitaient devant ses yeux. Le cœur en surrégime et la bouche sèche, il fit un pas vers la table. Tous ses muscles se bandaient et une veine apparut sur sa tempe, battant le rythme de sa fureur.

Omar ricana et l'insulta une fois de trop.

– En un mot, vous n'êtes qu'un bâtard.

Le Prince n'eut pas le temps de sourire cette fois.

Chapitre 4

Marco bondit au-dessus de la table, prenant appui sur une main, et atterrit entre Aurélia, qui poussa un cri de terreur, et Omar, qu'il saisit par le col et souleva sans effort de son fauteuil dans le même élan. Poussé par une rage qu'il ne pouvait plus contenir, il colla le Prince contre le mur, ses pieds décollés du sol.

– Répète, connard !

Sa proie glapissait de terreur et Marco n'entendait ni les cris de la jeune femme, ni ceux de Jean qui courait en contournant la table. Le notaire tenta bien de l'admonester et sa tentative fut aussi vaine que les autres, alors que la chemise d'Omar se déchirait sous son poids. Au même moment, Marco sentit un mouvement sur sa droite et se souvint in extremis des gardes du corps.

Il lâcha prise et fit face en posture défensive. Le premier fondit sur lui et il évita le coup de poing en souriant. Ses réflexes jouèrent à la perfection. Il bloqua l'agression et, sans effort apparent, repoussa les cent kilos du gorille qui tomba à la renverse dans un fracas de meubles brisés.

Il sut qu'il avait fait une erreur, car ils étaient deux et il tenta de faire volte-face.

Un coup violent sur la nuque lui fit voir trente-six chandelles et, chancelant, il se tourna vers le deuxième homme de main. Celui-ci utilisait une matraque télescopique souple. Le regard voilé, à moitié sonné, il évita les premiers coups, mais l'un d'eux le toucha à la tempe et un voile noir obscurcit sa vue.

Marco tomba à genoux et l'homme devant lui prit son élan pour le frapper au visage. Il n'eut que le temps de ramener les bras pour protéger sa tête puis il reçut une avalanche de coups. Allongé, il ne lâcha pas un seul cri de souffrance puis un dernier coup de pied l'atteignit au plexus. Ses poumons expulsèrent tout l'air qu'ils contenaient et il ouvrit la bouche, cherchant en vain de l'oxygène. La respiration coupée, il sombra aussitôt dans l'inconscience.

La dernière image qu'il put voir fut Jean qui tentait de repousser les gorilles.

*

– Monsieur, vous m'entendez ? Ouvrez les yeux !

La voix lui provenait d'un tunnel obscur où tout résonnait puis la douleur s'empara de lui et stoppa net son gémissement. Sa tête lui faisait horriblement mal et Marco tenta d'ouvrir les yeux. Un seul répondit à sa volonté. Puis il vit un homme en blouse blanche penché sur lui. Son esprit étant en pleine confusion, il le repoussa violemment et voulut se redresser. Il réalisa qu'il était allongé sur un brancard et arracha le pansement qui couvrait son œil.

— Eh, je ne vous ai rien fait ! protesta le médecin.

Il revint vers lui et Marco entendit la voix de Jean, derrière lui.

– Non, laissez-lui le temps de reprendre ses esprits.

Son entraîneur apparut enfin dans son champ de vision.

– Du calme, petit. C'est un médecin du Samu. Laisse-le faire, il veut te soigner.

Peu à peu, les souvenirs lui revinrent. Il baissa les yeux et découvrit sa veste déchirée puis son polo maculé de sang. Il toucha son visage et comprit qu'une arcade avait cédé sous la violence des coups. Les côtes devaient être aussi touchées, brisées ou simplement fêlées, il reconnut immédiatement la douleur, car ce n'était pas la première fois.

– Reste assis, ils t'ont démoli. Prends ton temps.

Il esquissa un petit sourire et se leva en prenant appui sur le rebord de la table, à portée de main. Le médecin urgentiste secoua la tête.

– Vous ne devriez pas vous lever.

Marco haussa les épaules et réalisa les dégâts autour de lui. Un cyclone avait dû balayer la pièce. Il repéra deux autres urgentistes, des pompiers, et enfin, des gendarmes. Tenant à peine debout, Marco dut s'appuyer des deux mains pour conserver son équilibre. Il n'était plus qu'une plaie. Le notaire le regardait avec tristesse et les deux avocats discutaient avec un gradé des forces de l'ordre.

– Oh, putain, quelle branlée ! lâcha-t-il.

Il sourit franchement à Jean qui restait à côté de lui, prêt à le soutenir.

– Ils t'ont travaillé à la matraque. Bon Dieu ! Tu es sûr que ça va ?

Il n'écoutait plus son entraîneur. Il vit Omar, assis sur une chaise, avec un médecin en train de l'examiner, puis il chercha Aurélia des yeux. Elle était devant la grande fenêtre et lui tournait le dos. S'il avait eu un infime espoir de la revoir, il avait tout anéanti en quelques secondes.

Un gendarme s'approcha.

– Monsieur Stenzza, vous êtes en garde à vue à partir de cet instant. Il est quinze heures.

Abasourdi, Marco le contempla sans comprendre.

– Pour quel motif ?

– Agression, avec coups et blessures.

Jean rugit aussitôt.

– Non, mais vous êtes malade ou quoi ? Regardez qui pisse le sang dans cette pièce ! Merde !

Le gendarme restait neutre, un peu gêné et lui fit un petit geste de la main.

– Je dois suivre mes consignes, Monsieur, alors calmez-vous. Je suis certain que tout rentrera très vite dans l'ordre.

Un peu plus loin, Marco entendit le notaire protester vigoureusement auprès d'un gendarme.

– Je refuse ! Il n'est pas question que je porte plainte. Ce pauvre garçon s'est fait insulter depuis le début du rendez-vous. Je ne marche pas dans votre combine !

Marco croisa le regard de l'homme de loi et hocha la tête pour le remercier. Ses jambes cédèrent brusquement et il se rattrapa in extremis à la table. Deux gendarmes voulurent l'aider et se précipitèrent. Il les repoussa de la même façon que le médecin.

– NE ME TOUCHEZ PAS !

Marco souffrait le martyre et se redressa, seul. Il sentit quelque chose de chaud couler sur son visage. Le docteur lui tendit des compresses.

– C'est votre nez, l'hémorragie a repris.

Il le remercia et se boucha lui-même le nez. L'un des militaires sortit les menottes et Marco secoua la tête.

– Je promets de vous suivre sans faire d'histoires et franchement, je ne suis pas près de courir un marathon.

Le brigadier hocha la tête et les serra autour de ses poignets.

– Désolé, Monsieur. C'est la procédure, je n'ai pas le choix.

Marco acquiesça et regarda ses mains immobilisées. C'était donc vrai qu'il y avait toujours un pire au pire… Quelle honte ! Il releva les yeux et ce fut un second choc. Aurélia le contemplait, le visage baigné de larmes, une main devant la bouche. Il aurait aimé demander pardon, s'expliquer, dire quelque chose d'intelligent. Il réalisa que le silence régnait dans la pièce. Du coin de l'œil, il vit les pompiers et les urgentistes du Samu secouer la tête pour marquer leur désapprobation. Le médecin proche de lui ironisa.

– Eh bien, c'est nouveau ! On passe les gens à tabac et on leur met les bracelets. Je le notifierai dans mon rapport d'intervention.

Personne n'osa lui répondre et Marco lui sourit à son tour. Il se moquait des conséquences de son acte comme des ricanements d'Omar, encore plus des sourires ironiques des deux gorilles, même des mots de réconfort que Jean lui murmurait à l'oreille. Il ne voyait qu'Aurélia en pleurs et il était seul responsable de ce marasme, se tenant devant elle avec des menottes aux poignets.

Il regarda le brigadier.

– Je vous suis, Messieurs.

Puis il interpella son ami.

– Ne t'inquiète pas, ça ira.

Il fit un premier pas qui lui arracha un gémissement, l'un de ses genoux était touché. Serrant les dents et les poings, Marco quitta le bureau. Il n'osa même pas regarder la jeune femme une dernière fois. En descendant l'escalier, il accepta l'aide des gendarmes qui le tinrent par les coudes pour éviter une chute.

Dehors, il vit les camions de secours dont les gyrophares tournaient. Avant de monter dans l'estafette bleue, il se tourna vers la demeure bourgeoise et leva les yeux. Aurélia se tenait devant l'une des grandes baies vitrées, le front appuyé contre la vitre. Son visage n'exprimait rien de particulier et elle disparut à sa vue. Marco ravala sa rage, submergé encore une fois par son humiliation et la honte. Jean lui cria qu'il suivrait avec sa camionnette.

Dehors, il faisait beau et Marco, les yeux clos, laissa sa tête reposer sur le grillage intérieur alors que le véhicule démarrait. Il avait mal à hurler, alors il serra les dents.

*

– Père, je vous en prie !

Hugo Massard d'Espan contempla sa fille, debout devant son bureau, puis son épouse, Alberte, affalée dans un fauteuil. Aurélia insista.

– S'il vous plaît ! Je viens de vivre la plus grande honte de ma vie. Vous ne pouvez tolérer que votre nom soit ainsi sali !

Sa mère ricana.

– La belle affaire ! Ce malotru n'a eu que ce qu'il méritait. On ne lève pas la main sur un Prince de sang, d'autant plus quand on appartient au bas peuple.

Aurélia, folle de rage, fit volte-face.

– Vous l'ignorez sans doute, mère, mais la France est une République et depuis 1789, la noblesse ne dicte plus ses lois à personne… Elle la ferme ! Et en plus, elle respecte les lois ou les droits de l'homme. Si un jour vous avez l'occasion d'ouvrir un livre d'histoire, vous l'apprendrez !

Sa mère soupira.

– Vous me fatiguez, Aurélia, et vous êtes d'une vulgarité sans nom. Vous vouliez conserver cette maison, soit ! Pour des raisons stupides, des souvenirs d'enfance, je crois rêver. Encore un caprice qui me prouve que vous n'êtes vraiment pas digne de vos titres et de ce que l'on attend de vous.

Serrant les poings, la jeune fille se planta devant elle. Sa voix tremblait de rage.

– Je ne suis peut-être pas à la hauteur, mais si haut placée que vous soyez, ma chère mère, vous n'en êtes pas moins assise sur votre…

– AURÉLIA !

La voix paternelle avait claqué comme un coup de fouet. Sa mère la toisa et se leva sans dire un mot de plus. Sur le seuil de la porte, elle croisa Alexandrine, la sœur aînée d'Aurélia qui s'inquiétait.

– Eh bien, que se passe-t-il, on vous entend crier dans toute la maison et…

Elle remarqua alors le visage décomposé de sa jeune sœur et se précipita.

– Mon Dieu ! Mais que t'arrive-t-il ?

Aurélia fondit en larmes dans ses bras. Alberte les contempla et souffla longuement.

– Quel manque de pudeur chez vos filles !

Elle regarda son mari.

– Je ne vous félicite pas pour l'éducation dispensée à vos deux héritières, mon ami.

Et elle referma doucement la porte. Hugo leva les yeux au ciel, agacé, et rejoignit ses filles.

– Asseyez-vous, Aurélia et répétez-moi toute l'histoire. Je veux tous les détails.

Elle raconta l'épisode malheureux du notaire et insista sur le comportement abject de son fiancé. Tant et si bien, qu'à la fin, elle planta le dernier clou.

– Je vous en prie, père ! Brisez ces fiançailles, ne me condamnez pas au malheur ! Je ne le supporte déjà plus et nous ne vivons même pas ensemble.

Il baissa les yeux.

– Nous en reparlerons une autre fois, quoique… Tout a été dit sur le sujet !

Aurélia soupira et poursuivit, un ton plus haut.

– Au moins, ne laissez pas ce pauvre garçon dans ce malheur dont je suis partiellement fautive. Si vous aviez été là, père, vous n'auriez jamais laissé faire une telle injustice ! Je crois que je garderai toute ma vie le souvenir de son regard quand les gendarmes l'ont emmené. Quelle honte ! Je…

Hugo Massard d'Espan avait bien des défauts. Souvent absent, lâche devant son épouse, il avait cédé à cette histoire de mariage arrangé et il s'en voulait à mort. Alexandrine y avait échappé, malheureusement Aurélia n'avait pu l'éviter et il savait pertinemment que sa fille n'obéissait que pour une seule raison. Alberte, maline comme un singe, avait exigé que ce soit lui qui présente la demande et sa cadette ne lui avait jamais rien refusé.

Au-delà de ses défauts, Hugo était un homme d'affaires avisé, milliardaire, et par-dessus tout, un homme d'honneur, selon les convenances du passé. Un homme qui ne laisserait pas son nom de famille être traîné dans la boue.

Alexandrine attira son attention en posant la main sur la sienne.

– Père, comment pouvez-vous laisser faire un tel mariage ?

Les vraies raisons ne regardaient pas ses filles. Comme il s'en voulait ! Il ne répondit pas et soupira. D'un geste rempli de tendresse, il caressa la joue de sa fille.

– Je ne veux plus en discuter, donc point final sur ce sujet. Pour ce pauvre homme, par contre, je vais voir ce que je peux faire. Mais je ne vous promets rien !

– Oh, merci !

Aurélia se jeta dans ses bras et il grommela, peu habitué aux effusions. Pourtant, il la serra fort contre lui et ferma les yeux. Ce câlin spontané le propulsa des années en arrière, alors qu'elles n'étaient que des enfants et qu'il pouvait encore passer dans leur chambre pour leur souhaiter bonne nuit, en mettant toute sa tendresse dans ces petits moments volés à une étiquette si pesante.

Il protesta pour la forme, d'une voix émue.

– Tenez-vous, Aurélia. Voyons !

Riant et pleurant à la fois, elle embrassa son père puis, avec sa sœur, elles le laissèrent seul. Hugo toucha sa joue où ses lèvres s'étaient posées. Ému, il contempla ses doigts humides des larmes de sa cadette. Comment avait-il pu céder à un tel marché de dupes ? Il frotta ses doigts les uns contre les autres pour les sécher.

– Les deniers de Judas… Tu peux être fier de toi, Hugo.

Il alla s'asseoir à son bureau. Sans chercher, il composa un numéro de téléphone et n'attendit pas très longtemps.

– Allô ? Passez-moi le Ministre. Oui, immédiatement… Hugo Massard d'Espan à l'appareil. Dites-lui que c'est personnel et très urgent.

La conversation fut brève et constructive. Il tapota très vite une seconde fois sur le clavier.

– Maître Delion ? Hugo. Comment allez-vous ? Dites, j'ai besoin de vous toute affaire cessante… Hmm… Oui, d'ordre privé.

Quand il eut fini ses appels, il étendit les mains devant lui. Il resta un petit moment, le regard fixe, puis il se leva soudainement. Pour une fois, il réglerait le problème en personne.

Il le devait à Aurélia.

*

– Vous voulez un verre d'eau ?

Marco le regarda d'un seul œil, l'autre étant fermé. Il soupira et tamponna son nez avec un kleenex, complètement imbibé de sang.

– Oui, s'il vous plaît. Et si vous pouviez me donner un autre mouchoir, sinon je vais tout salir.

Une jeune femme, gendarme, était appuyée contre la fenêtre. Le brigadier se tenait assis sur l'angle du bureau, de l'autre côté. Il régnait une atmosphère étrange au cours de cette audition et Marco le sentait parfaitement. Les gendarmes se demandaient pourquoi il était arrêté et faisaient preuve de beaucoup de gentillesse.

– Hem…

Le sous-officier avait toussoté pour attirer son attention.

– Je suis certain que tout rentrera vite dans l'ordre et que cette procédure sera rapidement classée. Vous êtes sûr de ne pas vouloir un médecin ?

Marco fit non de la tête.

– Non, j'ai pris des volées bien pires que celle-là. Merci, c'est gentil.

Le troisième militaire revint et lui rapporta un gobelet en plastique et une bouteille d'eau minérale. Il poussa la politesse en le lui remplissant. Marco but lentement et aussitôt un nuage de sang envahit son verre. Il le considéra et ne dit mot. Sa langue avait une vilaine coupure, certainement due à une morsure involontaire.

– Vous voulez bien nous répéter ce qui s'est exactement passé ?

Marco acquiesça et reprit son souffle. Il avait mal dans les côtes et cela gênait son élocution.

– Je crois bien que…

Le téléphone sonna à ce moment et le brigadier lui fit signe de se taire. Ce fut très bref.

– Heu… Oui, mon capitaine. J'arrive tout de suite.

Il raccrocha et se leva prestement.

– Arrêtez tout ! Je reviens.

Marco le regarda détaler et se tut. Il préférait obéir et coopérer, de toute manière, au point où il en était, il n'avait plus qu'à préserver le peu de dignité qui lui restait.

La porte se rouvrit et le gendarme refit son entrée. Il était blême. Deux hommes en civil le suivaient. Le premier était très bien habillé, dans la soixantaine, et son attitude était rigide. Il portait un chapeau qu'il retira dès qu'il fut devant lui. Le second, plus jeune, portait une sacoche épaisse de cuir. S'il était aussi élégant, il paraissait plus facile à aborder.

L'homme au chapeau resta quelques instants sans voix en le regardant.

– Nom de… ! Mais vous l'avez passé à tabac ou quoi ?

Un autre homme entra dans le bureau et là, Marco reconnut aisément, à ses galons, un commandant. Il semblait en colère et parlait avec beaucoup de gestes.

– Messieurs, déchirez-moi ce PV et vous classez la plainte directement sans suite. Libérez immédiatement Monsieur Stenzza.

L'officier se tourna vers lui et ajouta.

– J'espère que vous ne nous tiendrez pas rigueur de cette erreur et que vous oublierez très vite tous ces désagréments.

Marco ne comprenait plus rien. Une minute auparavant, il était gardé à vue, risquait de comparaître devant un magistrat et maintenant, il était libre, sans aucune procédure à son encontre et avec des excuses en prime ! Son esprit confus, ajouté à la douleur, l'empêchait de réfléchir. L'homme à la sacoche, sans doute un avocat, déposa quelques papiers sur le bureau des gendarmes et sortit aussitôt. L'autre attendit patiemment qu'on le libère de ses menottes et lui tendit le bras.

– Venez, je vous ramène chez vous. Appuyez-vous sur moi.

Marco se leva en grimaçant.

– Non, ça ira et je risque de salir votre manteau.

Il salua poliment les gendarmes qui ne disaient plus rien et sortit lentement. Sur un banc, dans le couloir, il vit Jean se lever et accourir.

– Oh, petit ! Je suis content de te revoir. Comment te sens-tu ?

Il fit un petit rictus.

– Tu avais raison, faire la bise à un éléphant enragé, ce n'était pas une bonne idée. Aïe !

Rire lui faisait mal aux côtes. L'homme à côté de lui salua brièvement son entraîneur. Jean lui tendit la main sans façon et avec un large sourire.

– Je ne sais pas qui vous êtes, Monsieur, mais on vous doit un grand merci.

L'homme d'affaires hésita à peine et la lui serra tout en se présentant.

– Hugo Massard d'Espan, bonjour Monsieur, j'ai bien l'honneur.

Jean et Marco furent stupéfaits. Leur interlocuteur se contenta de sourire et, après avoir jeté un regard inquiet autour de lui, ajouta.

– Venez, sortons d'ici avant qu'un journaliste ne me repère. Je vous ramène chez vous, nous discuterons au calme.

Hébété, Marco lui emboîta le pas en traînant la jambe. Décidément, cette journée lui réservait bien des surprises. Dans la cour de la brigade, il put monter à bord d'une luxueuse berline et demanda poliment une couverture avant de s'asseoir. La sellerie en cuir blanc n'aurait pas supporté le sang qui imbibait ses vêtements.

Le chauffeur suivit ses instructions et, après s'être assuré que Jean était derrière eux avec sa camionnette, Marco contempla le profil d'aigle de Monsieur Massard d'Espan. Il ne parlait pas et ne le regardait même pas. L'homme à la sacoche avait pris place sur le siège avant et lui aussi restait silencieux.

C'était une situation étrange et Marco avait hâte de connaître le fin mot de cet épisode judiciaire dont, visiblement, il sortait innocenté et sans aucune poursuite à son encontre. Il n'osa pas prendre la parole en premier, impressionné par cet homme, et cessa de réfléchir pour contempler les rues par la fenêtre de sa portière.

Chapitre 5

La scène était complètement surréaliste. Marco contemplait ses deux visiteurs, assis avec lui, à la table de son modeste appartement. Jean avait proposé un café et faisait couler des expressos pour tout le monde. Marco lança la conversation sans attendre.

– Pardonnez-moi, Monsieur Massard d'Espan, mais j'aimerais comprendre. Pourquoi êtes-vous intervenu dans cette affaire plutôt sordide ?

Hugo avait ôté son chapeau et son manteau. Il joua quelques instants avec le rebord de son couvre-chef qu'il tenait entre ses mains.

– Je n'ai fait que céder à la demande insistante de ma fille, Aurélia, que maintenant, vous connaissez.

Marco encaissa et avala sa salive avant de répondre.

– Oh ! Je comprends.

– Non, je ne pense pas, mais c'est sans importance. Je voulais vous aider à sortir de ce mauvais pas, en tout premier lieu. Ma fille a toujours eu cet esprit de justice impartiale, quoiqu'utopique, qui devrait régner en ce bas monde. Ensuite, elle m'a expliqué que vous aviez rapidement renoncé à votre part d'héritage pour céder à sa demande et cela m'a étonné.

Il fit une pause, ses yeux le fixant et marquant une réelle curiosité, puis il ajouta.

– D'ailleurs, à ce sujet, je souhaite vous indemniser et…

Marco retrouva très vite du poil de la bête et l'interrompit d'un geste de la main.

– Pas question ! Je ne reviendrai pas sur ma décision. Cette maison n'est rien pour moi alors qu'elle a une grande importance pour votre fille.

Il se tut et compléta sur un ton amusé.

– C'est trop compliqué et je pense que vous ne comprendriez pas, vous non plus.

Il ajouta un sourire espiègle. Hugo le lui rendit.

– Un point partout, vous êtes un sacré cabochard, dans votre genre. Maître Delion avait préparé une proposition décente. Vous devriez vraiment réfléchir.

– Je ne suis pas lésé, Monsieur, car je n'attendais rien. Ma vie continuera sans problème et elle me convient parfaitement telle qu'elle est.

Jean posa les cafés devant chacun ainsi qu'un paquet de sucre dans son emballage commercial au milieu de la table. Marco nota que les tasses dépareillées ne jouaient pas en sa faveur.

– Désolé, je n'ai pas encore eu le temps de déballer mon service en porcelaine de Chine.

Hugo but son café d'un trait et sans attendre.

– Quelle importance ? Le café est très bon et c'est bien suffisant.

Marco se trouva penaud. Il s'était montré bêtement peu courtois envers cet homme qui n'avait pour seul tort que d'être d'un monde différent du sien et qui, pourtant, l'avait sorti d'une situation bien désagréable. Il fit une petite grimace.

– Désolé, je suis de mauvaise humeur.

L'homme d'affaires le fixa longuement.

– Vous devriez voir un médecin.

– Non, ça ira. J'en ai vu d'autres.

Marco soupira et reprit.

– Vous me semblez être quelqu'un de bien, Monsieur. Je… C'est délicat, mais puis-je vous poser une question très personnelle ?

Son interlocuteur acquiesça d'un simple hochement de tête.

– Je devine que votre fille est à votre image, elle a des valeurs plutôt rares et précieuses. Croyez bien que je ne cherche pas à vous flatter, surtout ! Cela dit, comment pouvez-vous accepter qu'elle épouse un… un…

Il cherchait le mot adéquat et Hugo le compléta pour lui.

– Un tel malotru ? Un goujat ? Ou pire encore, à ce que je lis dans vos yeux, dit-il, en souriant.

Il inspira et reprit.

– Eh bien, disons que…

Marco l'interrompit.

– Que je ne vais pas comprendre, encore une fois ? C'est bien ce que vous alliez dire ?

Les deux hommes s'affrontèrent du regard et peu à peu, un sourire apparut et rendit le visage d'Hugo beaucoup plus sympathique.

– Aurélia est quelqu'un de bien, comme Alexandrine, sa sœur, et sachez que je suis très fier de mes filles. Je n'en dirai pas plus sur ce sujet, si vous me le permettez. Je vous remercie pour le café, pardonnez-moi de prendre congé si vite.

Il se leva et son avocat en fit autant quand il aperçut une étagère où Marco avait entassé ses coupes et ses médailles sportives. Hugo s'approcha et les contempla.

– Vous pratiquez le Taekwondo, à ce que je vois.

Puis il vit le béret rouge que Marco avait rangé sur l'une des tablettes, avec son brevet parachutiste et ses fourragères. Massard d'Espan les toucha du bout du doigt et revint vers la table.

– Vous êtes un homme bien, Monsieur Stenzza. Je suis ravi de vous avoir rencontré et j'aurais préféré que ce soit dans d'autres circonstances.

Marco songea qu'à un autre moment, il n'aurait jamais prêté la moindre attention à sa petite vie. Quant à son intérêt pour son sport ou son passé militaire, il était persuadé que cela ne relevait que de la plus simple politesse.

Hugo ne l'avait pas quitté du regard et s'exprima d'une voix plus chaleureuse.

– Autrefois, j'ai fait beaucoup de boxe anglaise avant d'être pris dans le tourbillon des affaires. Quant à mon père, c'était un parachutiste des Forces Françaises Libres, pendant la Seconde Guerre. Je ne parlais pas simplement pour vous faire plaisir, cela m'intéresse vraiment.

Marco se mordilla les lèvres. Quel diable d'homme ! À croire qu'il avait lu dans ses pensées. Hugo Massard d'Espan fouilla dans sa poche intérieure et posa un bristol sur la table.

– C'est le numéro de mon portable personnel, le seul moyen de me joindre directement. Si vous avez besoin, n'hésitez pas. J'ai été ravi de vous rencontrer, Monsieur Stenzza.

Il serra la main à Marco puis à Jean. Après avoir remis son manteau et ajusté son chapeau, il quitta l'appartement, non sans ajouter une dernière inclination de la tête. Maître Delion le suivit et leur lança un bonsoir, accompagné d'un sourire. Marco se leva difficilement et le rattrapa en grimaçant. Il rouvrit la porte qu'il venait de fermer.

– Monsieur Massard d'Espan ! Attendez-moi, s'il vous plaît.

Hugo, déjà engagé dans l'escalier, fit demi-tour et remonta rapidement sur le palier.

– Je peux faire quelque chose pour vous ?

Marco grimaça, en s'appuyant dans l'encadrement. La station debout était vraiment pénible.

– Pourriez-vous transmettre un message pour moi ?

Il eut du mal à soutenir le regard de son visiteur qui devint perçant.

– Bien sûr, je vous écoute.

– J'aimerais dire à votre fille combien je regrette et lui présenter mes excuses pour ce que j'ai fait. C'était stupide de ma part.

Devant son air glacial, Marco insista d'une petite voix.

– S'il vous plaît. C'est important pour moi.

Hugo se détendit et acquiesça.

– Entendu. Je le lui dirai, vous avez ma parole.

Il fit demi-tour et après quelques marches, il se tourna à nouveau vers lui.

– Vous savez le plus drôle, Monsieur Stenzza ? Si ma fille savait que je suis venu vous voir, je suis certain, pour ne pas dire catégorique, qu'elle m'aurait demandé de vous transmettre exactement le même message et les mêmes excuses. Amusant, non ?

Et il dévala l'escalier, sans attendre sa réponse. Marco referma la porte, secoué. La dernière affirmation du père d'Aurélia l'avait étonné et il se demandait comment l'interpréter.

*

– Nom de Dieu !

Jean s'assit lourdement sur une chaise et Marco en fit autant, face à lui.

– Je n'en crois pas mes yeux ni mes oreilles ! Tu réalises un peu qui sort de chez toi ? Un type qui bouffe avec des ministres toutes les semaines et qui peut s'acheter n'importe quoi du moment qu'il en a envie.

Marco haussa les épaules.

– Ouais ! En attendant, je l'ai trouvé très gentil et plutôt simple.

Il marqua une pause et ajouta, le regard dans le vague.

– Exactement comme elle.

Son entraîneur le contempla longuement.

– Qu'est-ce qui t'a pris, petit ? Tu te rends compte que tu as failli terminer la journée en tôle ? Et tout ça pour rien ?

Il lui sourit.

– Pour rien ? Non, je ne crois pas. Alors, tu n'as pas compris ?

Jean fronça les sourcils.

– Que suis-je censé comprendre quand tu refuses un million et demi d'euros puis que tu décides de revoir toute la décoration d'une étude notariale en te payant le scalp d'un Prince de sang ? Hein ? Que tu as une fuite à la toiture, ça oui, je l'ai compris, merde alors !

Marco voulut rire et se tint aussitôt les côtes.

– T'es con ! J'peux pas rire…

Jean, amusé, le regarda du coin de l'œil et patienta. Marco respira plusieurs fois, pas trop profondément, pour apaiser la souffrance.

– Non, rien à voir avec tout ça, ajouta le blessé, dans un souffle.

– Alors, explique-moi ce que je devrais comprendre !

Son œil encore ouvert devait pétiller, car Jean le scruta d'un air soupçonneux quand il répondit.

– Aurélia.

Son entraîneur ouvrit de grands yeux et mit un certain temps à réagir.

– Tu me fais peur, petit. Qu'est-ce que tu entends par là ?

Marco prit appui sur la table et se releva. Il se dirigea vers sa chambre et se tourna vers lui avant de franchir le seuil. Son visage cabossé faisait peine à voir et le sang séché lui donnait un air misérable. Il fixa Jean et sa voix devint grave.

– Aurélia, c'est mon évidence, Jean.

Son ami secoua lentement la tête et se leva. Il le prit par le bras et l'entraîna vers son lit.

– Allez, couche-toi, petit, tu auras les idées plus claires quand tu seras remis d'aplomb. Tu as vraiment pris un trop gros coup sur la cafetière et tu délires complètement !

Marco se laissa faire, n'ayant guère la force de résister. Il posa la tête doucement sur l'oreiller et Jean le couvrit avec sa couette.

– Je vais tout dégueulasser… Merde, j'ai oublié de me laver.

– Ça attendra. Repose-toi, petit, c'est un ordre.

La voix de Jean était douce et compatissante. Il se releva et Marco le retint par la main.

– C'est elle, Jean, tu comprends ? Je…

Son ami tapota gentiment sa joue.

– Chut ! En attendant, essaie de dormir un peu, ça te fera du bien.

*

Jean s'assit au bord du lit et caressa le front de Marco en repoussant une mèche rebelle. Le gosse avait sombré rapidement dans un sommeil profond qui l'aiderait à surmonter ses douleurs. Dubitatif, il prit une chaise et l'installa à côté du chevet. Sa respiration devint profonde et régulière. Soulagé, il ajusta la couette sur son protégé.

Marco se débattait et s'agitait par moments. Il gémissait ou geignait en appelant sa mère. Son inconscient devait mélanger toutes ses souffrances. Cela faisait beaucoup pour un seul homme, en si peu de temps.

– Aurélia…

Jean tressaillit en l'entendant prononcer ce prénom, murmuré avec une tendresse particulière dans la voix. La jeune fille qu'ils avaient vue était jolie et semblait faite du même bois que son père. Pourtant, elle n'était pas du même monde que Marco et c'était une histoire qui ne verrait jamais le jour, vouée à un échec certain.

Jean toucha le front du blessé, en sueur et bouillant. Il ne s'affola pas et alla chercher un gant de toilette qu'il trempa dans de l'eau très froide. Le corps faisait souvent une poussée de fièvre après une telle correction. Il le déposa sur sa tête tout en rasseyant. Il faudrait bien plus qu'un linge mouillé pour apaiser la souffrance quand le petit réaliserait qu'il s'était bercé d'illusions. Aurélia ne pourrait jamais s'intéresser à lui, aussi gentille et simple qu'elle puisse être. Tant pis. Il serait là, comme toujours, pour ramasser les morceaux et l'aider à tout recoller. Mieux, il serait encore présent pour accompagner Marco dans cette folie s'il décidait de la mener à bien.

Jean croisa les bras, tendit les jambes devant lui et, bercé par la respiration de Marco, s'assoupit rapidement.

*

Un mois plus tard…

Marco ne prit pas le métro jusqu'à sa destination et marcha d'un bon pas. À peine remis de ses blessures, malgré sa solide constitution, il lui avait fallu du temps et beaucoup de repos pour reprendre le travail et l'entraînement. Les meurtrissures avaient disparu et il restait la pire des cicatrices, celle que nul ne voyait et qui tenaillait sans cesse son cœur.

Il ne cessait de penser à Aurélia alors qu'il n'avait reçu aucune nouvelle de sa part. Avec les jours qui passaient, l'espoir de la revoir disparaissait. Bien entendu, comme pour tous les espoirs secrets, l'absence et le silence ne firent qu'amplifier son trouble et enjoliver ses souvenirs.

Il tourna au dernier coin de rue et remarqua une jeune femme qui semblait attendre devant la salle de sport. Il fronça les sourcils et, à cause de la distance, ne put l'identifier. Il arriva rapidement et effectivement, elle patientait devant le club. Ne l'ayant jamais vue, il la salua en passant et grimpa les marches. Elle l'interpella alors qu'il ouvrait la porte.

– Excusez-moi, ne seriez-vous pas Monsieur Stenzza ?

Il s'immobilisa et fit demi-tour. Comme il la regardait de face, son visage lui rappela vaguement quelqu'un.

– Oui, c'est bien moi. Bonjour ! répondit-il.

Il lui serra la main et l'examina de plus près. Elle était charmante et bien habillée. Ce n'était pas le genre de fille qui venait suivre des cours d'un quelconque art martial, quoique, il n'y avait pas vraiment de style pour les pratiquants. Peut-être était-ce son maquillage léger, sa coupe de cheveux irréprochable ou son allure générale qui le trompaient.

– Si vous venez pour le cours d'essai, ça va commencer dans peu de temps et…

– Non, j'ai un message à vous transmettre.

Il fronça les sourcils.

– Ah bon et de la part de qui ?

– Ma sœur cadette, Aurélia.

Le souffle court et le cœur battant la chamade, il n'osa demander de précision. Elle reprit.

– Je suis Alexandrine Massard d'Espan et vous avez rencontré ma cadette, il y a un mois, dans des circonstances assez… difficiles.

Il se trouva pris de court.

– Je… Oui, enfin, ce n'est pas grave. Elle va bien ?

C'était franchement stupide comme question et pourtant, c'était la seule banalité qui lui était venue à l'esprit.

Sa sœur sourit, ayant sans doute remarqué son trouble. Elle hocha la tête et lui tendit une petite enveloppe.

– Elle ira encore mieux quand je lui dirai que je vous ai retrouvé et que j'ai transmis son message. Voilà, j'ai fait la commission et ce n'était pas très compliqué, elle vous avait décrit assez fidèlement. Je vous souhaite une très belle journée !

Elle tourna les talons et Marco se trouva tout bête. Il lui courut après.

– Pardon ! Je ne vous ai même pas remerciée.

– Pas de soucis, je le fais pour ma sœur, elle se torturait tellement pour vous. Je pourrai lui dire que je vous ai revu et, apparemment, en pleine forme. À une prochaine fois !

Le cœur en dérapage, Marco regarda Alexandrine s'éloigner à grands pas et monter dans une voiture, un coupé BMW, rien de très luxueux compte tenu des moyens financiers de la famille.

Il baissa les yeux sur le courrier cacheté où une belle écriture féminine avait écrit son prénom et son nom. La bouche sèche, il voulut l'ouvrir puis se ravisa. Regardant autour de lui comme un collégien qui aurait reçu sa première lettre d'amour, il la glissa au fond de son sac et entra dans la salle.

Il ne vit pas Jean dans le couloir quand il passa devant lui et ne répondit pas non plus à son salut. Il se dirigeait vers les vestiaires, semblant planer dans une autre dimension. Il entendit enfin la voix tonitruante de son entraîneur s'exclamer derrière lui.

– Eh, Marco ! Oh ! T'es devenu aveugle ou quoi ?

Il sortit de sa rêverie et fit volte-face, un large sourire aux lèvres.

– Salut ! J'allais justement me changer et te chercher pour te dire bonjour.

Il l'embrassa comme d'habitude. Jean croisa les bras et fronça les sourcils.

– Ne me prends pas pour un con, hein ? Tu m'as presque écrasé les pieds en me passant devant le nez !

Son regard se fit inquisiteur et il poursuivit sur un ton amusé.

– Oh, toi, tu me caches quelque chose à voir ta tête d'innocent ! Accouche et fissa !

Marco afficha un sourire béat.

– Non, tout va bien, promis ! dit-il, en tournant les talons.

Son ami, peu convaincu, fronça les sourcils et le laissa aller s'habiller. Marco enfila son dobok, le kimono coréen traditionnel, et noua sa ceinture. Il jeta un énième coup d'œil au fond du sac, très rapide. L'enveloppe était bien là, il n'avait pas rêvé.

*

Il était presque minuit quand il rentra de son cours du soir. Ses élèves avaient tenu à l'inviter et ils avaient dîné ensemble dans un petit restaurant du quartier. Ce fut une très belle soirée, simple et amicale. Cela l'avait bien arrangé, reculant ainsi un peu plus le moment où il ouvrirait l'enveloppe et prendrait connaissance du message d'Aurélia.

Il posa le courrier en évidence au milieu de la table, prit une longue douche et se servit un jus d'orange très frais. Une fois rhabillé, le cœur battant fort, il revint s'asseoir, la fit glisser jusqu'à lui et relut avec bonheur son nom et son prénom, comme si en quelques heures, un nouveau détail avait pu apparaître par magie.

Marco prit un couteau et l'ouvrit avec beaucoup de précautions, en prenant son temps. Il réalisa soudain ce qu'il faisait et regarda autour de lui.

– Ce que je suis con des fois ! Si quelqu'un me voyait faire, dit-il en soupirant.

Il rit tout seul de son comportement absurde, glissa deux doigts et extirpa un mince carton de bristol. Au recto, il put lire le sigle de la Fondation qui portait le nom de sa famille et juste en dessous, le patronyme complet de la jeune femme ainsi que son titre et toutes les coordonnées.

– Mince, elle est vice-Présidente ? Eh bien…

Le cœur battant, il tourna la carte et reconnut la même écriture que sur l'enveloppe. Partagé entre l'espoir de découvrir des mots personnels et la crainte de lire une banalité quelconque, Marco reculait au maximum l'instant de la lecture effective.

Il finit par se frotter le visage à deux mains, reprit le bristol et le lut.

Cher Monsieur,

J'espère que tout est rentré dans l'ordre et que vous n'avez pas trop souffert. Je vous réitère mes plus plates excuses au nom de mon fiancé. Parfois, il ne s'impose pas suffisamment auprès de ses gardes du corps. J'en suis encore retournée !

Je tenais à vous remercier personnellement pour votre geste qui m'a vraiment touchée. Cette maison est importante pour moi, car j'y ai beaucoup de souvenirs.

Je vous souhaite bonne chance et vous adresse mes meilleures pensées,

Aurélia.

Marco relut plusieurs fois le petit mot. Il avait bien senti une profonde gentillesse en cette jeune femme et ces quelques phrases en étaient la meilleure preuve.

Il le relut encore une fois, y cherchant un sens caché ou un éventuel message secret et romantique. Peine perdue ! Lui qui était si terre à terre s'enflammait très vite dès qu'il s'agissait d'Aurélia et s'imaginait des folies alors qu'il n'y avait aucune raison d'espérer.

Il remit le bristol dans l'enveloppe et déposa le tout sur sa table de nuit, contre la petite lampe. Peut-être l'avait-elle écrit entre deux contrats et des rendez-vous ? Peut-être même était-ce sa secrétaire qui l'avait rédigé et à qui elle avait confié la tâche de le remercier ? Il pouvait tout supposer et s'empressa de chasser ses idées négatives. Finalement, elle avait pensé à lui, l'avait écrit noir sur blanc, de sa main, et c'était le plus beau cadeau du monde à ses yeux.

Il s'allongea sous la couette et éteignit. Il ralluma aussitôt et récupéra l'enveloppe pour reprendre la carte. Il la mit sous la lampe pour mieux relire. Le message n'avait pas changé, bien évidemment, mais la partie imprimée au recto l'intéressait beaucoup plus.

– YES !

Il avait hurlé sa joie. En bas à droite, en petits caractères, il y avait un numéro de téléphone avec la mention, ligne directe. Marco se rallongea, songeur. C'était sans doute idiot, mais si elle n'avait pas voulu de réponse, elle aurait pris un autre support, un carton vierge de toute inscription, par exemple. Il ne parvenait pas à calmer son enthousiasme et ce fol espoir qui l'avait envahi.

Après tout, même si le but semblait improbable, voire inaccessible, l'important était de faire le premier pas et d'y croire.

D'y croire vraiment et de toutes ses forces.

Chapitre 6

Cela faisait trois jours qu'il avait reçu son message et à chaque tentative, il reposait son téléphone avant même d'avoir lancé l'appel. Marco se traitait de lâche, de trouillard, il tentait d'échapper au stress en faisant auparavant quelques minutes de relaxation et il n'y arrivait pas.

Dans son répertoire téléphonique, il avait enregistré le numéro d'Aurélia sous son prénom et il restait de longues minutes à regarder les dix chiffres qu'il connaissait par cœur. Son pouce tremblait à chaque fois sur la touche verte de l'appel.

– Je suis trop stupide ! finissait-il par maugréer.

Il tournait en rond dans son appartement, allait de la cuisine à la chambre, revenait, passait par la salle de bain puis finissait par s'asseoir devant l'appareil abandonné sur la table. Marco ne parvenait pas à franchir ce tout petit pas ridicule, comme s'il jouait sa vie sur un seul appel téléphonique.

Il regarda l'heure et fit la moue.

– Midi ! Tu parles, à cette heure-ci, elle est partie déjeuner.

Pourtant, contre sa propre volonté, il prit son smartphone et cette fois, il appela. La sonnerie résonnait dans son oreille et, le cœur en arrêt, il attendait en se mordillant les lèvres à sang.

– Allô ?

Sa voix… c'était bien sa voix.

– Bonjour, Mademoiselle Massard d'Espan, Marco Stenzza à l'appareil. Je ne vous dérange pas ?

Pendant une seconde, il eut peur qu'elle ne l'ait oublié.

– Oh, bonjour ! C'est gentil de m'appeler. Je vais bien, et vous ?

Moi ? Je suis terrifié à la simple idée de te parler, songea-t-il.

– Heu... Mieux que l'autre jour. Finalement, c'était plus à moi de vous présenter des excuses. En tout cas, votre carte m'a fait très plaisir.

– Je vous en prie. Ne vous inquiétez pas, mon père m'a tout expliqué et il m'a transmis votre message. Bien...

Marco ferma les yeux, sentant qu'elle allait le congédier, avec politesse et beaucoup de gentillesse, comme d'habitude. Il n'avait plus de salive dans la bouche et pourtant, il prit son courage à deux mains.

– Excusez-moi si je vous interromps, mais serait-il possible de vous offrir un café ou un verre ?

Le silence qui suivit était un véritable calvaire. Il l'entendait respirer, peut-être même penser. Après tout, qui était-il pour l'inviter de façon si cavalière ?

– Eh bien, pourquoi pas. Quand voulez-vous et à quel endroit ?

Il crut qu'il allait faire une crise cardiaque et, désespéré, chercha quelque chose à dire. Marco était tellement persuadé d'essuyer un refus qu'il n'avait pas imaginé une seule seconde d'obtenir si facilement une réponse positive. Complètement paniqué, il regarda autour de lui. Ses yeux se fixèrent sur l'étagère où il rangeait ses livres et il tomba en arrêt sur Da Vinci Code.

– Hum... Seize heures, au Louvre et devant la Joconde. Cela vous convient ?

N'importe quoi, mon pauvre vieux ! Elle va te prendre pour un taré, pensa-t-il aussitôt, en fermant les yeux.

– Sympa votre rendez-vous, et original surtout. C'est d'accord. Bon appétit, je dois vraiment vous laisser. À tout à l'heure. Bye !

Il balbutia quelques mots incompréhensibles et posa lentement son téléphone sur la table. Rouge comme une pivoine, le souffle coupé et le cœur battant à tout rompre, il fixait le portable.

– J'ai invité Aurélia.

Sa voix n'était qu'un murmure atone, sans force et vibrant à la hauteur de son émotion. À haute voix, il se traita de fou et insulta copieusement son ascendance, son manque de moyens. Après avoir fait le tour de son appartement à plusieurs reprises, en déplaçant des objets ou en râlant sans raison apparente, il parvint à se calmer.

– Nom de Dieu, j'ai invité Aurélia et elle a dit oui. Merde, alors, j'ai osé le faire !

Pour elle, il ne s'agissait que d'un rendez-vous sans importance, à son image en quelque sorte. C'était pénible d'être transparent, d'avoir cette couleur innée de l'insignifiance qui détournait de vous le regard des autres, de ne pas avoir une vie riche et bien remplie que l'on pouvait exposer comme autant de phares qui capteraient les regards. Il se gratta la nuque.

– Dans quel merdier je me suis encore fourré !

Marco galopa dans la salle de bain, estima qu'investir dans une coupe de cheveux ne serait pas un luxe, mais il n'avait pas les ressources nécessaires. Selon son bilan financier hebdomadaire, soit il lui payait un verre, soit il allait voir un coiffeur. La vie était remplie de choix. En grimaçant, il prépara son pot de gel et se sourit dans le miroir. Après tout, il avait de quoi faire tenir les mèches rebelles !

– Je suis moi, je n'ai aucune chance de toute manière, alors je ne vais pas jouer un rôle dont je n'ai pas les moyens. Ce sera à prendre ou à laisser.

En prononçant ces mots comme une promesse faite à lui-même, il réalisa que l'espoir était ancré dans son cœur depuis leur rencontre. Elle semblait ne pas lui tenir rigueur de cette bagarre qu'il avait provoquée et c'était déjà un premier pas positif, une porte entrouverte.

Après une douche et un rasage au plus près, il choisit ses vêtements avec soin. Il n'avait rien de luxueux dans sa garde-robe, composée essentiellement de vêtements sportifs. Un jean noir et un polo bordeaux feraient l'affaire. Au moins, elle le verrait de loin. Il réfléchit, puis opta pour une chemise blanche à col Mao, plus classique. Il revint s'asseoir à la table et regarda l'heure sur son portable. Il n'avait plus que cent quatre-vingts minutes à attendre ! Une éternité, en quelque sorte.

*

Évidemment, Marco avait oublié un détail important. Pour voir la Joconde, il fallait payer l'entrée du musée et après avoir bataillé en vain avec l'agent de la billetterie, en affirmant avoir moins de vingt-cinq ans, il avait dû acheter un billet plein tarif. La soustraction était rapide, trente euros en poche moins douze euros d'entrée, ça laissait un reliquat de dix-huit euros. De quoi lui offrir à peine un verre… ou un café avec deux pailles, selon le bar !

Soucieux et les mains dans les poches, il se perdit dans l'admiration du fameux tableau puis s'éloigna dans la salle, à cause de l'attroupement des touristes qui n'hésitaient pas à le bousculer. Il regardait sans voir, entendait sans écouter et semblait enfermé dans une bulle. Le brouhaha autour de lui n'existait plus et le temps s'était arrêté pour lui permettre de graver l'instant dans sa mémoire.

– Monsieur Stenzza !

Il fit volte-face. Aurélia était enfin là et le monde s'était ranimé, reprenant des couleurs, émettant à nouveau des bruits. Elle était proche et Marco se crut au paradis.

– Je ne vous ai pas trouvé devant la Joconde !

Pourquoi la Joconde ? Puis le lieu du rendez-vous lui revint en tête.

– Il y avait trop de monde et les gens vous écrasent les pieds pour voir Mona Lisa ! J'ai donc fui… Je déteste la foule !

– Vous aussi ? Alors, on sort boire un verre ou nous poursuivons notre petite visite ? La salle des impressionnistes est… comment dire ?

– Impressionnante ?

Son rire éclata, sans retenue, et il afficha un large sourire. Il poursuivit.

– On s'en va, comme ça, on marchera un peu. Il fait beau.

Marco songea que s'il continuait à ne sortir que des phrases si intelligentes et d'une telle profondeur, il allait pouvoir faire une croix sur ses espoirs. Il aurait dû dire oui, poursuivre la visite et aller dans son sens. Seulement, il la voulait pour lui tout seul, il aimait qu'elle soit là, à côté de lui, comme un trésor hors de portée, un cadeau interdit, certes, mais qu'il pouvait contempler à loisir.

– J'adore marcher. On y va !

Tout lui faisait plaisir et son enthousiasme paraissait bien réel. Il fendit la foule pour elle, écartant les pressés, repoussant les malotrus et la protégeant de son corps. Quand ils furent à l'air libre, il la contempla en plein soleil et en eut le souffle coupé.

– Que vous arrive-t-il ? Vous êtes tout pâle !

– Hein ? Je… Non, rien. Venez.

Spontanément, il avait eu envie de lui prendre la main, sans aucune arrière-pensée, tout simplement pour lui faire comprendre qu'il était heureux. Heureux… Le mot résonna dans son esprit et il sentit une bouffée de chaleur le submerger. C'était la première fois qu'il percevait cet étrange sentiment. Être bien grâce à la seule présence d'une femme, sans l'avoir embrassée, sans avoir couché avec elle. Aurélia entama la conversation et jamais Paris ne lui sembla si magnifique.

*

L'homme était au téléphone.

– Oui, Votre Altesse. Elle a retrouvé ce garçon, celui du notaire qui nous avait causé des…

– Oui, je vois parfaitement qui c'est. Que font-ils ?

Il se pencha pour mieux voir, cachant d'une main le soleil qui l'éblouissait.

– Rien. Ils discutent et ils marchent.

Il entendit le soupir dans l'écouteur.

– Tenez-vous prêt au cas où et appelez-moi si nécessaire. Suivez-les, mais ne vous faites pas repérer. C'est bien compris ?

– Oui, Votre Altesse.

Il raccrocha et démarra. Il embraya la première et roula au pas, se moquant des coups de klaxon excédés.

*

L'homme marchait à une petite centaine de mètres derrière le couple. Il avait bien senti que ce rendez-vous cachait quelque chose. Abaissant son chapeau sur les yeux, il remonta le col de son imperméable. Cela aurait pu surprendre, compte tenu de la température clémente et du ciel bleu sans un nuage, pourtant, à Paris, il pouvait se le permettre. Personne ne remarquait les différences ou les excentricités des passants.

Son œil aiguisé repéra immédiatement la voiture qui roulait au pas. Les deux jeunes gens, pris en double filature, étaient inconscients de ce qui se passait. Il sourit et nota le numéro d'immatriculation, cela pouvait se révéler une information importante pour son client.

Là-bas, le couple tourna sur le pont Royal et il en fit autant, attendant patiemment que la berline noire le dépasse.

*

– Je peux vous appeler Aurélia ou ça vous dérange ?

– Non, bien sûr. Au contraire, entre amis, c'est assez normal, non ?

Elle lui décocha un large sourire et pourtant, elle venait d'enfoncer un pieu aiguisé dans son cœur. Marco n'était rien d'autre qu'un ami pour elle. Sans doute devrait-il s'en contenter, si son caractère ne lui faisait toujours espérer un autre genre de relation, aussi illusoire qu'elle soit. Le pire était sans doute de refuser d'admettre cette vérité et de s'entêter.

– Quel âge avez-vous, Aurélia ?

– Vingt-cinq, bientôt vingt-six. Pourquoi ?

– Comme ça, pour savoir.

Il aurait dû lui dire qu'il s'intéressait à elle, que chaque petit détail avait son importance et qu'il désirait tout apprendre sur sa vie, ses passions, ce qu'elle détestait, ce qu'elle aimait et comment il pourrait la séduire, lui qui était si transparent.

Elle reprit.

– C'est marrant que vous me parliez de ça. Mon fiancé a organisé une grande fête pour mon anniversaire. Ce sera dans les Caraïbes, sur un grand yacht et pendant quinze jours. Il a même invité toute ma famille.

Étrangement, elle n'en parlait pas sur un ton enjoué. Elle énonçait simplement un fait, comme un rendez-vous d'affaires sur son agenda. Le décalage était pourtant criant de vérité.

– Oh ! Je suis content pour vous, répondit-il, en cachant au mieux sa consternation.

Un anniversaire au Mac Do du coin ne serait jamais de son rang. Et que pourrait-il lui offrir ? En économisant un peu, il pourrait se fendre d'un bon restaurant.

– Vous avez l'air pensif, Marco. Quelque chose ne va pas ?

Il se mordit la langue pour ne pas dire ce qu'il avait sur le cœur. Il s'était déjà ridiculisé une fois, c'était suffisant.

– Non, rien. Je pensais que vous aviez de la chance. C'est chouette les Caraïbes !

– Ah, vous connaissez ?

– Heu, pas vraiment. Je connais l'Europe grâce à mes compétitions et surtout l'Asie, car je vais en stage là-bas, au moins une fois par an.

Il crut bon d'apporter une précision.

– Et c'est payé par la Fédération.

– Mais c'est génial ! Racontez-moi.

Étonné, il la contempla. Que pouvait-elle trouver de si génial à sa vie ? Il prenait l'avion, passait quelques semaines dans une salle de sport, rentrait épuisé le soir et recommençait le lendemain. Puis il reprenait l'avion et revenait à Paris où il lui fallait des jours et des jours pour s'en remettre. Il regarda autour de lui. Après les Tuileries, le pont Royal, ils avaient remonté la rue du Bac et il indiqua d'un geste du menton la terrasse d'une brasserie.

– On s'arrête là ?

– Oui, très bien !

Elle commanda un cocktail de jus de fruits frais et il préféra prendre un café, prétextant qu'il fallait boire chaud quand on avait soif.

– Alors, je suis impatiente ! Qu'allez-vous faire en Asie ? Et puis d'abord, c'est vaste comme continent. Vous avez fait combien de pays ?

Il ne put que sourire devant son intérêt qui n'était pas feint. Aurélia était une jeune femme sincère.

– Un peu la Chine, le Japon et principalement la Corée. En fait, c'est pour le sport que j'enseigne, je pratique le Taekwondo.

– Ce que l'on surnomme le karaté volant, n'est-ce pas ?

Marco reposa lentement sa tasse et fronça les sourcils.

– Comment savez-vous un truc pareil ? Vous m'épatez.

Encore ce rire magique qui le faisait frissonner.

– Mon père a toujours prétendu qu'on trouvait les meilleurs hommes parmi ceux qui pratiquaient un sport de combat, que cela dénotait une forme de caractère assez rare. Lui a fait de la boxe pendant très longtemps. Alors, je m'y suis intéressée parce que j'aime mon père.

Marco hocha la tête.

– Et votre mère ?

Il la vit se raidir et ses yeux le transpercèrent.

– Disons que c'est tout autre chose.

Il attendit la suite et comme elle ne venait pas, il songea que les rapports avec sa mère devaient être difficiles. Il changea aussitôt de sujet pour ne pas la mettre mal à l'aise.

– Et ce mariage, c'est pour bientôt ?

Cette fois, son regard devint glacial et Marco se demanda comment il pouvait accumuler autant de bévues en si peu de temps. En temps ordinaire, une jeune fille qui va se marier rebat les oreilles de son entourage en ne parlant que de cet heureux événement, du matin au soir.

– C'est assez privé, Marco. Je ne souhaite pas en parler.

Devait-il se réjouir de sa réponse assez équivoque ?

– Pardonnez-moi, je ne voulais pas me montrer impoli.

Un silence s'installa et il comprit qu'il l'avait réellement indisposée. Il allait ouvrir la bouche quand son téléphone sonna. Aurélia s'excusa et répondit.

– Allô ? Oui… Je… Comment ?

Elle blêmit tout à coup. Cela devait être une mauvaise nouvelle. Les lèvres pincées, le regard furieux, elle rangea son portable.

– Je suis navrée, Marco. Mon fiancé souhaite me voir et m'envoie sa voiture.

Il fronça les sourcils.

– Il vous l'envoie où ? Parce que sauf erreur, je…

Elle rougit violemment et se leva, balbutia quelques mots d'excuse et lui serra la main. Cinq minutes plus tard, Marco, médusé, vit une berline noire se ranger devant la terrasse et Aurélia s'engouffrer à l'intérieur après lui avoir adressé un dernier signe de la main.

Il avait beau perdre tous ses moyens avec elle, il conservait au moins une certitude. Aurélia n'avait pas donné d'indications sur le lieu où ils se trouvaient et cela ne pouvait signifier qu'une seule chose. Ce cher Omar la faisait suivre. Stupéfait et remonté, il reprit un café sans réfléchir et le garçon lui apporta la note. Il blêmit quand il en prit connaissance.

– Vingt et un euros ?

Il donna sa carte bleue et le paiement fut refusé. La mort dans l'âme, rouge de honte, il téléphona à Jean.

*

En silence, Marco marchait avec Jean qui était immédiatement venu et n'avait pas eu le cœur de râler ou de le sermonner devant sa mine déconfite. Il avait payé les consommations et Marco lui avait tout expliqué.

– Ah, petit, si tu m'avais dit ce que tu voulais faire, même si je ne suis pas bien riche, je t'aurais passé un billet ou deux.

– Merci, Jean.

Son entraîneur le regarda à la dérobée.

– Tu en as gros sur la patate, hein ?

– C'est vrai et je me trouve surtout très con. Cette femme n'est pas pour moi et pourtant…

Il hocha la tête et se tut. Son ami répondit.

– Voici ton évidence, Marco. Vous n'êtes pas du même monde et ça restera à tout jamais une barrière entre vous.

Le savoir était une chose, l'entendre dans la bouche de son ami lui fit beaucoup plus mal. Il s'immobilisa et le fixa.

– Jean, as-tu déjà ressenti un truc pareil ? Voir quelqu'un et te dire après quelques minutes que c'est la femme de ta vie ? Que tu ne pourras plus respirer sans elle et que tout ton univers va tourner autour d'elle. Comme ça !

Il fit claquer ses doigts et continua.

– En une seule seconde, tu sais. Tu es rempli d'une certitude absolue ! Tu…

Son entraîneur lui fit un petit signe de la main pour l'interrompre.

– Oui, petit. On appelle ça un coup de foudre.

Marco soutint son regard.

– Et toi ? Tu as déjà vécu ce truc de malade ?

Il hocha la tête et Jean détourna les yeux.

– Bien sûr.

– Tu as flashé sur une femme ? Tu t'es dit que c'était elle et nulle autre ? Alors…

Son ami baissa la tête, avec un sourire amer.

– Tu te demandes pourquoi je suis tout seul aujourd'hui ?

– Hmmm.

– Eh bien, dans la vie, les choses les plus importantes ne se passent pas toujours comme on le voudrait. Oui, j'ai aimé une femme plus que ma propre vie. En une seconde, je suis tombé amoureux et j'ai su que c'était elle. Mais voilà, le destin parfois te joue des sales tours.

Marco mit la main sur son épaule et la pressa.

– Pardonne-moi, je sens que je remue des trucs douloureux. Donc, si tu es seul, c'est que…

Jean reprit la marche et sa réponse fusa.

– Tu deviens chiant avec tes questions !

Son élève le rattrapa et lui sourit.

– Désolé, je ne voulais pas t'embêter, mais je pense que je suis comme toi. Si je n'ai pas le bonheur d'aimer Aurélia et que ce sentiment soit pleinement partagé, alors il n'y aura personne d'autre dans ma vie. Point final.

Il accéléra le pas et ne put voir le visage décomposé de son entraîneur. Lui seul pouvait savoir combien il était sincère en cet instant et les conséquences qu'une telle promesse lui infligerait.

Chapitre 7

Marco peinait énormément. Avec deux collègues, ils avaient des colis à préparer pour une commande urgente et Roger leur avait demandé de faire le nécessaire avant midi. Chaque paquet devait peser près de quarante kilos et avec la température quasi estivale qui régnait sur Paris, sous le toit en bardage, ils devaient en plus supporter une fournaise infernale. Sa combinaison de travail était trempée de sueur et il s'essuyait régulièrement

le visage où la poussière collait rapidement. Pour rendre la tâche encore plus aisée, ces colis étaient rangés dans un coin de l'entrepôt où le tire-palettes ne passait pas et il fallait les porter à deux jusqu'à l'allée principale.

Avec son collègue, ils venaient de poser le dernier sur la palette qui fut tout de suite emportée quand on tapota son épaule. C'était Alicia, la secrétaire.

– Marco, il y a une jeune femme dans mon bureau qui demande à te voir. Tu viens ?

Il pensa immédiatement à Sabrina qui venait lui présenter des excuses et ça le fit sourire. De toute manière, sa décision était prise et il ne reviendrait pas en arrière. Il ne concevait pas de bâtir une relation sur des bases si peu solides où la confiance n'existait pas. Il se dirigea vers les locaux administratifs et, remonté comme une pendule, ouvrit la porte assez violemment.

– Bonjour, Marco !

Il ne trouva rien à répondre. Aurélia se tenait là, dans le bureau de la direction, sur son lieu de travail. Dépité, il contempla ses mains noires et s'en voulut de ne pas les avoir lavées.

– Bonjour Aurélia. Désolé pour ma tenue, mais... comment m'avez-vous trouvé ?

Elle haussa les épaules.

– Avec mon père, tout est simple. Je vous dérange pendant votre travail, je suis navrée. Vous m'accompagnez dehors pour fumer une cigarette ?

– Je ne fume pas et je ne suis pas en pause, alors...

Roger, assis dans la pièce voisine, passa la tête par la porte et salua la jeune femme avant de se tourner vers son employé.

– C'est bon, Marco. Le chauffeur charge avec son fenwick et j'ai déjà mis tes collègues en pause. Tu en as assez fait pour ce matin, sors donc prendre l'air, ça te fera du bien.

Cette fois, son chef ferma la porte et il se tourna vers Aurélia.

– Bon, je suis officiellement en repos et je peux vous accompagner.

Perfide, il ajouta.

– Si vous n'avez pas honte de vous afficher avec un type aussi crasseux que moi.

Elle s'approcha et son regard flamboya.

– Ne jouez pas les inférieurs avec moi, Marco. Quand j'étais gamine, mon père m'a appris la valeur du travail et comment gagner de l'argent. Si je voulais quelque chose, il ne disait jamais non et il m'expliquait simplement combien d'heures j'allais devoir travailler dans l'une de ses entreprises pour l'obtenir. Alors, n'essayez pas de me la faire à l'envers. OK ?

Elle lui tapota le front de son index à plusieurs reprises.

– J'espère que vous m'avez comprise et que c'est bien entré dans votre caboche !

Sans attendre, elle quitta le bureau et Marco la suivit, ravi de cette sortie qui l'avait franchement impressionné. Ils gagnèrent l'entrée principale de la société et Aurélia alluma une cigarette. Elle exhala la fumée.

– Je voulais vous revoir pour vous présenter des excuses. L'autre jour, je suis partie un peu brutalement.

Marco fit une grimace.

– Si l'on ne se voit que pour s'excuser, on n'est pas sorti de l'auberge !

Elle eut un rire spontané et son cœur dérapa encore une fois. Elle le fixa.

– J'aimerais vraiment que nous soyons amis, vous voulez bien ?

Il aurait dû dire non, car il désirait autre chose de plus fort et de plus doux en même temps. Sans doute était-ce la seule solution pour entretenir cette relation et continuer à espérer.

– Je veux bien, mais… je…

Il ne savait pas comment exprimer ce qu'il ressentait. Il put enfin soutenir son regard.

– Aurélia, je ne suis rien et je ne pourrai jamais suivre votre train de vie. Vous comprenez ? Je suis un type normal, fauché comme les blés, avec un avenir misérable devant moi. Et je… je…

Il ne put en dire plus sans se trahir. Elle le contempla, très surprise.

– L'amitié ne se nourrit pas d'argent, mon cher Marco ! Cessez de me voir comme une héritière ou une pimbêche qui ne pense qu'au fric. Je ne suis pas comme cela. Je n'ai qu'une demande à formuler. Ne me parlez pas de mon fiancé, du mariage ou de ma mère. Vous voulez bien ? Ce sera notre pacte et nous pourrons être de vrais amis.

Il se mordit la langue, car il allait répliquer vertement. Pour quelqu'un qui n'aimait pas l'argent, pourquoi épousait-elle un type comme ce maudit Omar ? Et pourquoi ne fallait-il pas en parler ? Comme c'était facile de dire que l'argent n'était pas important, quand on avait les poches pleines !

Mettant fin à ses réflexions, elle ajouta aussitôt.

– J'ai beaucoup aimé votre attitude chez le notaire et je n'oublierai jamais ce merveilleux cadeau que vous m'avez fait en renonçant à l'héritage de Georges. Vous êtes quelqu'un de vrai et je serais très honorée, très fière aussi si vous acceptiez mon amitié.

Il hocha la tête et retrouva le sourire.

– Vous êtes bien comme votre père, je ne me suis pas trompé. C'est appréciable, vu de ma fenêtre. Enfin… Je veux dire…

Il bredouillait encore et s'en voulut. Il ne cessait de se ridiculiser dès qu'il était en sa présence.

– J'ai récupéré les clés de la maison de Georges hier. Si cela vous tente, je passe vous chercher ce soir, comme ça, vous verrez pourquoi j'y tenais tellement. Allez, dites-moi oui !

Qui aurait le courage de lui refuser quelque chose ? Marco balbutia un oui, à peine audible.

– Je file, j'ai beaucoup de travail. Vous finissez à quelle heure ?

– Seize heures.

Elle sourit.

– Alors, à toute ! Même endroit. Ciao !

Comme un feu follet, elle se tourna, monta dans sa voiture et démarra. Il resta planté sur place et la regarda tourner au virage avant de disparaître. Visiter une maison, ça ne changerait rien et après tout, cela pouvait créer d'autres liens. En avait-il vraiment besoin ?

C'était un tout autre débat.

*

– Comment ? Elle est retournée le voir ? Où ça ?

– Sur son lieu de travail, votre Altesse.

Il y eut un long silence.

– Bien, suivez-la, comme d'habitude, et tenez-moi informé. Elle est toujours avec lui ?

– Non, elle est en voiture et apparemment, elle retourne à la Fondation.

– Ne la quittez pas des yeux !

Il lâcha une bordée de jurons et raccrocha.

*

Après une douche soigneuse, Marco enfila un jean et un polo. Au moins, il était propre, à défaut d'être beau et bien habillé. Il regarda son polo à la couleur un peu passée dans le miroir et haussa les épaules. Ce matin, il ne pensait pas avoir rendez-vous avec Aurélia. Après avoir salué tout le monde, il mit un pied dehors et au même instant, dans un rugissement de moteur, elle arriva en trombe. Elle baissa la fenêtre côté passager et se pencha.

– Eh, Marco ! Bien à l'heure, hein ?

Il sourit, secoua la tête et s'installa à côté d'elle.

– C'est loin ?

– Non, vers Sceaux. On y sera très vite.

Compte tenu de sa manière de conduire, il n'en doutait pas une seconde. Le voyage fut rapide et contrairement à ce qu'il craignait, Aurélia se révéla une conductrice sportive, mais prudente, même si elle flirtait régulièrement avec des vitesses prohibées. Quand elle se rangea, Marco regarda autour de lui.

– C'est ici ?

Elle acquiesça en silence et en la regardant, il put voir combien elle était émue. Il descendit de voiture le premier. Ils marchèrent un peu et se retrouvèrent devant une grille rouillée.

– Georges n'avait plus les moyens d'entretenir une telle maison. Pourtant, il ne l'a jamais abandonnée et a refusé de s'en aller. Même mon père n'a pas réussi à le convaincre.

Elle ouvrit à l'aide d'un trousseau. Ensemble, ils arpentèrent l'allée gravillonnée.

– Avant, le jardin était rempli de plantes, d'arbres, de buissons floraux… c'était magnifique. Tenez, venez !

Aurélia obliqua à droite et sans hésitation, franchit un roncier. Après quelques pas, ils s'arrêtèrent devant une piscine remplie des feuilles mortes de l'automne dernier, de branches cassées et d'un fond d'eau vaseuse qui sentait fort. Elle y était insensible, affichant un large sourire.

– Avec Alex, ma grande sœur, combien de fois avons-nous fait les folles ici ! Mon père nous interdisait de venir nous baigner seules et quel plaisir de lui désobéir !

Il sourit, comprenant tout à fait. Aurélia était songeuse, les pieds au bord du bassin vide. Il attendait patiemment.

– Pardon, je rêvais. Venez, au tour de la maison, maintenant !

Elle fit demi-tour et l'entraîna par une autre allée.

– Oh, le chêne est encore là ! Comme je suis contente !

Marco contempla l'arbre en question, réellement majestueux, qui devait avoir quelques siècles d'existence.

– On montait dans cet arbre et on se faisait gronder, car on s'écorchait les genoux, on déchirait nos robes ou les cousins se castagnaient. Ce chêne, c'était un château fort, un bateau de pirates, ou le palais des Princesses.

Encore une fois, elle plongea dans ses souvenirs. Pendant un moment, il crut voir une larme briller dans ses yeux et préféra se taire.

– Venez.

La maison était très belle et en son temps, l'image parfaite de la richesse d'une famille dans l'opulence. Aujourd'hui, les années avaient passé et égratigné le vernis. Des ardoises s'étaient envolées, le crépi de façade était parsemé de grandes fissures et les peintures nécessitaient un sérieux coup de fraîcheur. L'escalier monumental en pierre de taille était magnifique, même s'il en manquait quelques-unes, de-ci, de-là.

– Elle est belle, hein ?

C'était bien une maison bourgeoise, sans doute du dix-neuvième, peut-être même du dix-huitième siècle, et Marco chiffrait dans sa tête les travaux et l'entretien que cela représentait. Avec le parc immense qui l'entourait, il n'aurait jamais pu faire face et se félicita doublement de sa décision.

– Elle était dans votre famille depuis longtemps ?

– Oh, c'est une longue histoire. Je vais vous montrer quelque chose.

Elle contourna la maison sur la droite. Marco aperçut une serre dont plusieurs vitres étaient brisées et Aurélia se recula. Elle tendit l'index vers l'étage.

– La fenêtre, là-haut, celle qui a un volet cassé… Je suis née là !

Surpris, il la contempla avant de lever les yeux. Elle s'expliqua.

– Je suis arrivée en avance, à la surprise générale, et Georges a considéré que c'était une chance. Alors, depuis que je suis toute petite, il m'a promis qu'il me donnerait sa maison.

Marco réagit aussitôt.

– Alors, pourquoi a-t-il voulu en céder la moitié à ma mère ? Je vous promets Aurélia que je n'en savais rien. J'ignorais jusqu'à l'existence de votre oncle !

Devant son émotion, il avait besoin de se justifier. Aurélia baissa les yeux du pignon et le regarda en face.

– Georges était un homme bon et généreux. Ne le prenez pas mal, Marco, mais votre mère a dû beaucoup compter pour lui ou lui rendre de grands services pour qu'il ait de tels égards.

Il grimaça.

– Vous ne lui en voulez pas ?

– Pourquoi ? Je suis ravie de son geste et tant mieux si j'ai récupéré la maison, grâce à votre gentillesse. Vous savez, tous les gens nobles ne sont pas des salauds qui vivent sur le dos des autres !

– Ce n'est pas ce que je voulais dire. Je trouve cela surprenant, c'est tout.

Il choisit ses mots et se massa la nuque.

– Je ne comprends pas ce que représentait ma mère pour Georges, alors qu'elle ne m'en avait jamais parlé.

Aurélia acquiesça.

– C'est un peu pour ça que je souhaitais venir avec vous. Il y a des choses que ma famille ignore et dont moi seule suis au courant. Venez, entrons et vous comprendrez plus tard.

Marco la suivit. Il eut l'impression de profaner un tombeau où l'on aurait enseveli quelqu'un avec ses trésors du siècle dernier. La poussière recouvrait les meubles, les tapis n'étaient guère reluisants et il régnait une atmosphère étrange, mais bienfaisante. Marco se sentit bien et ouvrit de grands yeux.

– Georges aimait le passé et la maison est bien à son image.

Ils déambulèrent de pièce en pièce et la demeure se révéla très spacieuse.

– Il n'avait donc pas d'enfants, pas de femme ?

– Non, ils nous avaient nous, Alex et moi, nos cousins, nos cousines, et cela lui suffisait. On passait les vacances de Noël ici, en famille, et c'était génial ! Venez, montons.

Les marches grinçaient, la rampe ne tenait plus très bien, pourtant les yeux d'Aurélia pétillaient de bonheur. Elle ouvrit l'une des nombreuses portes et d'un signe de tête, lui indiqua l'intérieur.

– C'est ici que ma mère m'a mise au monde, mais ce n'est pas ça que je veux vous montrer.

Il n'eut pas le temps de regarder qu'elle fermait déjà la porte pour se précipiter à l'autre bout du couloir.

– Regardez.

Ses doigts caressaient un carreau de bois patiné et très ancien. Marco se pencha et déchiffra les lettres avec difficulté.

– Au… ré… Aurélia ?

– C'était ma chambre de vacances ! Georges me l'avait réservée et personne d'autre que moi n'y a vécu !

Presque religieusement, elle tourna la poignée et entra. C'était une petite chambre, toute simple. Un lit d'enfant avec une tête et un pied de lit en bois, à peine travaillés, un traversin et deux gros oreillers. Un duvet servait de couvre-lit, sur lequel un nounours reposait ainsi qu'une poupée de chiffon. Marco regarda autour de lui et s'avança. Il caressa du doigt un ancien secrétaire à rideau et examina la petite bibliothèque croulant sous de vieux livres. Il n'osa pas ouvrir l'armoire face à lui et se tourna vers elle.

Aurélia était assise sur le lit, son nounours dans les bras. Des larmes coulaient sur son visage et Marco eut aussitôt la gorge nouée. La voir céder devant la violence des émotions le bouleversa. Elle releva les yeux vers lui.

– Si vous saviez, il n'y a qu'ici que j'ai été vraiment heureuse. Alors, je…

Sa voix s'était brisée et les ruisseaux de larmes devinrent deux rivières ininterrompues. Marco baissa la tête. Oui, lui savait très bien ce que les souvenirs d'enfance pouvaient remuer et engendrer comme douleur. Le passé collait toujours aux semelles, que l'on porte des sabots ou de jolis escarpins de cuir très coûteux, rien n'y faisait.

Aurélia pleurait en silence, le visage dissimulé dans la fourrure clairsemée de son nounours sans âge et Marco fit un pas vers elle. Il aurait aimé la prendre dans ses bras, la consoler et lui dire que… Qu'aurait-il pu lui dire, d'ailleurs ? Ce chagrin, même s'ils le partageaient de manière bien différente, pour ne pas dire opposée, était et devait rester solitaire. On regardait toujours son passé dans les yeux, avec plus ou moins de tristesse ou de courage, mais on était souvent seul pour l'affronter. Il soupira et sortit de la chambre pour lui laisser de l'intimité. Il dévala l'escalier et s'assit sur les marches du perron.

Recroquevillé et pensif, il posa le menton sur les genoux et l'attendit. Non, même l'argent n'apaisait pas les blessures de l'enfance, rien ni personne ne pouvait offrir une parfaite cicatrisation des douleurs, des rancœurs, des joies perdues et des peines éternelles. Tout restait gravé dans la chair et il suffisait d'un lieu, d'un moment ou d'un objet pour que toutes ces souffrances reviennent, aussi brûlantes qu'au premier jour.

La tête vide et le cœur lourd, Marco ne bougea plus.

*

– Comment ça, ils sont dans cette baraque depuis deux heures ?

– Votre Altesse, je vous dis ce que je vois et…

– Allez voir ce qu'ils font !

– Je ne peux pas, sinon, je serai repéré et elle me reconnaîtra tout de suite !

Il y eut un long silence.

– Bien, il est temps de donner une petite leçon à ce crétin. Revenez me voir au bureau, je vais vous donner mes instructions, mais pas au téléphone.

La communication fut coupée et l'homme haussa les épaules. Il jeta son portable sur le siège passager puis la berline noire démarra sans faire de bruit.

*

Aurélia vint s'asseoir à côté de lui, sans dire un mot, et posa un sac sur une marche. Marco la regarda et se fit violence pour ne pas l'enlacer.

– Je suis désolée.

Il réagit aussitôt.

– Vous êtes toujours désolée quand nous sommes tous les deux. Arrêtez ! Je comprends très bien ce que vous ressentez et je suis heureux de ne pas vous avoir privée de cette maison.

Il avait parlé d'une voix étonnamment douce et apaisante. Il continua.

– Ça va mieux ?

Elle opina du chef rapidement.

– Cela faisait très longtemps que je n'étais pas revenue. Pourtant, quand Georges était encore là, j'aurais eu tout loisir de venir le voir, de parler avec lui et…

Il acquiesça.

– Hmmm… Je sais, on ne le comprend que bien après et toujours trop tard. On croit les gens éternels et finalement, quand on réalise qu'ils ne sont plus là, on reste sur le carreau avec une valise pleine de questions et une autre, remplie de regrets.

Elle le contempla longuement et soupira, puis elle saisit le sac et le posa devant lui.

– C'est pour vous. Là-dedans, vous trouverez quelques carnets. Georges écrivait ce qu'il considérait comme très important dans sa vie, mais aussi des futilités comme des pensées, le temps qu'il faisait tel jour, ou encore combien lui avait coûté sa baguette. C'est un peu décousu, mais si quelque chose pouvait éclaircir la relation qui existait entre Georges et votre mère, vous ne le trouveriez que dans ces carnets. Il y a des choses personnelles qui me concernent ou qui touchent ma famille de très près. Je vous fais confiance, n'en parlez à personne.

Marco resta bouché bée et touché par son geste d'une immense portée.

– Si je suis votre amie, je dois pouvoir vous faire confiance, non ? Alors, je le fais et avec plaisir. Si vous trouvez une information, nous pourrons en parler, ou pas. Comme vous voudrez. Je vous demanderais seulement de me les rendre après vos recherches. D'accord ?

Il balbutia un oui et serra fort la poignée du sac.

– Venez, je vous raccompagne chez vous.

Elle dévala les marches et se tourna soudainement vers lui, alors qu'il n'était pas encore debout.

– Si je me rappelle bien, vous habitez rue des Martyrs, n'est-ce pas ?

Il plongea longuement ses yeux dans les siens, puis acquiesça.

– Si ça ne vous dérange pas, pourriez-vous me déposer au club ? Je donne un cours ce soir et je vais être en retard.

– Pas de problème !

Elle fit volte-face et s'éloigna.

Marco soupesa le sac, bien lourd, peut-être aussi lourd que le secret qu'il renfermait.

*

– Et elle t'a filé les carnets du tonton, sans sourciller ?

Jean était stupéfait et Marco ne put que rire.

– Elle voulait revoir la maison de son enfance où elle a passé des moments apparemment heureux et inoubliables. Eh oui, elle m'a confié les carnets, je sais, ça paraît dingue, mais c'est comme ça. Maintenant, excuse-moi, je suis à la bourre et je dois encore m'habiller pour donner mon cours.

Son entraîneur insista.

– En prime, elle t'a ramené jusqu'ici ? Eh bien, elle est sacrément gentille.

– Oui, très ! Bon, tu files, vieux renard, sinon je ne serai jamais prêt.

Ils rirent ensemble et son ami quitta les vestiaires.

Marco donna son cours et y mit beaucoup d'entrain. Il avait besoin de se dépenser pour ne pas trop faire de plans sur la comète. De plus, il fallait gérer la crainte de ce qu'il découvrirait dans ces petits carnets. Il se dépensa tant et si bien qu'avant la fin, il était déjà fatigué et devait puiser dans ses réserves pour achever un cours particulièrement difficile et soutenu.

Vers vingt-trois heures, il quitta le club. Il avait laissé le sac si précieux chez Jean, promettant de revenir le lendemain après le travail. En effet, il ne voulait pas être seul pour examiner les écrits de Georges et lui avait demandé de l'aide. Il préférait passer la fin de la soirée sur son petit nuage rose, sans se poser plus de questions sur le passé, et rêver à un avenir qui avait le sourire d'Aurélia.

Chapitre 8

Marco tenait son sac de sport sur l'épaule et bâillait tout en ouvrant la porte cochère. Encore les cinq étages à grimper et il pourrait enfin se jeter sur le lit, après un cours très difficile.

Il tendit la main machinalement vers la minuterie, quand un agresseur le saisit par les cheveux et le propulsa violemment vers le mur qu'il heurta. Même s'il sentait la présence d'un deuxième homme, ils ne feraient pas le poids. Furieux, il banda ses muscles et s'apprêtait à répliquer, quand il sentit tout à coup quelque chose de dur et de froid contre sa nuque.

Son assaillant parla à voix basse.

– Ne bouge pas, connard ! Je connais bien les trucs vicelards de ton karaté de merde ! C'est un 357 Magnum et si tu ne veux pas voir ta cervelle s'étaler sur le mur, tu ne bouges plus un cil et tu m'écoutes.

Marco inspira profondément et n'opposa plus de résistance. Que pouvait-il faire contre une arme, à cette distance ? La main lâcha ses cheveux, mais le canon de l'arme se fit plus pressant. L'homme avait un léger accent étranger qu'il ne parvint pas à identifier. De plus, dans l'obscurité du hall de l'immeuble, il ne risquait pas de les voir.

– Écoute, petit con, tu vas arrêter de tourner autour de cette nana et tu vas dégager fissa de son espace vital. Tu m'as entendu ?

L'autre homme ricana et cela agaça Marco. Sans bouger, il répondit.

– De qui parles-tu ?

Il entendit le cliquetis d'un chien que l'on armait.

– Tu sais très bien de qui je parle. Ouvre bien tes esgourdes ! Tu lâches l'affaire, tu t'arraches très loin et tu vas tirer une pute ou deux. Sinon, je reviens et je vide mon six-coups dans ta gueule. Est-ce que c'est clair ?

Encore un ricanement de côté. Il inspira profondément pour se calmer.

– Je suppose que c'est Omar qui t'envoie ?

Les deux hommes rirent de bon cœur cette fois et la voix ironique murmura à son oreille.

– Pas de bol ! Tu te plantes, Ducon. C'est son père qui nous envoie. Pour faire bonne mesure, on t'a réservé quelques petites surprises. Salut, connard !

L'arme s'éloigna. Alors qu'il allait se détendre pour le frapper, son agresseur avait anticipé et fut plus rapide. Il reçut un coup de crosse sur l'arrière de la tête et Marco dut se tenir au mur pour ne pas tomber. La porte cochère se rouvrit et il ne vit que deux ombres disparaître. Sonné, il tâtonna pour trouver la minuterie et enfin la lumière l'éclaira. Il passa la main sur sa nuque, s'attendant à voir du sang et ne découvrit qu'une bosse qui grossissait à vue d'œil.

– Bande de lâches !

Il se précipita dans la rue. Il n'y avait plus personne, même pas une voiture suspecte, hormis le trafic habituel. Il rentra et récupéra son sac pour monter péniblement les cinq étages. Arrivé sur le palier, il s'immobilisa.

Sa porte était entrouverte, l'huisserie certainement défoncée au pied-de-biche.

*

Les paroles de son agresseur résonnaient encore dans sa mémoire. Il referma la porte et alluma. Quand il découvrit le désastre, il ne put retenir un gémissement. Ils avaient tout retourné, tout brisé, et le sol disparaissait sous les débris, des papiers et des morceaux de bois, du plastique, des tissus et tant d'autres choses, toutes éparpillées. Rien, pas une pièce n'avait été épargnée.

La mort dans l'âme, Marco contempla le frigo massacré, le peu de nourriture qu'il possédait répandu sur le carrelage et, par réflexe, il voulut relever le micro-ondes. L'étagère céda et le four retomba sur le sol. Abattu, il revint dans la salle à manger. Ils avaient poussé le vice jusqu'à briser les pieds de la table et ses chaises étaient également disloquées. Son armoire était défoncée, toutes ses coupes et médailles abîmées et les rubans arrachés. Les pages de ses livres avaient été déchirées et ses étagères jetées dans un coin.

– C'est pas vrai !

Ces trois mots étaient devenus une litanie douloureuse qu'il répétait sans cesse. Dans la chambre, ce fut le même constat. La couette, le matelas et l'oreiller étaient éventrés, répandant la ouate ou les plumes sur le sol, le recouvrant d'un tapis blanc. Le sommier avait été lardé de coups de couteau. Un vrai champ de bataille. Même à deux, ils avaient dû y passer beaucoup de temps.

– Oh, putain, non ! Ah les enfoirés !

La carte d'Aurélia n'existait plus, transformée en minuscules confettis. Soudain, il chercha quelque chose et fit demi-tour. Il retrouva la photo de ses parents, déchirée en quatre et le cadre cassé.

– Les salauds.

Marco s'assit par terre, au milieu du carnage. Ils avaient passé tous ses vêtements au rasoir et il n'avait même plus un boxer de rechange ni une simple paire de chaussettes. Que devait-il faire ?

Il prit son téléphone et songea à appeler Police Secours, car il fallait déposer plainte, puis il reposa le portable, lentement. Il regarda autour de lui et finit par sourire. Si son père lui faisait subir un tel sort, c'est qu'il ne devait pas laisser Aurélia si indifférente que ça. De plus, en son for intérieur, il avait du mal à avaler cette version. Il ne voyait pas Hugo Massard d'Espan se livrer à ce genre de méfait et lui envoyer des hommes de main pour le menacer. Ce n'était pas son genre ou alors il s'était trompé sur son compte et par voie de conséquence sur celui d'Aurélia. Non, impossible ! Seul Omar avait pu lui jouer un tour pareil, d'autant plus que s'il faisait suivre sa fiancée, il ne devait pas ignorer qu'ils avaient passé la fin de l'après-midi ensemble.

– Espèce d'enfoiré, tu vas voir de quel bois je me chauffe.

Pourtant harassé de fatigue, Marco se leva et commença à ranger. Il retrouva des sacs-poubelles dans le capharnaüm et fit plusieurs allers et retours pour les déposer sur le trottoir. Il acheva le nettoyage vers quatre heures du matin et alla s'asseoir sur ce qui restait de son lit. Tant bien que mal, il avait remis en place la garniture et recousu grossièrement la couette. Il lui faudrait des mois pour tout racheter et se refaire un intérieur correct. Tant pis. Il avait toujours son travail et ferait face. Il était prêt à payer n'importe quel prix pour revoir Aurélia et les menaces ne lui faisaient pas peur.

Maintenant qu'il savait à quoi s'en tenir, il serait tout simplement plus méfiant.

*

Quand il arriva à l'entrepôt, Marco était déjà fatigué. Après une nuit blanche passée à tout remettre en ordre, il n'était pas franchement en forme pour une journée de dur labeur. Il alla tout droit se changer et rencontra Roger. Il semblait plus abattu que lui.

– Marco, on doit se voir. Suis-moi.

Alicia les attendait et il s'assit sans gêne sur la chaise, devant le bureau de son supérieur.

– J'espère que tu vas m'annoncer une bonne nouvelle, genre grosse augmentation, parce que je vais en avoir besoin !

Il nota que sa plaisanterie était tombée à plat et Marco s'inquiéta en surprenant des échanges de regards, lourds de sous-entendus, entre la secrétaire et son supérieur. Roger triturait un stylo et le balança soudainement sur le bureau.

– Marco, je suis navré, tu es licencié, dit-il, rapidement.

Il crut avoir mal entendu et soutint son regard.

– Quoi ? Mais qu'est-ce que tu racontes ?

– Compression de personnel, c'est arrivé ce matin par fax et je n'y comprends rien.

Il secoua la tête, se croyant dans un cauchemar qui durait depuis la nuit précédente.

– Ça vient d'où ?

– La Direction générale. Ce soir, tu as rendez-vous avec le comptable et…

Il se leva lentement, furieux et contenant difficilement la rage qui était en train de l'envahir. Sans un mot, il quitta le bureau. Non, il devait se faire des idées, ce n'était pas possible. En marchant vers la station de métro, la haine enflammait sa raison et il changea de destination au dernier moment.

Il fallait qu'il en ait le cœur net.

*

L'hôtesse d'accueil était effrayée par sa mine froide et sa voix glaciale.

– Je vous le demande une dernière fois. Est-ce que monsieur Courtoy est arrivé ?

Inquiète, elle fit non de la tête et Marco haussa les épaules. Il prit l'escalier et se souvint qu'autrefois, il avait franchi ces mêmes marches, accompagné par le Directeur général et qu'il le félicitait pour son titre européen. Il y avait même eu une petite fête avec du champagne et des petits fours.

Le siège social de la société qui l'employait était très moderne et, évidemment, meublé avec beaucoup de goût. C'était la meilleure vitrine de leur savoir-faire. Il passa devant la secrétaire personnelle du Directeur, sans répondre à ses salutations ni à ses questions, et se dirigea tout droit vers la porte. Il entra sans frapper, au grand étonnement de son occupant, vint directement à lui, la mine furieuse et les deux poings serrés en appui sur le bureau.

– Pourrais-je savoir quelle mouche vous a piqué ?

Le cadre supérieur grimaça. Derrière lui, Marco entendit la voix affolée de la secrétaire.

– Voulez-vous que j'appelle la sécurité, Monsieur ?

Il lui fit un geste apaisant.

– Non, tout va bien. Sortez et fermez la porte, s'il vous plaît.

Puis il le regarda, sans animosité.

– Je vous en prie, Monsieur Stenzza, asseyez-vous et parlons.

– Non, je reste debout ! Pour l'instant, je me retiens, mais je veux comprendre.

Le Directeur se leva en soupirant, ouvrit une fenêtre et revint s'asseoir. Il alluma une cigarette et exhala longuement la fumée.

– Je n'ai pas eu le choix. J'ai reçu un appel hier soir et ce matin, le Président m'a confirmé l'ordre. Comment dire ?

Il marqua une courte pause et reprit.

– Notre société a besoin de pin et de sapin, en provenance de Scandinavie et vous savez que…

Marco écarquilla yeux et l'interrompit.

– Oui et alors ? Quel est le rapport avec moi ?

– Eh bien, l'un de nos actionnaires m'a demandé votre tête et si je ne donnais pas suite, nous aurions de gros problèmes d'approvisionnement en matières premières. J'avoue que je n'ai pas cherché à comprendre. Alors quand le Président me l'a confirmé, j'ai su que vous aviez de sérieux ennuis.

Cette fois, Marco tomba lourdement sur le siège derrière lui.

– C'est dingue, votre histoire ! Je n'ai de problème avec personne.

Il devint livide et fit non de la tête.

– Ce n'est pas possible. Sauf si…

Le Directeur général était désemparé et sa mine affichait clairement le fond de sa pensée.

– Je n'ai pas le droit de vous dire d'où ça vient, cela dit, je vous apprécie, nous nous connaissons depuis si longtemps… Alors, si je laissais traîner mon téléphone par mégarde, vous comprenez ?

Il sortit son portable, l'ouvrit et le manipula quelques secondes avant de le poser et de le tourner vers lui. Marco se pencha et put ainsi consulter le journal d'appels. Il descendit la liste jusqu'à la veille et en trouva un, à 20 h 07, d'une durée de vingt minutes. Quand il lut le nom, il s'étrangla.

– Domicile Massard d'Espan ? Non… Je n'y crois pas. J'hallucine !

Il se leva d'un bond et se dirigea vers la sortie, atterré par ce qu'il venait de lire. Alors, son agresseur nocturne ne lui avait pas menti ? C'était bien le père d'Aurélia qui avait mené cette campagne de démolition à son encontre. Mais pourquoi ?

– Monsieur Stenzza, attendez !

Il avait déjà la main sur la poignée et se tourna vers son ancien employeur. Le Directeur vint vers lui et lui tendit un petit bristol.

– C'est la société d'un ami, je l'ai appelé hier soir. On m'a obligé à faire quelque chose que je déteste, j'ai donc déjà fait le nécessaire. Appelez-le de ma part et je vous promets que vous ne resterez pas longtemps au chômage.

Marco lui sourit chaleureusement.

– C'est très gentil et votre geste me touche beaucoup.

– Nous avions rendez-vous ce soir, je vous l'aurais expliqué de toute manière. Sinon, j'ai demandé au service comptable de modifier votre prime de licenciement et j'ai insisté, avec l'accord de notre Président. Disons que c'est mon cadeau d'adieu. Passez directement au premier étage, je les préviens que vous arrivez.

Marco ne sut que dire et hocha la tête.

– Merci, Monsieur.

L'homme face à lui paraissait désemparé.

– Je ne sais pas ce que vous avez fait aux Massard d'Espan, mais au téléphone, en tout cas, elle semblait vraiment en colère.

Marco se tourna lentement vers lui, le faciès rigide et le regard déjà embrasé.

– Elle ? Vous avez bien dit… elle ?

Le Directeur général afficha une grimace gênée.

– Heu… Je ne vous ai rien dit, n'est-ce pas ?

Il lui serra une dernière fois la main et, sans un mot, Marco quitta les lieux. Mille questions se bousculaient dans sa tête et les réponses l'effrayaient. Comment Aurélia aurait-elle pu s'amuser avec lui et le tromper à ce point ? Alors, ses pleurs dans sa chambre, ses larmes, sa nostalgie, tout cela n'était que de la poudre aux yeux ? Une comédie sordide pour se payer sa tête ?

Il était déjà arrivé au service comptabilité et il fut reçu par le responsable en personne. Son regard gêné était fuyant et apparemment toute la société était au courant de ce qui lui arrivait. Il signa des tas de documents, y compris une attestation l'engageant à ne pas poursuivre son employeur devant les prud'hommes. Le comptable, obséquieux et administratif jusqu'au bout des ongles, lui remit enfin son chèque.

Marco s'étrangla en voyant le montant.

– Dites, il y a une erreur, là, ce n'est pas possible !

– Monsieur Courtoy, notre Directeur général, m'a donné l'ordre de vous octroyer une prime exceptionnelle pour votre départ. Tout est en règle, il ne vous reste plus qu'à signer ce reçu.

Marco tenait le chèque entre ses mains qui tremblaient. C'était bien son nom et la somme inscrite en toutes lettres était de vingt-cinq mille euros.

Sa main trembla quand il signa le reçu avant de le faire glisser vers le comptable.

– C'est bon, vous pouvez y aller, tout est en règle.

Marco se leva, prit ses papiers et empocha son chèque. Il n'avait jamais eu une telle somme et l'énormité de ce capital le rassura quelque peu. C'était sans doute un mal pour un bien et grâce à cet argent inattendu, il pourrait se racheter un lit, une table et de quoi vivre décemment.

Il quitta les services financiers. Sur le palier, il croisa le Directeur général avec l'une de ses assistantes. Il s'empressa de lui barrer le chemin.

– Monsieur, je viens de voir et je ne sais que dire. C'est très généreux de votre part.

L'homme afficha un petit rictus.

– Généreux ? Depuis hier, je me sens mal et en dessous de tout. N'oubliez pas d'appeler mon ami et quoi qu'il arrive, vous savez où me trouver. Je ne vous lâcherai pas.

Ils se serrèrent chaleureusement la main et Marco le regarda disparaître dans le couloir opposé. Il respirait mieux pour son avenir proche et cependant, son regard était rempli d'un brasier qui le consumait. Il dévala l'escalier, quitta la société et reprit le métro. Avant de s'emballer, il devait vérifier un petit détail.

*

Jean était abasourdi et le regardait comme s'il s'était transformé en zombie.

– Non, attends, j'ai bien entendu, là ?

Sa voix reflétait la colère qui bouillonnait en lui. Il prit le temps d'inspirer avant de poursuivre.

– Tu viens de me dire que deux salopards t'ont menacé, chez toi, avec un flingue ? Qu'ils ont tout détruit dans ton appart et que ce matin, tu as appris que tu étais licencié avec un gros chèque, certes, et tout ça à cause des Massard d'Espan ?

Ses mains tremblaient et il but son café d'un trait.

– Tu es sûr que tout va bien dans ta tête ? Tu n'as pas bu, fumé un joint ou je ne sais quoi ?

Son entraîneur était livide et remplit sa tasse. Il était si bouleversé qu'il oublia de le servir. Marco lui prit la cafetière des mains pour remplir son mug.

– Non, je ne suis pas en plein délire. C'est la stricte

vérité.

– Et ton ex-employeur affirme que c'est elle qui a appelé ? C'est impossible, voyons !

Son ami montra le sac qui contenait les carnets de Georges, posé sur le canapé.

– Jamais elle ne t'aurait confié des documents pareils ! Tu imagines, si tu étais malhonnête, tu pourrais t'en servir contre elle ou sa famille après ton agression et le licenciement, après tout, ce serait un prêté pour un rendu. Non, je n'y crois pas, elle n'est pas folle cette fille. Ou alors…

Ce fut Marco qui acheva sa phrase.

– Ou alors, tout ça n'est qu'un coup monté par Omar pour m'éloigner d'elle. Je suis bien d'accord avec toi et je n'ai qu'un seul moyen de le savoir.

Son entraîneur le regarda, inquiet.

– Lequel ?

– Je regarde un truc sur ton ordinateur et je file à la Fondation Massard d'Espan. Là-bas, en la voyant, j'en aurai le cœur net et je saurai la vérité.

Jean se frotta nerveusement les mains.

– Eh ! Attends, tu ne vas pas me refaire une grosse bêtise, hein ? Genre démolition d'une Fondation après celle d'une étude notariale !

Il haussa les épaules, se leva et s'installa au clavier.

– Je peux ?

Son ami acquiesça, de mauvaise grâce. Il fit une seule requête sur le moteur de recherche et se rendit sur le site de la Fondation. Il nota scrupuleusement l'adresse qu'il n'avait pas retenue et l'empocha. Son entraîneur revint à la charge.

– Tu ne m'as pas répondu. Que vas-tu faire là-bas ?

Il posa son chèque sur la table.

– Je vais aller la voir, face à face. S'il m'arrive quelque chose, je voulais aussi que tu sois au courant de tout cet imbroglio.

Jean se leva lentement.

– Comment ça, s'il t'arrivait quelque chose ? Tu me fais peur, petit.

Marco eut un sourire triste.

– Hier, je me suis retrouvé avec un flingue sur la nuque et, sans rire, j'ai eu la peur de ma vie. Je n'avais rien fait de mal, hormis lier amitié avec une jeune femme. Alors, vu le bordel que je vais semer dans leur putain de Fondation, je ne sais pas ce qui pourrait se produire en représailles.

Jean fronça les sourcils.

– Je t'interdis de faire une connerie pareille, Marco ! Merde ! Oublie-la et profite de cet argent qui te tombe du ciel. Tu vas pouvoir te racheter quelques meubles, de quoi vivre et des fringues. Bon sang, réfléchis à tout ce que tu pourrais perdre.

Il fit une petite grimace.

– C'est elle que je ne veux pas perdre, tu comprends ? Parce que si tout ça n'est rien de plus qu'un coup monté, je le regretterai toute ma vie. Et puis autre chose…

– Quoi d'autre ?

– Si c'est bien ce que je crois, Aurélia est en danger. Je ne peux pas la laisser épouser un enfoiré qui recrute des hommes de main, des truands, lourdement armés et très dangereux.

Il enfila sa veste.

– Tu vois bien que je ne peux pas faire autrement. Je ne suis peut-être pas grand-chose, mais je ne supporterais pas de l'abandonner et d'avoir ça sur la conscience.

L'entraîneur fit une dernière tentative.

– Mais elle n'est rien pour toi, petit.

Marco fit non de la tête.

– Je sais que c'est idiot, sans espoir et que tu vas me trouver encore plus con. Pourtant…

Il ouvrit la porte et resta devant, tête basse.

– Elle est déjà tout pour moi, dit-il d'une voix sourde.

Il fit une courte pause, se tourna vers lui et ajouta.

– Pardonne-moi, Jean. Pour une fois, je ne t'écouterai pas.

Puis il referma lentement derrière lui.

Chapitre 9

Marco avait bien fait de prendre du recul et le voyage en métro lui apporta la sérénité. Il était absolument impossible qu'Aurélia soit à l'origine de son licenciement, comme il ne croyait pas que son père ait pu commanditer de tels actes, que seuls des criminels ou des mafieux pourraient envisager. Pourtant, il sentait toujours une colère sourde en lui. Il peinait à maîtriser sa rancœur et, surtout, à laisser le bénéfice du doute à ce Prince de sang qu'il haïssait déjà plus que de raison.

Quand il sortit du métro à Neuilly-sur-Seine, il se repéra facilement et trouva le siège de la Fondation. C'était un grand bâtiment très moderne, à la façade en verre fumé. Il se dirigea vers l'accueil et décocha son plus beau sourire à la jeune femme.

– Je souhaiterais voir Mademoiselle Aurélia Massard d'Espan, s'il vous plaît.

– Elle est en conseil d'administration, Monsieur. Vous avez rendez-vous ?

– Oui, bien sûr.

– Alors, adressez-vous à son secrétariat, au dix-huitième. Vous ne pouvez pas vous tromper, c'est l'étage de la Direction.

Le mensonge était simple et il s'empressa de rejoindre l'étage indiqué. Dès qu'il sortit de l'ascenseur, il se trouva sur une grande plate-forme, face à un immense bureau aux formes arrondies derrière lequel étaient assises trois jeunes femmes. Il remarqua un couloir sur sa droite et en lisant une petite pancarte, découvrit que la salle de réunion était de ce côté.

Il fit un large sourire à la jeune femme qui fronça les sourcils en le voyant approcher. Bien entendu, une veste, une chemise et un jean ne cadraient pas vraiment avec le dress code en usage dans la Fondation.

– Bonjour. Je cherche Mademoiselle Aurélia Massard d'Espan.

Elle le dévisagea froidement.

– Vous avez rendez-vous ?

– Non, mais cela ne peut pas attendre. Appelez la salle où se tient le conseil d'administration et prévenez-la que j'arrive. Annoncez Marco, ça suffira.

Sans attendre la réponse, il marcha à grands pas vers la salle de réunion. Il remarqua un vigile assis dans un coin et les cris de la secrétaire l'alertèrent.

– Eh, Monsieur, vous n'avez pas le droit. Revenez !

Il ne prêta aucune attention à ses glapissements. Le garde était déjà debout. Elle cria encore.

– Jacques ! Arrêtez-le.

L'homme lui barra la route et posa la main sur son épaule.

– Stop, jeune homme ! On vous a dit de…

Clé d'immobilisation au bras, saisie de la veste, grand balayage et étranglement rapide au sol. Dix secondes plus tard, le vigile reposait inconscient sur l'épaisse moquette, les bras en croix. Marco se releva, contempla la double porte devant lui et l'ouvrit sans précaution, poussant le battant avec une telle force qu'il frappa contre le mur.

Le silence se fit instantanément et une vingtaine de regards se braquèrent sur lui. Tout au bout de l'immense pièce, il repéra Aurélia qui siégeait à la droite de son père. C'était plus qu'il ne l'espérait, ils étaient présents tous les deux. Il marcha tranquillement et se planta devant Aurélia. Saisie, elle balbutia.

– Marco ? Je ne comprends pas… Que…

Il ne répondit pas et la fixa longuement comme s'il pouvait lire ses réponses dans ses yeux. Il la contourna et s'avança vers son père, pendu au téléphone et en train de s'agacer.

– Non, laissez, Mademoiselle. Aucune inquiétude… Non, je vous le répète, je connais ce jeune homme. Comment ? Eh bien, ranimez-le, donnez-lui un café, faites ce que vous voulez, il est payé pour ça, non ?

Il raccrocha brutalement le combiné et se leva à son tour. Son regard était froid et les deux hommes s'affrontèrent ainsi pendant d'interminables secondes. Hugo inspira et contrôla parfaitement sa voix.

– Je vous trouve très sympathique, Monsieur Stenzza. Cela dit, que vous débarquiez au milieu d'un conseil d'administration, après avoir estourbi l'un de nos vigiles, me plaît beaucoup moins. Puis-je entendre les causes de cette irruption intempestive ?

Massard d'Espan père était grand seigneur et ne perdait ni son vernis, ni son éducation très vieille France, quelle que soit la situation.

Marco eut un sourire féroce.

– Je suis navré, mais si je prends de telles libertés, c'est que j'ai de bonnes raisons. Pourrais-je vous parler en privé ?

Dans ses yeux, il put voir que l'homme cherchait à comprendre.

– Nous sommes en plein conseil et…

– Tout de suite, Monsieur. Cela ne peut pas attendre.

Marco maîtrisait parfaitement sa colère et le ton inflexible qu'il avait employé incita Hugo à lui prêter une oreille plus attentive.

– Dites-moi au moins de quoi il retourne que je puisse prendre une décision !

Marco baissa la voix, par respect.

– Hier soir, avez-vous envoyé deux tueurs chez moi, Monsieur ?

L'homme face à lui encaissa. Cette fois le coup avait porté. Livide, il ouvrit de grands yeux et fut incapable de répondre, véritablement choqué. Le petit cri que poussa Aurélia à côté de lui ajouta la meilleure des confirmations. Père et fille n'étaient pas responsables.

Hugo soupira, se reprit très vite et se tourna vers la salle.

– Veuillez noter au procès-verbal d'assemblée que je demande une interruption d'une heure pour convenance personnelle.

Il s'était exprimé à voix forte et se tourna à nouveau vers Marco.

– Ma fille peut venir ou…

– Non, Monsieur. Pardonnez-moi, je souhaite vous voir en tête-à-tête.

Il acquiesça et se dirigea vers la sortie, suivi par Marco. Quand il quitta la salle, le jeune homme jeta un dernier coup d'œil vers Aurélia. Elle était toujours debout, le visage blême, et soutint son regard. Reproche, colère ou incompréhension ? Il ne sut trancher et ferma la porte derrière lui.

*

La pièce était vaste, somptueuse, décorée avec goût, et aurait pu contenir deux fois son appartement. Hugo fit couler deux cafés et lui tendit une tasse.

– Monsieur Stenzza, parlez librement. Je vous écoute, mais ce que vous m'avez dit tout à l'heure me fait redouter le pire.

Hugo s'assit à son bureau. Marco resta debout, planté devant l'immense baie vitrée et raconta son histoire. Il ne cacha rien, jouant la carte de la sincérité, y compris sur les rencontres avec sa fille. Il décrivit son agression, les dégâts subis par son appartement puis son licenciement, sans oublier les accusations de ses agresseurs qui le concernaient directement. Il passa ensuite au rendez-vous avec son directeur général au cours duquel il avait appris que son renvoi était dû à une personne, une femme, ayant appelé de son domicile.

Après son monologue, Marco vint s'asseoir et posa la tasse vide sur une table basse.

– Voilà, vous savez tout. Je suis désolé d'être arrivé ainsi, mais je n'avais pas le choix et comme il s'agit de quelque chose qui me tient à cœur, ma vie en l'occurrence, je n'allais pas renoncer.

– Je vous comprends. Je pense qu'à votre place, j'en aurais fait autant, voire pire.

Il s'avança et mit les mains à plat devant lui.

– J'ai trois questions à vous poser, Monsieur Stenzza. La première, êtes-vous certain qu'il s'agissait d'une femme qui aurait appelé de chez moi ?

– Je ne serai pas formel, mais je ne vois pas pourquoi Monsieur Courtoy m'aurait menti.

Hugo acquiesça lentement et son regard s'embrasa un bref instant.

– Ma seconde question sera plus directe. Croyez-vous vraiment que je sois à l'origine de tous vos ennuis ?

Marco lui sourit franchement.

– Non, Monsieur. J'ai eu un doute sur le moment, y compris sur Aurélia, mais non, je n'y crois pas. J'ai vu votre tête tout à l'heure, ou alors vous êtes de très bons comédiens, tous les deux.

L'homme sembla se détendre légèrement.

– Et vous avez raison de penser ainsi. J'ai eu bien des désagréments dans ma vie, des déboires professionnels et privés. J'ai toujours réglé mes affaires de façon directe, en justice ou par des biais d'opérations en Bourse, de tours de passe-passe commerciaux, mais je n'ai jamais utilisé les services d'hommes de main, d'autant plus pour menacer la vie de quelqu'un. J'avoue cependant y avoir souvent pensé... Je vous donne ma parole d'honneur, je n'y suis pour rien !

Marco ne l'avait pas quitté des yeux pendant toute sa tirade et même s'il était déjà convaincu, la sincérité de cet homme ne pouvait être mise en doute.

– Je voulais en avoir le cœur net. Désolé de vous avoir dérangé.

Marco se leva et Hugo lui fit signe de se rasseoir.

– Oh, je n'ai pas fini. Il me reste une dernière question.

– Je vous écoute.

Hugo alla récupérer les deux tasses. Il revint vers lui et lui tendit la sienne en la tenant par la soucoupe. Son regard se fixa dans celui de Marco.

– Aimez-vous ma fille, Monsieur Stenzza ?

Surpris, Marco laissa tout échapper, renversant le café sur le tapis.

– Ah zut, que je suis maladroit !

Rougissant et confus, il se baissa pour la ramasser, ne sachant que répondre. Quand il se releva, Hugo Massard d'Espan le contemplait, un large sourire aux lèvres.

– Il y a des maladresses qui valent les réponses les plus sincères, jeune homme. Ne bougez pas, je vous en fais couler un autre. Rasseyez-vous et détendez-vous.

Marco se laissa tomber dans le fauteuil, s'en voulant à mort. Quel idiot ! Il n'avait pas su se contrôler et ce vieux renard l'avait volontairement provoqué.

Le dos tourné, Hugo poursuivit.

– Ne m'en veuillez pas, je voulais en avoir le cœur net, moi aussi. Maintenant, nous allons parler sur des bases... disons, plus saines.

Il posa le café à côté de lui et retourna s'asseoir. Il avait conservé son petit sourire et Marco souhaita se montrer très clair.

– Il n'y a rien entre votre fille et moi. Je n'ai rien fait et je vous jure que sa conduite a toujours été irréprochable.

Je suis conscient qu'elle est fiancée et promise à un autre. Je vous donne ma parole de ne pas troubler sa vie et si vous me le demandiez, je serais prêt à tout plaquer et à quitter Paris. De toute manière, ici, je n'ai plus rien qui me retient et…

Hugo l'interrompit.

– Même pas Monsieur Jean Boscari, votre entraîneur ? Ou le Taekwondo ? Allons, ne me dites pas que vous seriez prêt à sacrifier le peu qui vous reste pour le bonheur de ma fille.

Marco ne réfléchit pas longtemps.

– Si ! Et croyez bien que je la respecte.

Puis il réalisa tout à coup et ajouta.

– Comment connaissez-vous l'identité de mon entraîneur ?

Le regard d'Hugo devint incisif.

– Je me renseigne toujours quand on tourne autour de mes filles. Je vous ai fait suivre afin d'obtenir des informations sur votre compte. Rassurez-vous, mes sources m'ont précisé que vous étiez un homme droit et honnête. Maintenant, le pire est que je vous crois capable de vraiment tout plaquer pour ma fille et je ne vous demanderai pas une telle ineptie.

Au moins, son père n'y allait pas par quatre chemins et il apprécia sa franchise. Marco aurait bien aimé en savoir plus sur ses sources tout en comprenant qu'il ne répondrait à aucune question. Cet homme était incroyable ! Il changea de sujet.

– Monsieur, puis-je vous faire part de mes réflexions ?

Hugo l'invita à poursuivre d'un geste de la main. Marco se lança alors dans une explication que sa position rendait épineuse. Même s'il ressentait une réelle et profonde attirance pour Aurélia, il faisait passer sa sécurité et son bonheur avant ses sentiments. Il raconta à son père leur premier rendez-vous et lui confia ses soupçons sur Omar. Comment aurait-il pu lui envoyer sa voiture sans l'avoir fait suivre ? Ensuite, étant donné la bataille rangée chez le notaire et le genre patibulaire de ses gardes du corps, sans oublier l'agression dont il avait été victime chez lui, qui d'autre que le Prince pouvait être responsable ? Il l'accusa formellement.

Il marqua une courte pause puis ajouta, d'une voix gênée.

– Par contre, je ne comprends pas qui a pu appeler de chez vous, cette voix féminine que mon ancien Directeur général a entendue au téléphone.

Hugo poussa un long soupir et fit une petite grimace.

– Je pense savoir qui en est l'auteur et ne me le demandez pas, je ne vous répondrai pas. Bien, selon vous, Omar Benschritt-Maalouf serait à l'origine de tous vos ennuis ?

La réponse de Marco fusa.

– Qui d'autre, Monsieur ? J'en suis certain.

– Personne, effectivement.

Marco relança aussitôt.

– Ayez la bonté de croire que je ne cherche pas à éliminer un rival. Croyez bien que je suis pleinement conscient de ma condition et de ma position sociale. Je sais qu'Aurélia n'est pas faite pour moi. Seulement, une chose me tient vraiment à cœur, je ne veux que son bonheur et si elle veut bien me garder comme ami, alors j'en serai très fier. Maintenant…

Il hésita longuement et leurs regards se croisèrent.

– Continuez, je vous écoute, insista Hugo.

– Annulez ce mariage, Monsieur ! Ne laissez pas votre fille épouser un bandit. Elle en souffrirait pour le restant de ses jours.

Son père afficha une moue circonspecte.

– Nous en parlerons ultérieurement. Sachez simplement que je vous rejoins complètement et…

Marco lui coupa la parole.

– Je ne sais pas comment cela se passe dans votre famille, cependant je reste persuadé que cette union est une erreur. Votre fille ne l'aime pas. Comment pouvez-vous l'obliger à…

– Laissons cela, Monsieur Stenzza. Je vous ai promis qu'un jour, nous en discuterons.

Il marqua une courte pause et agita son index.

– Je peux vous dire que le bonheur de ma fille est certainement la chose la plus importante pour moi aujourd'hui ! Malheureusement, je… Non, rien.

Marco sonda son regard et, pour la première fois, Hugo détourna le sien.

– Alors, on vous y oblige ! C'est ça, hein ? Mince, alors !

Hugo le regarda à nouveau et il put lire son désarroi clairement affiché sur son visage. De toute évidence, il n'avait pas les données complètes du problème. Puis, tout à coup, il se rappela la voix féminine qui avait appelé son ex-directeur et fit claquer ses doigts.

– Bien sûr ! Tout cela vient de sa mère ou plutôt de votre épouse, n'est-ce pas ?

Massard d'Espan finit par sourire.

– Vous êtes perspicace, jeune homme. Un peu têtu, certes, mais intelligent. Laissons cela de côté pour le moment. De toute manière, le mariage n'aura pas lieu avant un an.

Marco haussa les épaules.

– Je sais bien, comme je suis au courant que vous partez tous dans les Caraïbes pour l'anniversaire d'Aurélia, invités par son fiancé. À propos, il est véritablement Prince ?

– Malheureusement, oui. C'est bien cela qui a séduit mon épouse. C'est un héritier d'une riche famille libanaise aristocratique et chrétienne. Des intérêts à travers le monde, des sociétés par dizaines et une fortune colossale.

Voilà, c'était donc bien sa femme qui avait organisé le mariage. Il restait à découvrir pourquoi et comment elle tenait son mari, l'obligeant ainsi à fermer les yeux. Au milieu de cette bataille financière, Marco voyait Aurélia, ballottée comme un fétu de paille. Dire que l'on était en 2015 et que de telles pratiques médiévales existaient encore !

Hugo Massard d'Espan se leva, semblant réfléchir, fit quelques pas et Marco n'osa pas l'interrompre. Il réfléchissait et marmonnait. Son front était barré de rides profondes, ses sourcils froncés et plusieurs fois, il s'immobilisa avant de reprendre la marche en sens inverse. C'était presque inquiétant. Puis il se rassit à son bureau et repoussa de côté la tasse. Il lui décocha un large sourire.

– Bien, Monsieur Stenzza. Et si on avançait un peu ?

Sa physionomie s'épanouit un peu plus et son regard pétilla.

– Si j'ai bien compris, vous êtes libre de tout engagement professionnel ?

*

– Eh, Jean ! Où te caches-tu ?

Marco montait quatre à quatre les marches menant à l'appartement de son entraîneur tout en criant. Il le trouva assis sur le canapé, la mine effarée.

– Bon Dieu, je n'ai même pas eu le temps de me lever que tu es déjà là ! À voir ta mine, tu as l'air de bien aller. Que t'arrive-t-il ?

– Tu ne vas pas me croire !

– Ben, vas-y, balance !

Jean ne put cacher son plaisir en voyant son protégé jubiler de la sorte. Il prit une chaise et s'assit face à lui pour le narguer.

– Devine !

Son ami secoua la tête.

– Ah, tu es chiant quand tu t'y mets ! Vas-y, dis-moi… Heu… Tu vas épouser Aurélia ?

Marco haussa les épaules.

– Je suis sérieux, là !

Il laissa flotter encore un peu de suspense et, devant la mine agacée de Jean, lui fit un clin d'œil.

– Monsieur Hugo Massard d'Espan vient de me recruter.

Son entraîneur ouvrit la bouche et ne put dire un mot. Il continua.

– Je suis embauché comme chauffeur et garde du corps personnel de mon patron. Enfin, ça, c'est la version officielle. La vraie raison est que je dois veiller sur Aurélia. Tiens-toi bien, j'aurais donné un bras pour le faire et mon nouveau boss me paie tous mes frais et met un salaire de quatre mille euros, hors primes, sur la table !

Il se leva comme un diable de sa boîte, les bras écartés et tendus vers le ciel.

– Je vais la voir tous les jours et je serai payé pour ça !

Son entraîneur était abasourdi.

– Tu commences quand ?

– Effet immédiat, je recevrai mon contrat par la poste et dès demain, je file à la Fondation. Mes véritables fonctions débuteront vraiment au cours du voyage dans les Caraïbes.

Devant l'insistance de son ami, il dut expliquer leur conversation et les conclusions auxquelles ils étaient arrivés concernant la culpabilité du Prince héritier.

– Et pour le Taekwondo ?

– Je serai libre de m'entraîner et de prendre du temps pour moi, y compris pour les compétitions et les stages. Le rêve quoi !

– J'avoue que c'est très surprenant. Maintenant, il…

Le téléphone de Marco sonna. Il le récupéra dans sa poche et quand il examina l'écran, son sourire disparut.

– Merde ! Ma concierge… J'espère que ce n'est pas encore une galère.

Il prit l'appel, les sourcils froncés. La conversation ne dura que quelques minutes, puis il raccrocha, pensif.

– Eh, petit ! Que se passe-t-il ? Ne me dis pas qu'ils ont foutu le feu chez toi ?

Marco le contempla et fit non de la tête.

– C'était ma concierge, dit-il d'une voix sourde.

– Oui, bon sang ! Tu l'as déjà dit. Et alors ?

– Il y a un camion qui est arrivé et les types montent des meubles tout neufs chez moi. Les livreurs sont en train de tout installer et en même temps, il y a un serrurier qui a débarqué pour remplacer ma porte… Je ne comprends plus rien !

Jean le fixa et pencha la tête.

– Tu as trouvé le temps d'aller commander tes nouveaux meubles ?

– Mais non ! Je n'ai rien acheté, je n'ai même pas déposé mon chèque à la banque. J'étais à la Fondation et…

Son téléphone sonna à nouveau et il prit connaissance du message. Cette fois, un petit sourire apparut sur son visage. Sans un mot, il tendit son portable à Jean qui lut le SMS à son tour.

J'aurais dû vous prévenir. Je vous fais livrer du mobilier et je fais réparer votre appartement. Demain matin, vous irez vous acheter deux ou trois costumes. Je vire les fonds sur votre compte. Encore merci pour votre franchise. Considérez le tout comme un cadeau de bienvenue. Ne dites surtout rien à personne.

Bonne soirée. Cordialement,

Hugo Massard d'Espan.

Jean releva lentement les yeux et lui rendit son téléphone.

– Nom de Dieu ! Je n'y crois pas. Tu t'es mis papa dans la poche.

Il se tut un court instant et ajouta.

– N'empêche que ça m'inquiète. Omar semble décidé à mener à bien son petit manège pour épouser Aurélia. Cela ne te fait donc pas peur ?

– Non, parce que j'ai trouvé une raison d'être à mon existence. Je ferai de mon mieux pour la protéger et tout ce que je souhaite, c'est qu'elle soit heureuse.

Son entraîneur le fixa.

– Même si ce n'est pas avec toi ?

Il hocha gravement la tête et Jean lui sourit.

– Alors, tu l'aimes vraiment, petit. J'espère simplement que la vie ne te fera pas trop souffrir et que la chance te sourira.

– Merci, Jean.

Ils se sourirent et Marco, ému, détourna les yeux. Son regard tomba sur le sac d'Aurélia.

– Il serait temps qu'on s'occupe de ces carnets. Qu'en dis-tu ?

Jean contempla le sac à son tour.

– Dis, comme ça doit être un sacré bordel chez toi, tu veux rester ici, ce soir ? Comme ça, on pourra jeter un œil ensemble. Qu'en penses-tu ?

– Tu manges toujours de la soupe, le soir ?

– Bien sûr !

– Ah merde ! Je t'invite au Mac Do, alors ! Si tu dis oui, je reste.

Jean feignit une franche colère.

– Voilà ! Monsieur prend du galon et tout à coup, il se met à dépenser son argent sans compter. Ah, votre seigneurie est trop bonne ! Eh bien, ajoutons une tentative d'empoisonnement, en plus du reste !

Il éclata de rire, se souvenant parfaitement de la haine viscérale de son entraîneur pour tout ce qui ressemblait de près ou de loin à un fast-food.

– Bon, tout bien réfléchi, je vais faire un effort. Parce que c'est toi, hein ! Tu préfères qu'on se fasse un Quick ?

Il eut juste le temps de se baisser pour éviter le coussin que Jean venait de lui envoyer à la tête.

Chapitre 10

Marco était resté assis à table avec sa pile de carnets tandis que Jean avait emmené la sienne sur le canapé. Après un dîner sympathique dans le petit restaurant au coin de la rue, ils étaient vite rentrés pour passer au peigne fin les archives personnelles de Georges.

Georges Massard d'Espan avait tout noté, relevé une foule de détails au quotidien, pour la plupart inutiles, ce qui provoqua souvent des cris de surprise des deux détectives en herbe.

– Mince alors, en 1985, la baguette valait 2,60 francs. Ça fait combien en euros ?

Jean releva les yeux vers lui, baissa ses lunettes et fit un calcul rapide.

– Eh bien, dans les quarante cents. Marrant ! Tu as d'autres prix ?

– Non… Ah si ! Il râle parce qu'il a payé deux timbres-poste 4,40 francs. Finalement, ça n'a pas beaucoup changé. Les jeunes d'aujourd'hui ont les mêmes soucis que vous, les vieux ! On râle tous pour les mêmes problèmes depuis la nuit des temps.

Son entraîneur ricana.

– Ben voyons ! C'est vrai que Gutenberg avait souvent des soucis avec ses cartouches d'encre et Saint-Louis ne payait plus ses factures de portable à la fin de sa vie, dit-il sur un ton très ironique.

Puis il ajouta plus sérieusement.

– Petit con, va ! Tu sais ce qu'ils te disent les vieux, hein ?

Son sourire affectueux fit rire Marco de plus belle alors qu'il parcourait rapidement les feuillets suivants.

– C'est dingue, il a laissé un carnet pour chaque année. J'ai trouvé des trucs super émouvants.

– Du genre ?

– Tiens, je te lis un passage que j'ai sous les yeux.

Il mit les mains à plat pour bien ouvrir la reliure et se pencha pour déchiffrer l'écriture manuscrite.

– Aujourd'hui, c'est mon anniversaire et comme d'habitude, les Massard d'Espan vont m'oublier. C'est difficile d'être différent des autres et montré du doigt comme une bête curieuse ou un phénomène de foire. Heureusement, Hugo ne m'a jamais jugé. Il est celui qui a réussi, celui qui a tout gagné et qui a eu toutes les femmes à ses pieds. S'il n'avait pas signé chez le notaire pour cette maison, je serais aujourd'hui à la rue et pourtant, lui, il sait. Il sait depuis…

Marco s'arrêta de lire et Jean le contempla.

– Eh bien, continue !

– C'est terrible ! Georges était bisexuel, avec une nette préférence pour les hommes… Voilà pourquoi il n'était pas marié et n'avait pas d'enfant. Mon Dieu ! Écoute, c'est odieux…

Il reprit, les sourcils froncés.

– Quand nos parents m'ont jeté dehors, lui seul m'a tendu la main et s'est battu contre la famille. Bien sûr, quel scandale chez les Massard d'Espan ! Imaginez un peu… Un pédéraste chez des aristos dont les aïeux ont ciré les pompes des Rois de France. Le sang bleu a été sali par le mouton rose de la famille. Pourquoi suis-je donc différent ? Est-ce qu'aimer une femme, l'épouser, a plus de valeur qu'aimer l'un ou l'autre des sexes ? Quelle est ma faute ? Ne pas donner d'héritier parce que je n'ai pas rencontré la bonne épouse, avoir refusé les mariages arrangés ? Ou plus simplement parce que de temps en temps, je glisse un amant merveilleux dans mon lit…

Marco referma brusquement le carnet.

– C'est débile, merde ! Et ça me gêne de lire tout ça, j'ai l'impression de violer les secrets de leur famille. Toutes ces pages, ces détails futiles ou intimes ne me regardent en rien.

Jean hocha la tête.

– Pourtant, si tu veux découvrir comment ta mère a rencontré ce monsieur, il faut bien tout passer en revue. Maintenant, si tu préfères arrêter, tu me le dis, on range tout et tu rapporteras le sac à Aurélia.

Marco se mordilla les lèvres, indécis et se trouvant face à un dilemme.

– J'ai envie de savoir et, en même temps, cela me fait de la peine de fouiller dans la vie de ce brave homme.

Son entraîneur se leva et s'étira longuement avant de se rasseoir.

– Je te comprends bien. De mon côté, il parle souvent d'Aurélia.

Jean possédait les années les plus récentes, tandis que lui avait conservé les plus anciennes.

– Que dit-il sur elle ?

– Il ne tarit pas d'éloges. Il la considérait comme sa propre fille et l'aimait profondément. Tiens, écoute ce passage que j'ai mis de côté.

Jean reprit un carnet ouvert et posé à plat sur le canapé, à côté de lui.

– Aurélia est venue pour mon anniversaire. Elle m'a apporté des fleurs que je pourrai replanter dans ma serre, des orchidées sublimes aux couleurs inconnues. J'ai su par son père que cela lui avait coûté une petite fortune et qu'elle avait travaillé dur dans ce seul objectif. Mon Dieu ! Je ne lui en ai parlé qu'une seule fois et elle a retenu le nom en latin. Aurélia est un prodige et la plus belle âme de notre famille. À chaque fois, elle s'excuse de ne pas venir plus souvent, de me négliger… Et pourtant, elle est bien la seule à me téléphoner régulièrement, à ne manquer ni une fête ni un anniversaire. Si…

Jean marqua une pause et hocha la tête avant de reprendre.

– Si Hugo a fait un mauvais mariage, il aura au moins eu le bonheur d'avoir deux filles aimantes, sérieuses et intelligentes. Alex est plus jolie qu'Aurélia, mais ma petite préférée garde le privilège des grands cœurs. Sa beauté intérieure surpassera toujours le physique irréprochable des plus belles représentantes de son sexe. Si tu savais comme je t'aime fort, ma chère Aurélia.

Jean, ému, s'arrêta de lire et dut se ressaisir.

– C'est très émouvant. Il y en a trois pages comme ça. Si tu veux lire, tu le feras tout seul.

– Non, c'est trop indiscret. En tout cas, tu m'as donné un indice. Même Georges pensait que Hugo avait fait un mauvais mariage. C'est dingue !

Son entraîneur pencha la tête de côté.

– Qu'est-ce qui est dingue ?

– Ben ça ! Chez les Massard d'Espan, on épouse des gens que l'on n'aime pas. Je trouve ça ahurissant qu'en 2015, ces mariages arrangés existent encore. Là, je parle pour Aurélia.

– Ah, petit, il y a des fortunes en jeu et ils ne font pas ce qu'ils veulent. Tu sais, les gens rêvent de leur position sociale, envient leur vie facile et jalousent l'argent qui coule à flots. Pourtant, il y a un prix à payer pour tout ça.

Le fantôme d'Omar passa devant les yeux de Marco qui grimaça.

– M'ouais ! Eh bien, je préfère être à ma place.

Marco poursuivit sa lecture silencieuse et, soudain, repoussa un carnet. Jean le remarqua.

– Que fais-tu ? Tu ne lis pas ?

– Celui-ci, je ne veux pas aller plus loin. Il raconte un amour disparu, avec des détails trop intimes sur un homme. Cependant, il y a quelque chose de bizarre.

– Quoi donc ?

Marco soupira.

– À plusieurs reprises, il explique ses aventures avec des femmes et des hommes. Rapides, sans lendemain et son jugement est plutôt… heu… très sévère.

Son entraîneur écarta les mains.

– Peut-être qu'il se cherchait encore, à l'époque. Je ne sais pas, moi ! Il essayait sans doute de donner le change ou d'afficher une vie publique et sociale en conformité avec les bonnes mœurs.

– Pourtant, quand il parle d'amour, il s'agit d'hommes le plus souvent. Il devait être plus homosexuel que bisexuel. Je ne sais pas et ça ne me regarde pas.

Jean haussa les épaules et Marco contempla la pile.

– On va y passer la nuit et les mois qui viennent pour tout lire !

En soupirant, il prit celui qui portait 1987 sur la tranche.

– C'est l'année de ma naissance.

Il l'ouvrit et le parcourut rapidement. Il s'arrêta brusquement et repassa les pages, une à une avant de s'arrêter.

– J'ai trouvé ! Il parle de ma mère.

Jean s'immobilisa et vint s'asseoir devant lui.

– Alors ?

– Juste un court passage qui dit… Maria est arrivée à l'heure, comme d'habitude. Aujourd'hui, elle est…

Sa voix s'éteignit et son ami posa la main sur la sienne.

– Eh petit, si tu veux, je lis pour toi. C'est si difficile que ça ?

Marco se gratta nerveusement le menton.

– Non. Enfin, ça me fait bizarre. Il dit : Aujourd'hui elle est venue dans ma chambre et n'est repartie qu'en fin d'après-midi.

Il soupira puis ajouta.

– Maria-Carlotta m'a vraiment réconcilié avec le genre féminin. Sa douceur, sa gentillesse, sa…

Il leva des yeux ronds vers Jean avant de continuer sa lecture.

– Sa noble naissance sont autant d'atouts qui servent son… charme inouï !

Il posa le carnet.

– Mais de quelle noble naissance parle-t-il ? C'est n'importe quoi !

– Continue.

Marco reprit, les sourcils froncés, le visage tendu.

– Elle est si belle que…

Il rougit et le referma rapidement.

– Merde ! Ma mère a été sa maîtresse. Je ne veux pas lire la suite, c'est trop !

Jean pinça les lèvres et secoua la tête.

– Il fallait bien te douter que cet héritage cache autre chose que de bons et loyaux services, petit. Par contre, n'oublie pas l'enfer que vivait ta mère et ne la juge pas trop vite.

Il haussa les épaules.

– Attends, je m'en fous des histoires de cul de ma mère ! Moi, je lui reproche de ne pas être partie pour nous mettre à l'abri. C'est tout. Le reste ne me regarde pas.

Il réalisa qu'il s'était emporté et que la colère avait déformé sa voix. Son entraîneur le regarda longuement.

– Tu devrais faire la paix avec toi-même, Marco. Tout cela est passé et bien terminé. Je t'en prie, ne lui en veux pas à ce point. Alors, soit tu es fort et tu poursuis la lecture, soit tu abandonnes. Mais laisse ta mère en dehors de tout ça.

Marco respira à fond, reprit le carnet et lut en silence.

– Écoute ça… Maria est venue pour la dernière fois aujourd'hui. Elle m'a annoncé que c'était fini. Le petit est maintenant son seul objectif et sa seule priorité. Le plus terrible a été…

Sa voix s'étrangla. Le rouge au front et le souffle court, il reprit.

– Le plus terrible a été sa dernière phrase. Maria m'a dit qu'elle aimait le père de son enfant plus que tout et qu'elle ne pourrait jamais l'oublier. Elle avait peur que… que son mari ne découvre la vérité…

Marco était livide et reposa le livret devant lui.

– Alors, c'était ça ? Ma mère couchait avec son employeur. Nom de Dieu ! Je ne comprends pas, je ne peux pas le croire et apparemment… je suis son…

Jean leva une main autoritaire.

– Oh là ! Doucement. Ne va pas trop vite en besogne et ne forge pas ton opinion sur quelques phrases qui semblent avoir un sens qui t'arrange.

– Qui m'arrange ? Tu rigoles, là ? Je suis en train d'apprendre que ma mère m'a conçu avec un autre homme que mon père et je devrais le prendre avec le sourire ?

– Parce que te mettre en colère, juger ta mère, tout ça va réécrire l'histoire ?

Il se calma.

– Non, bien sûr. C'est que j'ai du mal à l'avaler. Pourquoi est-elle restée avec mon père, dans ce cas ? Pourquoi l'a-t-elle regardé me massacrer pendant des années alors que je…

Il étouffa à peine un juron et tapa du plat de la main sur la table.

– Mais oui, il savait pour moi et c'est pour ça qu'il me frappait tous les jours !

– Ton père était alcoolique, Marco. Arrête de délirer et d'arranger les événements pour expliquer ce qui est inexplicable.

– Je ne fabule pas ! Tu as entendu ce que je t'ai lu, non ? Attends…

Il reprit le carnet et parcourut rapidement les pages.

– Que cherches-tu encore ?

– Le mois d'avril 1987, ma naissance…

Son entraîneur soupira et patienta.

– Mince… Je…

Il se racla la gorge.

– Écoute… 10 avril 1987, j'ai enfin pu me rendre en cachette à l'hôpital et voir le petit. C'est un beau bébé, bien vivace. Elle l'a appelé Marco, contre l'avis de son mari. Ah Dieu ! Qu'il est beau… Mais aujourd'hui, Maria m'a tout révélé. La pauvre pleurait toutes les larmes de son corps et j'ai même eu peur qu'une infirmière ne s'inquiète de son état et de ses cris. Quand j'ai entendu dans sa bouche le nom du véritable père de l'enfant, j'ai…

Marco se tut et vira au rouge cramoisi. Jean tapota sa main.

– Eh bien, dis-le. Qui est ton père ?

Quand il releva les yeux, il y avait tout un enfer qui explosait dans son regard.

– Je ne le saurai jamais. Regarde !

Son entraîneur se pencha et fit une grimace.

– Mince, la page suivante est arrachée.

Marco se leva comme un diable et jeta violemment le carnet contre le mur.

– Salaud !

Il tremblait de tous ses membres et ne pouvait plus parler tant la rage lui nouait la gorge. Jean ramassa le carnet et le posa doucement sur la pile.

– Du calme, petit. Ne te laisse pas envahir par la haine, surtout !

Ils reprirent place en même temps. Marco tremblait encore et il soupira.

– Tu te rends compte, Jean ? Je n'avais que des doutes, des questions sans réponse et maintenant, il ne me reste plus qu'une certitude et une question. Je ne saurai jamais qui était mon vrai père.

– Et la question ?

– Pourquoi ma mère est-elle restée avec ce salaud qui nous frappait ? Après tout, elle aurait pu le quitter et vivre avec Georges. Au moins, j'aurais appris les noms des fleurs et je n'aurais pas fait autant de séjour à l'hosto.

– Allons, ne dis pas de conneries aussi grosses que toi. Ta mère t'aimait, point à la ligne. Elle a fait ce qu'elle pouvait, avec les moyens du bord, et certainement contrainte par des principes familiaux qui l'obligeaient à refuser le divorce.

Marco se frotta la nuque.

– Je ne savais même pas que ma mère était issue d'un milieu aristo. Bon sang, pourquoi ne m'a-t-elle pas tout raconté ? J'avais le droit de savoir, non ?

– Elle a fait face et t'a donné une bonne éducation. N'est-ce pas l'essentiel ? Et puis, enfant, tu n'as manqué de rien, alors…

Marc fit non de la tête.

– Si, je manquais d'amour… D'amour et surtout d'un père.

– Là, tu es injuste envers elle, Marco. Elle t'aimait plus que tout.

Il eut un sourire triste.

– Un oiseau a besoin de deux ailes pour voler. Moi, on m'en a coupé une dès ma naissance et on m'a brisé l'autre, petit à petit, pendant des années. Pas étonnant que je sois si mal dans ma peau. Merde ! Quand je pense que je n'aurai jamais de réponse, ça me tue. Une demi-vérité, c'est pire qu'un doute entier, tu peux me croire. J'ai vraiment les boules, là.

Jean ne disait plus rien, abattu devant sa tristesse et ne sachant pas comment faire pour l'apaiser. Il prit ses mains entre les siennes et les serra fort.

– Petit, je suis là.

Marco le fixa dans les yeux et enfin, un sourire timide apparut sur ses lèvres.

– Oui, je sais. Merci, Jean, et heureusement que tu es là, toi.

Marco se leva lentement.

– Que fais-tu ?

– Je vais aller m'entraîner un peu. Besoin de faire le vide. Ne m'attends pas, va te coucher, Jean, et merci d'avoir été là, ce soir.

Il se pencha, l'embrassa sur le front puis quitta l'appartement sans dire un mot. Son entraîneur avait reconnu son regard sombre et savait à quoi s'attendre.

*

Les coups résonnaient en suivant un rythme régulier. Rapides, cinglants et d'une puissance phénoménale. De tout temps, le petit avait expurgé sa colère en tapant sur un sac jusqu'à épuisement total. Les murs de sa chambre vibraient d'ailleurs à l'unisson.

Jean était au fond de son lit, les bras croisés sous la nuque. Impossible de dormir, bien entendu, car tout cela avait remué de lointains souvenirs, très douloureux. Ce soir le passé l'avait rattrapé.

Avait-il tort ou raison de ne rien dire ?

La détresse de Marco lui faisait mal, son chagrin était si profondément ancré dans son cœur qu'il ne supportait plus de le voir si malheureux. Pourtant, il avait donné sa parole, mais une parole était-elle plus importante que la détresse d'un enfant qui ignorait tout de ses véritables origines ? De quel côté devait-il faire pencher la balance ? Renoncer à la parole donnée et tout lui dire, ne serait-ce pas plus juste ?

Quant à Aurélia, Jean savait que Marco était tombé amoureux et que ce n'était pas qu'une aventure ou un simple coup de tête. Son protégé l'aimait et cette jeune fille semblait tout avoir pour le rendre heureux. Elle aussi était différente et il fallait bien cela pour être à la mesure du petit. Pourtant, Marco avait séduit des filles bien plus belles alors qu'Aurélia était, somme toute, simplement jolie et possédait, par contre, un charme fou. L'argent ? Marco s'en était toujours moqué et n'avait aucune considération pour l'aspect financier. Non, c'était vraiment l'amour qui l'avait saisi avec cette force unique, propre à tout chambouler dans une vie. Après tout, il était temps qu'il connaisse le bonheur, comme lui qui avait eu la chance de le croiser, une seule fois.

Boum ! Boum ! les coups sourds résonnaient toujours, peut-être un peu plus rapides.

L'angoisse ajoutait à son insomnie, maintenant. Ce nouvel emploi, les derniers événements, rien ne préfigurait une relation normale avec Aurélia. Et cette jeune fille, aurait-elle la force de refuser l'atavisme familial, de fuir la tradition et de dire non à ce mariage débile ? Même si tout le monde s'entendait à dire qu'elle avait une belle âme et un grand cœur, comprendrait-elle à quel point le petit l'aimait ? L'argent faussait toutes les relations et principalement celles qui relevaient de l'amour vrai. Il faudrait beaucoup de courage, à l'un comme à l'autre. Jean serrait les dents pour ne pas crier sa colère devant toutes ces injustices.

Soudain, il tendit l'oreille. Les murs ne résonnaient plus et sa gorge se noua de plus belle. Il n'avait pas besoin d'être dans la salle pour savoir ce que faisait le petit.

Le chagrin, les pleurs et les sanglots ne pouvaient trouver d'échos dans les murs. Jean se couvrit la tête avec son oreiller pour ne plus entendre ce terrible silence qui l'accusait.

*

– Bien dormi ?

Jean étouffa un bâillement.

– Hmmm… À peu près, et toi ?

Marco, déjà habillé et rasé, ne répondit pas. Il montra d'un geste du menton le petit-déjeuner qu'il lui avait préparé.

– Installe-toi et bon appétit.

– Bon, dommage que tu aies trouvé un job, sinon je t'aurais recruté comme cuisinier.

Marco le contempla en versant le café dans leurs bols.

– Ça m'a fait beaucoup de bien de m'entraîner hier soir. Ce matin, je vois les choses autrement.

– Ah ? Raconte.

Le jeune homme s'assit et beurra les tartines qu'il donna à son entraîneur au fur et à mesure.

– Bah ! Après tout, cette histoire ne me regarde pas vraiment. Je suis un être humain comme les autres, sauf qu'un mystère entoure ma naissance. Tant pis, je ne suis pas le premier ni le dernier. L'important, c'est l'avenir et non le passé, tu ne crois pas ? Je préfère me concentrer sur Aurélia et faire ce qu'il faut pour la protéger. J'ai un but et un job très sympa, bien payé.

Jean le fixa longuement et secoua la tête.

– Dis-moi, petit. Tu vas lui confier ta flamme ou jouer les indifférents ?

– J'ai donné ma parole de ne rien tenter à son père. Lui et moi, nous poursuivons le même but. Son bonheur. Alors, mes sentiments passeront après.

Son ami éclata de rire.

– Bah ! Il suffit de te regarder quand tu prononces son prénom ou que tu parles d'elle pour comprendre. Un aveugle devinerait en quelques secondes que tu es raide dingue de cette fille.

Marco se contenta de sourire largement. Jean secoua la tête et changea de sujet.

– Alors, que fais-tu ce matin ?

– Je vais acheter des costards. D'ailleurs, je ne sais même pas où aller. Ensuite, je file à la banque déposer mon chèque, puis j'irai à la Fondation. J'en profiterai pour rapporter le sac à Aurélia.

– Tu ne veux pas en savoir plus ?

Marco s'immobilisa un bref instant et mordit dans sa tartine. Il mastiqua longuement, avala sa bouchée et but une longue gorgée de café.

– Non, plus jamais.

Il y avait de la douleur dans ses yeux quand il ajouta d'une voix rauque.

– C'est terminé, Jean. Pour moi, ce chapitre est définitivement clos.

Chapitre 11

Marco se contempla dans le miroir du grand hall d'entrée de la Fondation. C'était indéniable, un pantalon noir, une veste beige et une chemise blanche, ça vous change un homme, ça lui donne plus de prestance. Il reprit le sac qu'il avait posé à ses pieds et alla voir l'hôtesse. C'était la même que la veille.

– Bonjour ! Heu… Je dois voir…

Son sourire apparut aussitôt.

– Pas de problème, Monsieur Stenzza. Nous avons été prévenus ce matin de votre arrivée. Monsieur Hugo Massard d'Espan vous attend.

Il prit l'ascenseur et sortit à l'étage de la direction où il retrouva les trois mêmes jeunes femmes.

– Bonjour, je…

Son interlocutrice se montra charmante et le mit tout de suite à l'aise.

– Bonjour, Monsieur. Nous vous attendions.

Penaud, il soupira.

– Je vous présente mes excuses pour hier.

– Ne vous inquiétez pas, Monsieur Massard d'Espan nous a dit que vous aviez de bonnes raisons d'être en colère. Soyez le bienvenu.

Elles se levèrent toutes les trois et lui tendirent la main. Marco s'empressa de les serrer avec chaleur. Il se massa la nuque.

– Et le vigile ? Comment va-t-il ?

– Il s'en remettra très vite, n'ayez crainte.

La jeune femme à droite lui fit un petit signe.

– Vous devriez y aller, Monsieur Stenzza. Il vous attend.

Il reprit son sac et retrouva sans problème le chemin du bureau. Il frappa et une voix féminine lui demanda d'entrer. La jeune femme qui était assise se leva.

– Enchantée, Monsieur Stenzza. Ils vous attendent, vous pouvez entrer.

Marco fronça les sourcils.

– Je pensais rencontrer Monsieur Massard d'Espan en privé ce matin. Il devait m'expliquer…

– Vous allez voir notre Président-Directeur Général et les deux vice-Présidentes.

Elle ajouta avec un clin d'œil complice.

– Autrement dit, Monsieur et ses filles, pour faire plus simple.

Son estomac se noua aussitôt. Il n'avait pas prévu de revoir Aurélia si vite. Il inspira une grande bouffée d'air, frappa à la porte et entra.

*

– Ah, vous voilà ! Je suis content de vous revoir.

La bouche sèche, il salua Hugo d'un signe de tête et contempla ses filles, assises sur le canapé. Il se dirigea vers elles et remarqua le regard d'Aurélia, distant et froid. Il s'obligea à sourire.

– Bonjour, Aurélia.

Elle hocha la tête sans répondre. Il tendit la main à sa sœur.

– Mademoiselle, bonjour.

Alexandrine se leva et lui serra la main, sans façon.

– Appelez-moi Alex, comme tout le monde. Bonjour Marco, ravie de vous revoir.

Il jeta un dernier coup d'œil vers Aurélia. Son faciès fermé n'invitait guère à une seconde tentative. Il contourna le canapé alors que leur père venait vers lui.

– Venez Marco et asseyez-vous. Cela ne vous dérange pas si je vous appelle par votre prénom ?

– Non, Monsieur. Aucun problème.

Il prit place pendant que son patron se dirigeait vers la machine à expresso.

– Mes chères filles, désirez-vous un café ? Marco, je ne vous demande pas, noir et sans sucre.

Aurélia se leva.

– Non merci, père, j'ai une tâche urgente. Vous voudrez bien m'excuser.

Elle se tourna vers lui et Marco crut qu'elle allait enfin lui adresser la parole. Il se leva, par politesse, mais elle regarda à nouveau son père.

– Vous demanderez à votre garde du corps de passer me voir quand vous en aurez fini avec lui.

Marco le prit de travers.

– Aurélia, attendez ! Je vous ai rapporté votre…

Elle claqua la porte du bureau avec une violence inouïe et tout trembla dans la pièce. Médusé, Marco resta la bouche ouverte.

Alex se leva en riant.

– Bon sang ! Elle a vraiment le même caractère que vous, père ! Non merci pour le café, j'ai du travail et j'ai un rendez-vous à l'extérieur dans quelques minutes.

Elle le regarda à son tour.

– Bonne journée, Marco. Nous aurons l'occasion de nous revoir.

Elle prit le chemin de la sortie à son tour et s'arrêta sur le seuil.

– J'oubliais… Bon courage pour l'entrevue avec le deuxième dragon de la famille. Je vous laisse entre les griffes du premier. Ne vous faites pas croquer trop vite !

Elle referma la porte avec un grand rire. Encore une fois, il resta sans voix et songea que son arrivée ressemblait à un naufrage. Il avait bien noté le vouvoiement familial et ne fut pas surpris outre mesure. Il contempla Hugo qui souriait.

– Il faudra vous y faire. Aurélia a son caractère et Alex est beaucoup plus souple.

Il posa la tasse devant lui et s'installa à son tour.

– Comme j'avais un peu de temps ce matin, j'ai fait rédiger votre contrat. Lisez-le et vous le rapporterez quand vous voudrez. Par contre, prenez ça, c'est très important.

Il fit glisser une carte magnétique vers lui.

– C'est le passe qui vous permettra d'aller partout, dans toutes mes entreprises. Vous trouverez dans cette enveloppe votre contrat de travail et un topo sur les sociétés du groupe. Je vous demande d'enregistrer tous les numéros de téléphone. En parlant de ça, avez-vous conservé le mien ?

– Oui, bien sûr.

– Nous sommes toujours d'accord ? Je peux compter sur vous pour veiller sur ma fille ?

– Plutôt deux fois qu'une !

– Soyez discret, et quoi qu'il arrive, ne vous grillez pas. Vous ne devez des comptes qu'à moi et personne d'autre, y compris mon épouse, sauf pour une situation urgente, bien entendu.

– Merci de votre confiance, Monsieur.

Hugo fronça les sourcils et le fixa longuement.

– Qu'est-ce qui ne va pas, Marco ? Je vous sens ailleurs.

Il pinça les lèvres, n'ayant pas envie d'expliquer pourquoi il était vexé par la sortie d'Aurélia et ses propos blessants. Il termina son café et fit claquer sa langue puis il jeta un regard vers le sac abandonné à côté du canapé.

– C'est Aurélia qui vous a peiné, n'est-ce pas ? J'avoue que sa colère m'a surpris, moi aussi.

Marco secoua la tête.

– Que lui avez-vous donné comme raisons à mon entrée dans votre société ?

Hugo acquiesça.

– Après votre départ, hier, disons que cela a été explosif. Alors, en substance, je lui ai expliqué vos soucis, l'agression, la mise à sac de votre appartement et que j'avais jugé opportun de vous recruter afin de vous aider. À propos, cela vous plaît ? J'ai choisi à peu près dans le style de meubles que j'avais remarqué quand je suis passé chez vous.

– Je ne suis pas repassé chez moi, Monsieur. J'ai dormi à la salle, hier, et ce matin, j'ai fait ce que vous m'aviez demandé. Je vous remercie infiniment pour ce geste, c'est très gentil.

Quel idiot de ne pas l'avoir remercié plus tôt, se dit-il. Avec la sortie fracassante d'Aurélia, il en avait oublié les bases de la politesse.

– Ce n'est rien. Je me sens responsable de vos ennuis, même indirectement. Bien, je disais donc que je lui ai expliqué votre situation et nous nous sommes affrontés au sujet d'Omar.

Marco le prit mal.

– Ah bon ? Elle a pris sa défense, je parie.

– Non, pas vraiment. Elle voulait mettre un terme à ces fiançailles.

Marco afficha un large sourire.

– Vous avez accepté ?

Il baissa les yeux.

– Non, je lui ai demandé de maintenir son engagement.

Marco resta sidéré. Il secoua la tête et s'approcha du bureau.

– Je ne comprends pas, ou plutôt si, je ne comprends que trop bien. C'est grave, si vous me permettez. Je sais que vous aimez votre fille et vous l'obligez à épouser un butor qui ne l'aime pas et qui la rendra malheureuse. J'aimerais que…

Hugo fit un signe de la main pour l'arrêter.

– Je vous l'ai promis et je n'ai qu'une parole. Nous en parlerons le moment venu. Pour l'instant, permettez-moi de préserver un secret très lourd à porter. Faites-moi confiance, je vous le demande.

C'était désarmant ! Marco ne savait plus que penser. Il s'autorisa à aller plus loin.

– Je suis certain que votre femme détient quelque chose contre vous et vous fait chanter. C'est bien ça ?

Massard d'Espan sembla s'affaisser dans son fauteuil de cuir. Il croisa les mains devant sa bouche et s'abstint de répondre. Il reprit.

– Si vraiment elle vous menace de je ne sais quelles représailles, si vous, son mari, vous ne pouvez pas contrarier ses plans, alors que pourrais-je y faire ? Je serai à tout jamais impuissant. C'est perdu d'avance !

Le père d'Aurélia fronça les sourcils.

– Je ne baisserai pas les armes. J'ai fait une erreur que je paie lourdement aujourd'hui et oui, vous l'avez bien compris, mon épouse me tient et elle pourrait me broyer si elle révélait…

Il n'alla pas plus loin. Marco se leva d'un bond.

– Alors tout ça…

Il montra son bureau d'un grand geste des deux mains.

– Tout votre fric, vos sociétés, vos comptes, votre train de vie, toutes ces merdes pèsent plus lourd que l'amour de votre fille ? Je n'en reviens pas ! Je pensais que vous étiez quelqu'un d'autre. Vous pouvez déchirer votre contrat, je me casse !

Furieux, il se dirigea vers la porte. Hugo le rattrapa et posa la main sur la poignée avant lui.

– Toutes ces merdes, comme vous dites, je les donnerai pour un seul cheveu de mes filles. J'ajouterais ma vie dans la balance, s'il le fallait.

Il pointa son index et frappa le torse de Marco en cadence, ponctuant ainsi chacun de ses mots.

– J'aime mes filles plus que tout et je vous interdis d'en douter, malgré les apparences !

Il était furieux et son regard lançait des éclairs.

– Si ma femme parlait, ce n'est pas ma fortune qui serait menacée.

Tout à coup, sa voix faiblit et ses épaules s'affaissèrent. La colère retomba brutalement.

– Non, je perdrais mes filles, Marco. Et ça, je ne pourrais pas le supporter. Elles ne me pardonneraient jamais si…

Hugo sembla se raviser et secoua la tête.

– Je ne vous retiens pas. Vous avez raison, je vous demande l'impossible.

Il retourna à son bureau d'un pas lourd. Marco baissa la poignée, plongé dans ses réflexions, puis il repoussa la porte.

– Et merde, tiens !

Il fit demi-tour et revint s'asseoir, lui aussi.

– Je suis désolé, Monsieur, je suis un peu à cran, moi aussi. Puis-je vous poser une question ?

– Bien sûr.

– Pourquoi ne demandez-vous pas le divorce, si c'est à ce point ?

– On ne divorce pas chez les Massard d'Espan, jeune homme.

Il eut un rire très ironique tandis que Marco songea brièvement à sa mère.

– Et de plus, elle n'hésiterait pas à tout leur dire.

– Mais leur dire quoi, bon Dieu ?

Il était agacé par les cachotteries contre lesquelles il butait.

– Chaque chose en son temps.

Marco pinça les lèvres et défroissa un pli imaginaire sur son pantalon tout neuf.

– Alors, jurez-moi que votre secret n'a rien de criminel, qu'il ne recèle pas un mensonge ou une trahison à l'encontre d'Aurélia. J'ai confiance en vous, Monsieur, mais je ne pourrai pas défendre votre position ou protéger votre fille, si je n'ai pas la conscience tranquille.

Hugo eut un large sourire et acquiesça.

– Vous avez ma parole et je vais vous répondre par une autre question, si vous le permettez.

– Je vous écoute.

– Par amour, que seriez-vous prêt à faire ?

Hugo ajouta aussitôt.

– Pour Aurélia, jusqu'où pourriez-vous aller ?

Il ne réfléchit pas.

– Pour elle ? Je pense que je pourrai tout faire et tout supporter, même le pire.

Hugo Massard d'Espan hocha lentement la tête.

– Je suis d'accord avec vous. Et croyez bien que vos paroles me touchent beaucoup.

Il ramassa leurs tasses.

– Eh bien, Marco, vous avez votre réponse… Par amour, on peut tout faire.

Il fit une courte pause et ajouta.

– Un café ?

Décontenancé, il accepta d'un signe de tête. Plus il avançait, moins il comprenait. Que signifiait cette question, et mieux, qu'avait-il voulu dire en évoquant l'amour face à une telle situation ?

– Bientôt, je vous expliquerai. Au fait…

Il rapporta les cafés. En passant, il donna un coup de menton vers le sac.

– Est-ce indiscret de vous demander ce que vous avez apporté ?

– Non, c'est…

Il se mordilla les lèvres et préféra tout dire.

– Je rapporte les carnets de Georges à votre fille. Elle a eu la gentillesse de me les confier pour éclaircir le mystère de cet héritage que j'ai refusé.

Il hocha la tête.

– Elle a bien fait. Sans vouloir entrer dans votre vie privée, avez-vous obtenu vos réponses ?

Marco acquiesça légèrement puis soupira.

– Pas tout à fait. Mais je préfère clore ce chapitre de ma vie.

Hugo le sonda et il eut l'impression d'être mis à nu.

– Je suppose que ça concerne vos origines… je vois. Vous êtes courageux, pourtant, savoir d'où l'on vient est important, n'est-ce pas ?

Marco releva les yeux et affronta son regard.

– Vous savez, n'est-ce pas ?

Il fit non de la tête.

– Pas du tout, du moins pas dans les détails et certainement pas celui que vous aimeriez découvrir. Pour tout vous dire, dès qu'il y a eu cette histoire d'héritage, Aurélia m'en a parlé. Quand j'ai pris connaissance de l'existence de votre mère sur le testament, j'ai enquêté. Puis, il y a eu cet incident chez le notaire. Après être sorti de chez vous, j'ai passé quelques coups de téléphone. Je voulais en savoir plus sur votre compte. Votre dédit m'a surpris, je l'avoue, même si j'ai vite compris d'où vous venait cette soudaine générosité…

Son sourire s'élargit puis il redevint sérieux avant de poursuivre.

– Je sais à peu près tout sur vous et si je vous ai engagé, c'est que j'ai découvert quelqu'un de bien et une belle personnalité. Bref, je savais que vous poseriez des questions et votre visite chez Georges avec Aurélia aurait dû m'éclairer. C'est ce jour-là qu'elle vous les a confiés ?

– Oui, tout à fait. Je les ai lus et j'ai trouvé des détails… enfin…

Hugo leva la main.

– Ne dites rien, j'imagine très bien ce que vous avez pu découvrir.

Il lui tendit les documents sur laquelle la carte magnétique était restée.

– Alors, vous acceptez ?

Marco finit par sourire et prit l'enveloppe.

– Pour conclure, Monsieur. Avec Aurélia, que puis-je dire ?

– En ce qui vous concerne, la vérité. Rien d'autre. Pour sa mère et moi, gardez le silence.

Il se leva et récupéra le sac.

– Bien, si nous avons fini, je vais la voir.

– Allez-y.

– Sinon, côté travail, j'ai un bureau, ou…

– Vous savez très bien ce que j'attends de vous. Après, faites ce que vous voulez. Nous nous verrons régulièrement. Gardez votre téléphone allumé, au cas où j'aurais besoin de vous contacter, c'est tout ce que je vous demande. Le reste du temps, veillez sur ma fille.

– Bien, Monsieur. Je peux y aller ?

Hugo acquiesça.

– Heu… Marco ?

Il fit volte-face.

– Le premier dragon de la famille, c'est Aurélia. Pas moi.

Il lui fit un clin d'œil et Marco quitta son bureau.

*

Il s'arrêta devant la secrétaire.

– Pourriez-vous me dire où se trouve le bureau d'Aurélia, s'il vous plaît ?

– Le premier face à vous, au fond du couloir, à droite en sortant. Alexandrine a le bureau contigu, mais elle est déjà partie.

– Merci.

Sa grosse enveloppe dans une main, le sac dans l'autre, Marco prit la direction indiquée et trouva facilement. Son assistante l'annonça et lui demanda de patienter. Aurélia ne le reçut que dix bonnes minutes plus tard, toujours distante.

– Entrez, s'il vous plaît.

Elle était glaciale. Marco la suivit et dut jongler pour refermer la porte avec les deux mains prises. Il posa le sac sur le bureau où elle venait de s'asseoir. Le silence s'installa et ils s'affrontèrent du regard. Marco dans l'incompréhension la plus totale et elle, emmurée dans une froide colère.

– Aurélia, je...

Il soupira.

– Pourquoi êtes-vous fâchée contre moi ?

– C'est quoi ces histoires farfelues ? Ainsi, vous auriez été agressé chez vous ? Et pourquoi ne pas m'en avoir parlé avant de semer la pagaille au milieu d'un conseil d'administration ? Je pensais que nous étions amis. En fait, vous ne vouliez qu'un job et vous n'avez jamais été mon ami. Bon sang ! J'étais prête à vous faire confiance, heureuse de vous avoir rencontré et tout ça pour...

Elle tapa du poing sur son bureau.

– Tout ça pour approcher mon père ? Non, mais je rêve !

– Quoi ?

Marco fut submergé par un tsunami qui emporta sa réserve habituelle.

– Vous vous foutez de moi, là ? Je me suis vraiment fait agresser et menacer chez moi ! Cela dit, qui est fiancée à un demeuré qui fait le ménage autour d'elle ? Qui vous suit à la trace ? Et quand il siffle, qui arrive au pied, comme un bon toutou ? Nom de Dieu, vous ne manquez pas d'air !

– Répétez ça, pour voir !

Marco la fixa droit dans les yeux et parvint à reprendre un ton plus calme.

– Je suis désolé, Aurélia, je n'ai pas fait exprès de m'intéresser à vous et si vous êtes sincère, vous le savez très bien. Je ne suis pas fourbe et encore moins menteur. J'ai eu une galère et oui, je suis venu demander des comptes à votre père, car le mec qui m'a braqué un flingue sur la nuque m'a dit venir de sa part.

– C'est complètement stupide ! Jamais mon…

– TAISEZ-VOUS ! cria-t-il, avant de revenir à un ton plus serein. Laissez-moi finir. J'étais dans la merde et je n'aurais rien demandé à personne si je ne vous… si je…

Il s'embrouillait. Poussé par la colère, vexé et mortifié par ses accusations, Marco avait failli trop en dire. Il s'obligea à reprendre une respiration normale.

– Non, Aurélia. Je ne suis pas comme ça.

Il décacheta son enveloppe et vint au-dessus du broyeur qu'il avait repéré à côté du bureau. Il passa les feuilles, une à une et, accompagné par le bruissement de l'appareil qui déchiquetait son contrat, il continua.

– Je me fous de votre fric, de votre fortune, de tout ça. Oui, j'avais accepté de bosser pour votre père, parce que c'était une solution de facilité, je le reconnais, mais pas pour les raisons que vous pensez.

Médusée, Aurélia le regardait faire.

– Mais que faites-vous ?

– Je détruis le contrat que je n'avais pas encore signé. Vous expliquerez à votre père pourquoi je suis parti sans le saluer. Et puis, merde !

Il jeta le reste qui se répandit dans la pièce et quelques feuilles voletèrent doucement tout autour, parsemant la moquette.

– Détruisez-les vous-même, comme ça, vous n'aurez plus aucun doute.

Il fit demi-tour et s'arrêta. Il montra le sac du doigt.

– Merci pour les carnets. Au moins, grâce à vous, je sais que je ne suis qu'un bâtard. Bonne journée, Mademoiselle Massard d'Espan. Portez-vous bien et tous mes vœux de bonheur pour votre mariage.

Il ouvrit la porte, sortit et ne referma pas. D'abord sidérée, Aurélia ne trouva pas la force de répliquer. Elle fronça les sourcils, contempla le désordre de son bureau autour d'elle en soupirant et se lança à sa poursuite.

Chapitre 12

Marco ne décolérait pas et marchait à grandes enjambées. Il n'en voulait pas à Aurélia et sa rage était essentiellement tournée contre lui. Pourquoi parvenait-elle si facilement à le faire sortir de ses gonds ? Il parlait tout seul en se traitant de tous les noms. Vingt années de pratique d'un art martial et d'apprentissage du self-control pour se faire tourner en ridicule par une jeune femme de vingt-cinq ans, en un seul round de trois minutes et un K.-O. technique indiscutable.

– Marco, attendez-moi, bon sang !

Le cri parvint à franchir sa bulle et il s'immobilisa avant de faire volte-face. Aurélia arrivait en courant. Elle s'arrêta à un pas, les joues rouges et le souffle court.

– J'ai cru que jamais je ne vous rattraperai. Je… Venez !

D'autorité, elle prit son bras et il se laissa faire. Elle lui désigna un banc où ils s'assirent. Il ne décrocha pas un mot alors qu'elle reprenait son souffle.

– Marco, je suis désolée, je ne sais pas ce qui m'a pris. J'étais furieuse, vous comprenez ?

Devant son mutisme, elle continua.

– Hier, quand mon père m'a expliqué, mon sang n'a fait qu'un tour. Au début, je refusais d'y croire et j'ai fini par comprendre d'où ça pouvait venir. Alors, je…

Marco se tourna brusquement vers elle.

– Et ça ne vous dérange pas d'être fiancée à un type qui envoie des truands porter ses messages, un flingue à la main ?

Il la dévisagea. Aurélia rougit jusqu'aux oreilles, inspira et finit par baisser les yeux.

– Je n'ai pas le choix.

– Et si vous l'aviez, dites-moi franchement, que feriez-vous ?

Il était conscient de la torturer avec ces questions dont il connaissait les réponses. Pourtant, il avait besoin de l'entendre de sa bouche.

– Je ne l'ai pas, alors à quoi bon se demander…

Dans l'élan, Marco prit ses mains dans les siennes.

– Pour moi, c'est important. Répondez-moi.

Son regard soutint le sien. Il crut y deviner de la colère, comme un feu de paille brutal, disparu aussi rapidement qu'il était apparu, puis il ne resta que de la résignation et de la honte.

– Je…

– Dites-le, bon Dieu ! insista-t-il, avec véhémence.

– Je prendrai la fuite, vous le savez déjà, non ? Pourquoi insister et me faire dire des choses que je n'ai pas le droit de faire ou même d'envisager ?

Sa voix était douce et il retrouva la jeune femme qu'il connaissait. Elle baissa les yeux puis son visage se releva, souriant.

– Vous tenez tant que ça à prendre mes mains et à les garder ? Ça devient une habitude.

Il réalisa qu'il les serrait toujours et lâcha prise.

– Pardon ! J'avais besoin de savoir et je…

– Pourquoi ?

Évidemment, à force de jouer avec le feu, on risque de s'y brûler. Il se mordit la lèvre inférieure. Aurélia était tout, sauf stupide.

– Parce que je ne pourrai pas vous faire confiance et devenir votre ami si vous mentez sur des sujets si importants.

Elle se détourna de lui.

– Mon père me l'a imposé, j'ai d'abord refusé et j'ai voulu le convaincre de son erreur. Cela ne date pas d'hier ! Rien n'y a fait. De toute façon, une Massard d'Espan n'a pas le choix.

Marco s'accouda au dossier et contempla son profil.

– Ce n'est pas vrai. Alexandrine n'a pas les mêmes soucis que vous.

Elle le regarda.

– Pour tout vous dire, l'ambiance a changé, il y a quelques années. Nos parents se sont affrontés pour Alex et finalement, ma sœur a claqué la porte de la maison.

Marco hallucinait. Tout à coup, il eut l'impression qu'un abîme s'était creusé entre eux, au milieu du banc.

– Vous avez vingt-cinq ans, Aurélia, et nous sommes en 2015, sauf erreur de ma part ! Rien ni personne ne vous y oblige.

Elle détourna les yeux et son profil se durcit.

– Vous avez partiellement raison. Si je claque la porte comme Alex, il n'y aura plus d'héritier pour soutenir mon père et ça le tuerait. Cela a toujours été comme ça et rien ne changera. Pour moi, un mariage d'amour est inconcevable.

– Inconcevable par tradition ou réellement, au fond de votre cœur ?

Elle tourna la tête vers lui une brève seconde et il devina sa détresse.

– Qui se soucie de mon cœur, de ce que je peux penser et de mes envies ? J'ai été éduquée dans ce sens et tous les amis que j'ai autour de moi pensent de la même manière, car ils sont dans une situation identique. C'est normal. Point. Je suis héritière d'un empire et ma sœur a déjà renoncé à tout. Je devrai reprendre le flambeau et mon mari occupera la place de mon père, quand il ne sera plus de ce monde. Puis mes enfants feront de même…

Il l'obligea à tourner la tête vers lui en tenant doucement son menton.

– Regardez-moi, Aurélia. Demain ou après-demain, vous seriez capable de forcer vos enfants à se marier alors qu'ils n'aimeraient pas leur futur conjoint, pour respecter une tradition débile et protéger un empire financier ? Vous pourriez faire une telle horreur ? Vous ?

Elle ouvrit la bouche et se tut, avant de dégager son visage de sa douce emprise.

– Cessons ce petit jeu, Marco. Je regrette mon attitude en ce qui vous concerne. Ce mariage ne vous regarde pas et mon sort, encore moins. Je vous prie de ne plus m'en parler et, surtout, de ne pas vous en prendre à Omar quand vous le verrez. Mon futur mari est… comment dire ?

Elle marqua une pause et inspira profondément avant de continuer.

– Mettons cartes sur table, vous voulez bien ? Il est stupide, possessif et se croit tout permis. Il agit sans réfléchir comme si j'étais sa chose et je comprends que cela puisse agacer. Je le déteste pour de si nombreuses causes qu'il me faudrait des jours pour tout énumérer, c'est la pure vérité. Cependant, je n'invoquerai que deux raisons pour demander votre silence.

Aurélia était déterminée. Cela se sentait dans sa voix et son attitude inflexible.

– Je vais épouser ce Prince héritier dans moins d'un an, c'est la première.

– Et la seconde ?

– La plus importante pour moi, je souhaite conserver votre amitié. Vous êtes le seul homme dans mon entourage direct avec qui je puisse parler. Si vous lui déclarez la guerre, je serai certaine de vous perdre et cela me ferait de la peine.

Comme ces mots étaient doux à entendre.

– Vous n'avez donc pas de vrais amis, Aurélia ?

Elle haussa les épaules.

– Si, bien sûr, mais pas aussi sincères que vous.

– Comment pouvez-vous l'affirmer ? Nous nous connaissons si peu.

Elle se leva en riant.

– Dans le monde d'où je viens, aucun d'eux n'aurait déchiqueté un contrat de travail en or, signé par mon père. Ils m'auraient fait des courbettes et auraient même rampé. Pas vous !

Marco se leva à son tour. Elle souriait toujours avant d'ajouter.

– Et en plus vous m'avez remise à ma place avant de me tourner le dos.

Marco ne put retenir un sourire. Finalement, son coup de colère l'avait révélé sous son vrai visage. Elle regardait les passants autour d'eux.

– Pour parler d'autre chose, je suis navrée que les carnets de Georges vous aient apporté de si mauvaises nouvelles. Vous voulez bien m'en dire plus ?

Il ne s'y attendait pas et resta un bref instant silencieux. Même s'il voulait clore ce chapitre de sa vie et ne plus considérer son passé, c'était tout de même grâce à elle s'il en savait plus.

– Disons que je ne suis plus certain de mes origines.

Elle fronça les sourcils.

– Est-ce que je dois comprendre que…

– Franchement, je ne serai pas affirmatif, il manque la page principale pour tout vous dire.

Aurélia fit lentement non de la tête.

– Marco, je vous demande de me croire sur parole. Déjà, Georges prenait grand soin de ses carnets, il y tenait comme à la prunelle de ses yeux. Qu'il manque une seule page et justement, la vôtre, c'est tout bonnement impossible !

Elle fit une courte pause et ajouta d'une voix douce.

– Ensuite, s'il était vraiment votre géniteur, j'affirme qu'il aurait assumé…

Marco eut un sourire amer.

– En laissant la moitié de sa fortune à ma mère, par exemple ?

Elle réagit aussitôt.

– Bien sûr que non ! Il aurait tout lâché et vous aurait reconnu, il se serait battu et aurait tout fait pour vous récupérer, votre mère et vous. Georges avait des défauts, des pratiques sexuelles… heu… bizarres, c'est vrai. Cela dit, il était généreux, il aimait les enfants par-dessus tout, il ne vous aurait jamais abandonné. Je vous le jure sur ma vie ! Je suis la seule de la famille à bien le connaître et je sais que j'ai raison.

Elle semblait si sûre d'elle que cela ajouta encore à la confusion dans son esprit. Marco sentit le doute revenir en lui.

– Alors, pourquoi a-t-il laissé autant d'argent à ma mère, Aurélia ? C'est incompréhensible.

Elle ne réfléchit pas très longtemps.

– Je ne vois qu'une solution. Il devait savoir la vérité sur votre naissance, si tant est qu'il y ait eu un mystère. Cela a dû énormément le toucher et comme il était sensible, eh bien, en rédigeant son testament il a pensé à votre mère.

– En vous privant de la moitié de cette maison qui représente tant de souvenirs pour vous ?

– Bien sûr. Il savait pertinemment que mon père vous aurait versé la contrepartie en espèces sonnantes et trébuchantes. Il était très malin, vous savez. En agissant ainsi, il était certain de faire coup double en mettant votre mère à l'abri tout en conservant la demeure dans le giron des Massard d'Espan.

Marco se frotta la nuque, le regard dans le vague avant de la contempler de nouveau.

– C'est difficile à admettre, mais je veux bien vous croire, car ça se tient.

Il ferma les yeux et s'obligea à rassembler ses souvenirs.

– Je suis sûr de moi, il manque une page. Si vous avez un peu de temps, je vous le montrerai et vous pourrez le constater par vous-même.

Aurélia ne céda pas un pouce de terrain.

– Marco, sur des dizaines de carnets, des milliers de feuilles dont pas une n'est écornée, il ne manquerait qu'une page ? Et justement celle qui vous révèle la vérité sur votre passé ? Allons, réfléchissez, pourquoi aurait-il fait une telle chose ?

Il haussa les épaules. Aurélia était entêtée et il savait avoir raison.

– J'aimerais vous montrer le carnet concerné.

Elle lui décocha un grand sourire.

– On va faire mieux que ça ! On s'enferme tous les deux dans mon bureau et on cherche ensemble. Qu'en dites-vous ?

Son cœur battait la chamade. Rester enfermé dans une pièce et pouvoir lui parler, la contempler, c'était déjà un petit bout de paradis.

– J'aimerais beaucoup, mais pourquoi feriez-vous ça ?

Elle lui prit le bras pour reprendre le chemin de la Fondation.

– Parce que j'aimais Georges profondément et je ne veux pas que vous vous fassiez de fausses idées sur son compte et puis, aussi pour vous.

– Pour moi ?

– Eh bien, nous sommes amis, oui ou non ?

Marco flottait au-dessus du trottoir et souriait aux anges. Il avait la plus belle femme du monde à son bras et regrettait que le retour soit si rapide.

*

Aurélia et Marco s'enfermèrent dans son bureau comme elle le lui avait proposé. La jeune vice-Présidente avait averti son père qui lui avait donné raison et octroyé le temps nécessaire pour mener sa démarche à bien.

Marco songea que, pour Hugo, élucider le mystère de sa naissance servirait aussi les Massard d'Espan et les intérêts familiaux. S'il était effectivement issu de l'une des branches familiales de leur dynastie, même la plus éloignée, il pourrait éventuellement prétendre à sa part successorale. Si son père était disposé à l'accepter en souriant, de la même manière que sa fille, Marco supposait que derrière lui, tapis dans l'ombre, d'autres verraient son arrivée d'un tout autre œil. Il avait déjà un Prince de sang sur le dos, il n'avait pas envie d'y ajouter le reste du clan Massard d'Espan.

Il faisait nuit quand ils finirent enfin leur enquête. Marco se montra perplexe.

– Mince, alors ! Je n'avais pas remarqué qu'il manquait autant de pages.

Effectivement, ils avaient recensé une bonne centaine de pages déchirées dans différents carnets et sur plusieurs années. Aurélia eut le triomphe modeste.

– J'avoue que je ne pensais pas en trouver un tel nombre. Cependant, vous voyez bien que j'avais raison, vous n'étiez pas personnellement visé. Georges a voulu se débarrasser de certains passages et, malheureusement, ce qui vous intéressait était au mauvais endroit. Pas de chance !

– Zut, c'était pourtant important.

Elle acquiesça.

– Oui, pour vous. Mais là…

Elle balaya d'un geste de la main la moquette où tous les carnets étaient étalés, quelques-uns ouverts, le tout dans un désordre indescriptible malgré un classement qui se voulait à l'origine chronologique.

– Tout ça représentait sa vie. Si votre ascendance était importante, certes, elle ne l'était pas autant que ses conquêtes amoureuses et puis, le temps a passé. C'est déjà bien qu'il se soit souvenu de votre mère dans son testament, vous ne pensez pas ?

– Si, bien sûr.

Il était déçu, rongé de nouveau par le doute et les questions.

– Je n'y arriverai jamais.

Elle le regardait avec compassion et il ne la laissa pas répondre.

– Merci pour votre aide, Aurélia. Je vous laisse, il est déjà tard.

Il se leva, fatigué, et se dirigea vers la porte, pensif, en oubliant de la saluer.

– Marco ?

Il se tourna et elle lui offrit un grand sourire.

– Ne baissez pas les bras. Je vous aiderai… On finira par trouver, j'en suis certaine.

Il lui sourit.

– Vous êtes gentille, Aurélia. Merci. Bonne soirée.

Tête basse, il quitta son bureau.

*

– Oui, il sort à l'instant de la Fondation.

– Mais comment est-ce possible ? Vous êtes certain qu'ils étaient ensemble ?

– Je ne pourrais pas le certifier, mais je ne vois pas ce que Stenzza aurait pu faire, enfermé ici et toute la journée, en plus.

– Et vous dites qu'il portait un costume ?

– Oui, Votre Altesse. Ah, j'oubliais ! Il est sorti ce matin, très rapidement après son arrivée. Votre fiancée lui a couru après et ils sont restés longtemps sur un banc public puis ils sont rentrés à la Fondation, bras dessus, bras dessous.

Il dut écarter le téléphone de son oreille. Omar hurlait des insultes et des imprécations à faire peur. Il patienta et cela se calma comme d'habitude.

– Alors, il est parti ? Pas avec elle, j'espère ?

– Non, je viens de voir sa voiture sortir du parking et elle était seule.

– Bien, rentrez chez vous. Ou plutôt, non ! Assurez-vous qu'il rentre chez lui.

– Heu... Il est à pied et il va partir en métro, Votre Altesse !

– Et alors ? aboya-t-il. Pour une fois, utilisez vos jambes et achetez-vous un ticket.

La communication fut coupée. L'homme soupira et quitta son véhicule. Heureusement, sa cible paraissait fatiguée, car contrairement à d'habitude, il marchait lentement. Il respira mieux. S'il l'avait perdu de vue, le Prince aurait été capable de lui faire couper une oreille !

*

Omar Benschritt-Maalouf raccrocha violemment le téléphone, furieux, en lâchant encore une bordée de jurons. Assis à son bureau, il fit pivoter son fauteuil de Direction vers la grande baie vitrée. À cette hauteur, au trentième étage d'une tour de la Défense, il voyait tout Paris illuminé. Le charme de la capitale le laissa pourtant complètement insensible. Il réfléchissait, car ce jeune blanc-bec contrariait de plus en plus les plans qu'il avait soigneusement établis. Il pivota de nouveau et reprit le combiné. Il composa rapidement de mémoire un numéro de portable et la voix d'une femme répondit à la deuxième sonnerie.

– Allô ?

– Que se passe-t-il avec ce Marco Stenzza ? Aurélia est devenue folle ou quoi ?

Il y eut un ricanement au bout de la ligne.

– Cela ne vient pas d'elle. C'est Hugo qui a recruté ce vaurien comme garde du corps.

Ce qui expliquait sa nouvelle tenue vestimentaire, songea-t-il.

– C'est une plaisanterie, j'espère ?

– Non, je viens de l'apprendre et je voulais vous appeler.

– Et pourquoi s'affiche-t-elle avec lui ? De quel droit se promène-t-elle dans tout Paris avec un homme ? Ma famille ne peut tolérer de tels agissements. Je vous rappelle qu'elle doit arriver pure et vierge au mariage. Nous ne plaisantons pas avec ces principes.

Il y eut un long silence dans son écouteur. Omar relança sur un ton ironique.

– Si vous voulez vraiment que ce mariage ait lieu, faites le nécessaire, sinon, je m'en occuperai moi-même.

– Je fais ce que je peux, je vous le rappelle.

Il songea soudain à quelque chose.

– Ne me dites pas qu'il vient avec nous aux Caraïbes ?

– À votre avis ? Où serait la place d'un garde du corps ? Allons, cessez de vous…

Il lui coupa la parole.

– Comment peut-on accélérer les choses ? J'en ai marre d'attendre.

– Si Hugo n'est pas convaincu du bien-fondé de ce mariage, il ne fera rien pour nous aider.

– Que faut-il faire pour le convaincre ?

– Un seul moyen. Il faut le persuader que vous aimez et respectez sa fille.

Omar éclata de rire.

– C'est vraiment n'importe quoi. Je dois vous laisser. Bonsoir.

Il raccrocha sans écouter la réponse. Il n'avait jamais respecté les bases de la politesse, d'autant plus avec un être inférieur, surtout quand il s'agissait d'une femme. Il appuya sur le bouton de l'interphone.

– Rachel, dites à Malek d'entrer.

Aussitôt la porte de son bureau s'ouvrit et un homme entra. Grand, musclé, il portait un costume sur mesure. Le teint bronzé, des cheveux en brosse et des yeux noirs lui donnaient ce charme oriental tant prisé auprès des femmes. Il avait une démarche de fauve, entre force contenue et souplesse. Ses traits étaient bien dessinés, ses rares sourires dévoilaient des dents blanches, bien alignées. Omar avait toujours jalousé la prestance de son chef de la sécurité.

– Asseyez-vous, Malek.

– Je vous écoute, Votre Altesse.

– J'ai un gros souci. Vous allez partir avant nous aux Caraïbes et vous devrez organiser une petite surprise. Je m'explique…

Omar sortit une photo d'un dossier. Elle était prise avec un téléobjectif, la netteté n'était pas fameuse. Il la fit glisser devant Malek.

– Pendant ce voyage, je veux un accident, grave et réaliste aussi. Et au cours de ce drame, ce crétin devra disparaître.

Malek prit la photo et regarda le visage de l'homme.

– Il devra être la seule victime, je suppose ? Si quelque chose arrivait à vos futurs beaux-parents, votre fiancée ou encore sa sœur, cela pourrait poser de gros problèmes, non ?

Le Prince réfléchit rapidement et afficha un sourire machiavélique.

– Si mon futur beau-père disparaissait en même temps, ce serait dramatique, mais… Je vous récompenserai largement, Malek. Par contre, ma fiancée et sa mère doivent en sortir indemnes.

Il resta pensif et se rappela sa future belle-sœur. Il la trouvait beaucoup plus jolie qu'Aurélia, il avait bien l'intention de la séduire, un jour ou l'autre.

– Je confirme. Seul Marco Stenzza devra disparaître. Si Hugo Massard d'Espan y passe aussi, tant mieux, mais personne d'autre. C'est bien clair ?

– Vous me laissez carte blanche ?

– Absolument. Vous partez demain par le premier avion.

Malek se leva.

– Puis-je vous demander pourquoi je dois supprimer ce type ?

– Parce qu'il me gêne, point à la ligne. Ne posez pas trop de questions, Malek !

Il avait haussé le ton et son chef de la sécurité ne baissa pas les yeux.

– Votre Altesse, je vous signale que l'on parle d'assassinats, pas de mesures de protection qui incomberaient normalement à ma charge.

Omar jura et tapa du poing sur la table.

– Vous ferez ce que je vous ordonne de faire. Depuis quand le fils d'un Bédouin et d'une Française se permet de discuter mes ordres ?

Les yeux noirs de Malek étincelèrent.

– Depuis que vous me demandez d'assassiner quelqu'un sans raison.

– DEHORS ! Je vous conseille de suivre mes instructions à la lettre. Sinon…

Le chef de la sécurité eut tout à coup un sourire féroce.

– Sinon… Quoi ?

– FOUTEZ LE CAMP !

Malek reposa la photo. Sur celle-ci, Marco souriait franchement. Il hocha la tête et quitta le bureau sans rien ajouter. Le Prince songea aussitôt qu'il faudrait penser à remplacer ce type au plus vite. Il était trop efficace, trop beau et posait trop de questions. Agacé, il appuya sur l'interphone.

– Rachel, vous avez fini ? Venez. J'ai besoin de vous.

La porte se rouvrit et sa secrétaire, une jolie blonde très sexy, entra. En déboutonnant son chemisier, elle afficha un petit sourire et ferma à clé.

*

Malek monta dans sa voiture et prit son portable. Il lança l'enregistrement et écouta attentivement. On distinguait parfaitement les voix et celle du Prince était facilement reconnaissable. Il repassa plusieurs fois le même extrait.

– … ordonne de faire. Depuis quand le fils d'un Bédouin et d'une Française se permet…

Les smartphones étaient une belle invention pour les hommes dans sa situation. Son regard était fixe et son visage, livide de colère. Il jeta son portable sur le siège à côté de lui.

– Altesse de merde ! Tu vas voir qui est le fils d'un Bédouin, pauvre con.

Il démarra et quitta les lieux, souriant et froid comme la mort. Il obéirait aux ordres, bien sûr, car sa famille était au service des Benschritt-Maalouf depuis la nuit des temps. Cependant, ce lien d'une indéfectible et totale soumission, à la limite de la servitude ou de l'esclavagisme, n'imposait aucunement d'accepter de telles insultes.

Chapitre 13

Marie-Galante était certainement l'une des plus belles escales après une première semaine de villégiature et de croisière. À quelques heures de navigation, dans le sud-est de la Guadeloupe, c'était un véritable paradis sur terre. Les cocotiers, les plages de sable blanc, la mer turquoise, tout était un ravissement et jamais Marco n'aurait pu espérer y venir un jour.

Sur la plage de l'Anse Canot, au nord-ouest de l'île, le temps s'écoulait paisiblement. Le Prince avait affrété un yacht immense et il aimait en prendre la barre pour épater la galerie, au grand dam de Marco qui rongeait son frein. À ses yeux, le *Sea Dreamer* ressemblait à un petit paquebot avec ses quarante mètres de long, ses cabines grand luxe et un confort hallucinant qu'il n'avait jamais connu.

Pour le moment, le navire mouillait au large, car Omar avait organisé un barbecue pour ses invités, et pas n'importe lequel. Sur la plage, vide de toute présence, un grand barnum ouvert avait été installé sous lequel des employés avaient dressé une table, installé des chaises, et le tout, avec un luxe de détails ahurissant. Le repas n'était composé que de homards, de poissons frais et de mille trésors provenant de la mer, savamment grillés par le cuisinier qui s'affairait auprès du feu.

Marco et Malek avaient lié connaissance dès le premier jour et tous les deux, ayant la même fonction, se retrouvaient souvent à l'écart et devaient se contenter de plats beaucoup moins consistants, voire s'astreindre à ne pas manger, la plupart du temps. Le Prince savait y faire pour mettre Marco dans l'embarras, l'oublier régulièrement ou se moquer de lui en le mettant dans des situations embarrassantes.

Marco contempla les convives de loin et se laissa aller à une confidence.

– Ils ont l'air de se régaler.

Les deux gardes du corps restaient à l'ombre des premiers arbres qui bordaient la plage. Assis par terre, ils ne portaient que des bermudas et des chemisettes, pour ne pas trop attirer l'attention sur leur travail qui nécessitait de la discrétion.

Malek le regarda de côté.

– C'est clair ! Je sens d'ici les odeurs de poisson grillé.

Les deux hommes soupirèrent. Marco joua avec des poignées de sable, plongé dans ses pensées. L'homme à côté de lui l'avait impressionné au début, surtout par son air froid et son faciès peu amène. Avec le temps, il avait creusé le sujet et après deux jours confinés sur le yacht, il avait compris que sa vraie nature était bien différente de cette apparence froide et antipathique savamment entretenue pour éviter les contacts trop personnels et protéger son intimité. Malheureusement, il ne pouvait pas trop se fier à son instinct et lier amitié avec lui, ne perdant pas de vue qu'il était avant tout le chef de la sécurité d'Omar. Malek relança la conversation, avec sa voix caractéristique qui changeait rarement de tonalité.

– Pourquoi l'épouse de Monsieur Massard d'Espan vous déteste à ce point ?

Marco ricana.

– Si seulement je le savais.

En bon Oriental, il hocha la tête et s'empressa d'ajouter.

– Pardon, cela ne me regarde pas.

Marco fut étonné.

– Non, je disais ça, car je le pense vraiment. Je viens d'arriver et je reconnais aisément que je n'ai pas vos connaissances ni votre expérience. C'est la seule explication que j'entrevois.

– Il faut bien débuter un jour.

Malek était laconique et apparemment, peu de chose pouvaient l'atteindre. Si l'on ajoutait son économie régulière de paroles, cela faisait de lui un homme difficile à approcher et sur lequel Marco aurait été incapable de donner un avis tranché.

Devant eux, à la table, il y eut quelques éclats de voix. Les deux hommes froncèrent les sourcils. Marco reconnut Aurélia, vêtue d'un paréo blanc, qui se levait. Elle portait deux assiettes et venait vers eux.

Malek hocha la tête.

– C'est Aurélia, non ?

– Oui, c'est bien elle.

Après quelques minutes, elle arriva près d'eux et les deux gardes se levèrent.

– Tenez ! Je ne supporte pas l'idée de manger pendant que vous restez là, sans même avoir un peu d'eau.

Il nota son regard furieux et la remercia en récupérant son assiette. Il y avait dedans un demi-homard, du poisson grillé, quelques coquillages et du riz, sans oublier une fourchette. Malek montra plus de déférence.

– Merci infiniment, Votre Altesse.

Elle tressaillit et soupira en haussant les épaules.

– Vous préférez de l'eau ou du vin ?

Les deux hommes répondirent en chœur.

– De l'eau, s'il vous plaît.

Malek s'autorisa l'un de ses rares sourires. Aurélia se tourna vers lui.

– Ça va, Marco ?

– Impeccable, ne vous inquiétez pas et surtout, profitez.

Elle lui sourit et fit demi-tour avant de s'immobiliser. Elle fusilla du regard son collègue.

– Je suis désolée, Malek, mais votre patron ne voulait pas que je vous apporte à manger. Il considère que c'est normal et que vous êtes payé pour ça. Je ne fonctionne pas ainsi et s'il vous plaît, ne m'appelez surtout pas Altesse ! Je ne suis pas encore mariée.

– Bien, Vo… Mademoiselle.

Elle tourna les talons et repartit vers la tente à grands pas énergiques, soulevant des nuages de sable à chaque enjambée. Aurélia leur rapporta deux bouteilles d'eau fraîche quelques instants plus tard et fit demi-tour, sans un mot.

– Eh bien, quel caractère !

Marco sourit à l'affirmation de son confrère. Oui, un caractère qu'il adorait déjà. Elle n'était pas une femme comme les autres. Malek poursuivit.

– Elle vous aime bien.

Marco ne sut que dire et Malek ajouta.

– J'ai vu son regard quand elle vous parlait.

Il se sentit mal à l'aise et fit une réponse inintelligible. Pourquoi Malek avait-il dit ça ? Il se gratta le menton.

– En fait, nous sommes amis, vous voyez…

Le chef de la sécurité dévoila ses dents sur l'un de ses rares sourires.

– Oui, je vois. Bon appétit, Marco.

– À vous aussi, Malek.

*

Plus tard, ce fut Alexandrine qui leur apporta deux tasses de café.

– Oh la la ! Je ne vous dis pas l'ambiance !

Elle jeta un coup d'œil vers Malek.

– Votre patron est un peu coincé, hein ? Quel mal embouché !

Marco eut du mal à retenir son rire. Malek la regarda et prit la tasse à deux mains en s'inclinant légèrement.

– Merci beaucoup, Mademoiselle.

Alex haussa les yeux au ciel.

– Vous n'allez pas vous y mettre, vous aussi ! Je m'appelle Alex.

Elle lui décocha un sourire ravageur, se mordilla la lèvre et s'abstint d'en dire plus. Elle se tourna vers lui.

– Et vous, Marco, ça va bien ? Assez mangé ? Là-bas, il y a de quoi nourrir un régiment et tout va partir à la poubelle ! Quel gâchis.

Elle avait son franc-parler et Alex serait toujours Alex.

– Tout va bien. Merci pour les cafés, en tout cas.

Elle lui fit un clin d'œil et rejoignit les autres d'un pas tranquille. Le chef de la sécurité la suivit des yeux alors qu'elle s'éloignait. Ses formes voluptueuses étaient soulignées par un paréo rouge, très ajusté.

– Elle est très gentille et diablement jolie.

Marco, ne perdant pas le nord, posa la main sur son épaule.

– Oui… Et elle vous aime bien.

Ce fut la première fois qu'il l'entendit rire de bon cœur. Il leva sa tasse vers lui et hocha la tête.

– Bien répondu. Je m'incline.

Ses yeux noirs le fixèrent et pendant une courte seconde, Marco y devina une joie intense.

*

– Quelque chose ne va pas ?

Marco fit non de la tête. Leur repas était terminé depuis longtemps et au loin, il suivait du regard le Prince et Aurélia qui marchaient seuls, longeant le bord de mer. Au fond de lui, il bouillonnait et ressentait la cruelle morsure de la jalousie pour la première fois de sa vie. Pourtant, il ne montrait rien. Malek attira son attention.

– Regardez, là-bas.

Il suivit la direction indiquée et ne vit rien d'autre que l'épaisse forêt tropicale, sur la droite de la plage.

– Je ne vois rien et…

Un éclair lumineux jaillit tout à coup.

– Mince, qu'est-ce que c'était ?

– Des paparazzis, à tous les coups !

Malek montra le Prince et Aurélia du menton.

– Deux grandes fortunes en passe de s'unir, le cliché fera sensation et se vendra des centaines de milliers de dollars. Venez, on y va.

Malek avait déjà franchi l'orée des arbres et trottinait sur le sentier qui longeait la plage. Il jeta un coup d'œil à Marco. Le voyant tenir la cadence, il accéléra nettement. Les deux hommes couraient maintenant de front, épaule contre épaule, avec de longues foulées, puissantes et élastiques. Les photographes devaient se cacher dans les frondaisons, au pied des cocotiers et la distance pour les rejoindre semblait assez grande.

– Ils peuvent prendre des photos… de si loin ?

Malek acquiesça. Tous les deux étant des sportifs accomplis, ils pouvaient parler tout en menant un train que beaucoup n'auraient pu suivre.

– De plus loin encore. Vous verrez les appareils.

Après avoir parcouru environ un kilomètre, Malek ralentit et lui fit signe de progresser en silence et de se taire. Marco prenait sa première vraie leçon de protection rapprochée. Il suivit donc son mentor et calqua sa démarche sur la sienne. Peu de temps après, ils débouchèrent sur un espace visiblement créé à la machette pour débroussailler les lieux et les rendre accessibles. Deux hommes étaient allongés, tels des tireurs d'élite, et en guise de fusil, chacun tenait un appareil photo numérique prolongé par un téléobjectif qui disparaissait dans les buissons. La planque était idéale, les frondaisons les dissimulaient parfaitement et sans le coup d'œil d'expert de Malek, ils auraient pu mener à bien leur travail sordide. À l'instar d'une fusillade silencieuse, les déclenchements allaient bon train.

Les deux gardes du corps purent entendre leurs échanges. Les paparazzis se congratulaient sans retirer l'œil des viseurs.

– Bordel ! Regarde-moi comment elle est roulée, cette salope !

L'autre ricana.

– Tu m'étonnes, il ne doit pas s'emmerder au plumard, le Prince ! Maintenant, je la trouve trop plate à mon goût.

Le sang de Marco ne fit qu'un tour. Il donna un léger coup de pied dans la jambe du premier.

– Eh, les abrutis ! Debout.

Les deux photographes sursautèrent et se tournèrent vers eux, toujours à plat ventre. Malek s'avança en tendant la main.

– Les cartes mémoire et vite !

Le premier se leva et joua les fiers-à-bras.

– Qu'est-ce que tu veux, le basané ? Tu cherches la merde ?

Malek contempla Marco et lui sourit.

– Vous voyez, c'est toujours comme ça. On a affaire à des gens respectueux.

Il se tourna vers le paparazzi et après un violent coup de tête qui le cueillit au menton, l'homme s'écroula, inconscient. L'autre regardait son collègue allongé, les bras en croix.

– Non, mais vous êtes malade ou quoi ?

Marco s'avança et lui rit au nez. Calquant son attitude sur celle de Malek, il l'ignora et s'adressa au chef de la sécurité.

– On récupère toutes les cartes numériques ?

– Oui, il ne faut rien laisser. Fouillez les mallettes pendant que je lui fais les poches.

Tandis que Malek explorait les vêtements de sa victime, Marco se pencha sur les valises en aluminium brossé et prit tout ce qui ressemblait de près ou de loin à une carte mémoire. Averti par son instinct, il tourna les yeux et vit le second photographe lever une branche pour assommer Malek qui lui tournait le dos.

– MALEK !

Le garde du corps aux réflexes aiguisés bascula sur le côté tandis que Marco se détendit et bondit comme un fauve. Il enchaîna un coup de pied gauche à l'estomac, rotation complète et coup de pied arrière droit fouetté au visage. L'homme était déjà groggy et avec une vitesse fulgurante, Marco balaya ses deux jambes d'appui pour l'achever d'un coup de coude au plexus une fois à terre. Le paparazzi expulsa tout l'air contenu dans ses poumons et sombra à son tour dans l'inconscience.

– Eh bien ! Ils sont toujours comme ça ? dit-il, après s'être remis debout d'un coup de reins.

Malek était assis par terre et il tendit la main pour l'aider à se relever.

– Non. Ces deux-là étaient plus dangereux que la moyenne et de vrais salopards qui vendraient père et mère pour un cliché ! C'est assez rare. Habituellement, ils donnent les cartes sans discuter, c'est le jeu du chat et de la souris.

Le chef de la sécurité saisit les appareils photo et les détruisit un à un, en les frappant violemment contre un tronc. Marco ne s'en offusqua aucunement.

– Ça doit coûter cher, non ?

– Environ vingt mille euros pièce.

Il fracassa le dernier téléobjectif et contempla les débris sur le sol.

– Peut-être même beaucoup plus que ça encore.

Marco était stupéfait. Son confrère poursuivit.

– Venez, on rentre par la plage, on va à leur rencontre.

– Pourquoi ?

– On préviendra le Prince, car il faut être prudent. Quand on en trouve un ou deux, en général, la meute de chacals n'est pas loin, car les nouvelles vont vite.

Ils traversèrent les derniers buissons et aboutirent sur la plage. Aurélia et son fiancé étaient encore loin. Malek lui tendit la main.

– Merci, Marco.

Il la serra chaleureusement et lui fit un clin d'œil.

– Merci pour la leçon. Je ne connais rien à ce monde !

Le chef de la sécurité hocha la tête.

– Hmmm… J'ai vu que vous saviez vous battre. Maintenant, si je ne suis pas trop indiscret, pourquoi vous ont-ils embauché comme garde du corps ?

– C'est compliqué, Malek.

Marco détestait mentir, pourtant devant cet homme à la botte du Prince, il y était bien obligé. Il continua.

– Désolé, je ne souhaite pas en parler.

Malek lui sourit.

– C'est quelque chose que je peux comprendre. Aucun souci.

Il n'y avait pas de reproche dans sa voix et il garda le sourire pendant quelques instants, ce qui relevait de l'exploit pour Malek. Marco fouilla ses poches et lui tendit une dizaine de petites cartes mémoire.

– Je vous les donne, vous saurez mieux que moi ce qu'il faut en faire.

– On les jettera à la mer de retour au bateau.

Puis le silence s'installa. Marco hâta le pas. Il était ravi et pressé d'interrompre le tête-à-tête entre Aurélia et Omar.

*

Après le dîner qui fut servi à bord, Marco traîna sur le pont arrière. Il avait besoin d'être seul et surtout, il ne pouvait pas approcher Aurélia sans que le Prince n'arrive aussitôt et s'incruste. C'était horripilant et il s'obligeait à conserver un sourire de façade.

La nuit était magnifique et les étoiles scintillaient dans le ciel. Rêveur, Marco s'imagina posséder ce yacht, être riche à millions et se promener avec elle le long de la poupe. Ici, il l'aurait enlacée et embrassée. Longuement. Il aurait pu lui dire des mots doux, la câliner, guetter ses envies et faire des projets. C'était certainement cela aimer, ne pas supporter l'absence de l'autre et rêver sa présence à tout prix.

Il soupira et s'accouda au bastingage, se perdant dans la contemplation des remous provoqués par les hélices. Il ne pouvait que fantasmer sur l'impossible. En participant à ce voyage, il n'avait pas perdu de vue qu'il était là pour veiller sur elle, tout en jouant un rôle de composition des plus difficiles. Garde du corps ! Tu parles, songea-t-il, bien amer. Tous les paparazzis de la terre auraient pu se donner rendez-vous sur cette plage, il n'aurait rien vu venir.

Des rires et des discussions animées lui parvinrent, portés par une bise nocturne, chaude et légère. Ils étaient tous à l'avant du yacht et son cœur se serra encore une fois. Aurélia était assise à côté de ce Prince de malheur.

– Alors, on fait bande à part ?

Il reconnut sa voix et sourit.

– Ça va, Alex ?

Elle s'accouda et son épaule toucha la sienne.

– Ils me fatiguent avec leur mariage ! Bon sang, je plains ma petite sœur. Quel crétin ce Prince, n'est-ce pas ?

Marco se mordit la langue pour ne pas laisser libre cours à sa rancœur. Alex dut comprendre sa gêne et n'insista pas.

– Pourquoi rester tout seul ici, dans le noir ? Venez vous amuser avec nous, je vous offre une coupe de champagne !

– Non merci, j'ai un peu mal à la tête et je ne bois que très peu.

– Bon, comme vous voudrez. Heu…

Elle se pencha vers lui.

– Père m'a dit qu'il passerait vous voir discrètement. Soit ici, soit dans votre cabine.

Il la contempla. Était-elle au courant de sa véritable mission ?

– Entendu. Ce sera simple, nos cabines sont voisines.

– Dans ce cas, je file !

Elle hésita une seconde.

– Je vous aime bien, Marco.

Elle l'embrassa légèrement sur la joue et déguerpit en riant. Marco hocha la tête et sourit. Alex était vraiment différente.

– Elle est spontanée, n'est-ce pas ?

Il sursauta. La voix avait retenti dans l'obscurité et il la reconnut aussitôt.

– Oui, Monsieur.

Hugo s'approcha et il devina son sourire.

– Décidément, tout le monde vous aime bien.

– Sauf votre femme.

– Hmm… Ça va avec le reste. Alors, quoi de neuf ?

Marco débriefa sa journée, expliquant principalement l'incident avec les paparazzis. Son employeur hocha la tête à plusieurs reprises. Quand il eut fini, Hugo se montra direct.

– Et ce Malek, qu'en pensez-vous ?

– Je ne sais pas. D'un côté, je le sens bien et je n'arrête pas de me dire qu'il est à la botte de l'autre cré… heu… du Prince.

Son interlocuteur rit doucement.

– J'avais peur que ce soit l'homme qui vous avait menacé, l'autre soir, chez vous !

– Oh, non ! Je l'aurais immédiatement reconnu. Avec la frousse bleue que j'avais eue, croyez-moi, je ne suis pas près d'oublier sa voix.

– Alors, tant mieux. Si vous avez besoin de me parler, n'hésitez pas.

– Je sais, Monsieur. Bonne soirée.

Hugo le regarda.

– Ça n'a pas l'air d'aller, vous.

– Si, un peu de vague à l'âme, ce n'est rien.

Le père d'Aurélia resta pensif et hocha la tête.

– Gardez bien les yeux grands ouverts. Je vous le dis, ce voyage ne me plaît pas.

Il se ressaisit et lui fit face.

– Que craignez-vous ?

– Je ne sais pas, à vrai dire. Disons que c'est plus un pressentiment qu'autre chose. J'y retourne.

– Bonne fin de soirée, Monsieur. Vous souhaitez que je vienne avec vous ?

– Non, ça ira. Bonne nuit, Marco.

Après quelques instants, Marco décida d'aller se coucher et descendit sur le pont des cabines. Quand il mit le pied sur l'épaisse moquette de la coursive principale, il fronça les sourcils. Aurélia, Alex, leur mère et ce fichu Prince ainsi que Malek, tous occupaient des cabines vers l'arrière du yacht. Quant à l'équipage, les hommes de bord étaient logés à un pont inférieur. En arrivant, Omar s'était excusé et avait expliqué des problèmes de distribution d'eau. À cause de ces désagréments, Hugo et lui s'étaient retrouvés dans les deux premières cabines vers la proue et voisins directs.

Circonspect, Marco jeta un coup d'œil à droite et à gauche. Personne. L'équipage, réduit à cinq personnes, devait œuvrer sur le pont principal, entre le service des passagers et la navigation. C'était sans doute le moment de vérifier quelque chose.

Marco se dirigea vers l'avant et s'arrêta devant la première cabine après celle de son patron et la sienne. Il abaissa la poignée et comprit que la serrure était fermée. Avec un peu de chance, la suivante ne le serait pas et effectivement, le panneau pivota sans bruit. Il se précipita vers la salle de bain attenante et essaya la douche, le lavabo et les toilettes. Tous les robinets fonctionnaient parfaitement, eau chaude comme eau froide ! Marco étouffa un juron et se parla à lui-même en chuchotant.

– Bon, le boss l'avait bien senti. L'autre abruti s'est foutu de nous et il doit y avoir une raison s'il a voulu nous mettre à l'écart.

Marco veilla à éteindre et quitta rapidement les lieux. La coursive était toujours vide et il s'engouffra dans sa cabine. Pensif, il se déshabilla et quand il fut entièrement nu, il se précipita sous la douche. Le sable comme le sel étaient aussi désagréables que ses sombres pensées. Quand il eut fini, il revint s'allonger sur le lit très spacieux et croisa les mains sous la nuque. Il n'osait pas aller prévenir Hugo tout de suite. Cela pourrait alerter les autres et il décida de lui raconter sa visite impromptue le lendemain, lors du petit-déjeuner.

Décidément, Aurélia avait bouleversé sa petite vie tranquille ! Il se sentait métamorphosé en jouant les détectives sur un yacht de milliardaire, au milieu des Caraïbes. Marco finit par sourire et ferma les yeux. Sans réaliser, se posant beaucoup de questions, surtout au sujet d'Aurélia, il somnola un long moment.

Soudain, on frappa à sa porte.

Chapitre 14

Marco réalisa qu'il s'était endormi avec la lumière, prit le temps de ceindre un drap de bain autour des reins et ouvrit la porte. Alexandrine s'engouffra et referma d'autorité la porte. Il put à peine protester.

– Alex ! Que…

Elle s'assit sur son lit et lui sourit. Il se frotta la nuque et fit de même tout en laissant une bonne distance entre eux.

– Qu'est-ce qui vous prend, Alex ?

– Je n'arrivais pas à dormir et j'ai vu la lumière sous votre porte. Je suis désolée, apparemment, vous étiez dans les bras de Morphée.

Il détailla sa tenue. Elle portait un cache-cœur noir sur ses seins libres, un petit short blanc ultra court et très moulant ainsi que des sandalettes. Que venait-elle faire dans sa cabine, en tenue légère et à cette heure de la nuit ?

– Vous venez faire un tour sur le pont avec moi ?

Il soupira, soulagé, et alors qu'il allait répondre, elle ajouta.

– À moins que vous ne me proposiez autre chose de plus sympa ?

Il se contracta.

– Heu… Alex, je ne…

Elle lui décocha un large sourire.

– Je suis célibataire, vous aussi et nous sommes adultes. Je m'embête à cent sous de l'heure et je suis venue dans cette fichue croisière parce que mon père a lourdement insisté. Je vous trouve diablement séduisant, alors je me suis dit, pourquoi pas. Maintenant, je ne veux pas m'imposer et pardonnez-moi si vous me trouvez trop directe.

– Non, c'est très flatteur, merci, mais je préfère décliner.

Les yeux de la jeune femme le sondèrent un bref instant puis elle enchaîna rapidement.

– Alors, on couche ensemble, on va se promener sur le pont, ou on fait une belote ?

Ils échangèrent un sourire et il se releva.

– Je m'habille et on va faire un tour sur le pont. Donnez-moi deux minutes.

Marco s'enferma dans la salle de bain pour enfiler un short et un tee-shirt. Il se peigna avec les doigts et sortit. Elle était debout pour l'attendre.

– Histoire de ne pas mourir idiote, je ne vous plais pas ou il y a autre chose ?

Il nota sa mine sérieuse et lui fit un clin d'œil.

– Il y a effectivement autre chose… ou plutôt, quelqu'un, voilà tout. Allez, on y va.

En étant plus attentif, il aurait pu noter la petite lueur qui avait illuminé son regard un très bref instant et son hochement de tête approbateur. Il ouvrit la porte, la laissa passer et suivit dans la coursive. Il eut à peine le temps de fermer qu'ils tombèrent nez à nez avec sa sœur cadette. Marco en balbutia de surprise.

– Aurélia ? Je…

Elle considéra Alex et ses yeux plongèrent dans les siens. Il reconnut aussitôt le brasier annonciateur d'une colère dont elle avait le secret. Quand il réalisa ce qu'elle pouvait interpréter en les ayant vus sortir de sa cabine, il rougit violemment.

– Ah non, ce n'est pas ce que vous…

Elle l'interrompit d'une voix glaciale.

– Aucun problème, Marco, vous n'avez pas à justifier ce que vous faites de votre temps libre.

Elle lui sourit d'une façon étrange et tendit quelque chose à sa sœur.

– Tiens, Alex, tu avais oublié tes cigarettes et je te cherchais partout. Je pensais te trouver chez notre père, mais je vois que tu n'as pas été jusqu'au bout du couloir. J'espère que l'escale a été à la hauteur de tes attentes.

Aurélia soupira et tourna les talons pour repartir vers sa cabine.

– Bonne soirée… Pardon ! Très bonne nuit à tous les deux.

Elle avait lancé sa pique par-dessus l'épaule et d'une voix ironique. Médusé, il la regarda disparaître dans sa chambre et sursauta quand elle claqua la porte. Alex, très étonnée, l'avait regardée partir puis ses yeux se portèrent de nouveau sur lui. Elle pencha la tête et fronça les sourcils. Soudain, elle afficha un petit sourire.

– Ah, je vois… Venez, Marco. On remonte.

D'autorité, elle lui prit le bras et l'entraîna dans l'escalier.

– On va grimper sur le solarium, à cette heure de la nuit, personne ne viendra nous déranger.

Contrarié, il ne répondit pas et la suivit sur les différentes échelles d'accès. L'endroit était l'un des plus élevés du yacht et très à l'écart. Des matelas garnissaient le sol alors que des sièges confortables ornaient deux des côtés avec une table basse où les passagers pouvaient poser leurs rafraîchissements.

Alex se laissa tomber sur un transat et tapota celui à côté d'elle.

– Allez, posez vos fesses ici. Promis, je ne vais pas vous manger.

Elle rit encore et ajouta.

– Parole de sœur aînée !

L'allusion directe le fit grimacer. Il s'installa et elle alluma une cigarette.

*

– Ça dure depuis longtemps ?

Il fit une petite grimace, invisible dans la pénombre.

– De quoi ?

Elle secoua la tête.

– Eh ! Je connais ma sœur depuis toujours et vous, on lit sur votre visage comme dans un livre ouvert. Je n'oublie pas que j'ai servi une fois de messagère pour vous apporter un petit mot de sa part, alors j'ai peut-être l'air d'une fofolle ou d'une demeurée, mais je ne suis pas conne et je sais encore additionner un et un. Alors ?

Marco, se sentant percé à jour, était mortifié.

– Je… je ne souhaite pas en parler.

– Comme vous voudrez. Mon père est au courant, je suppose ? Hmm… C'est une question stupide. Il sait toujours tout sur tout et avant tout le monde.

Il soupira et se tut. Elle se releva d'un coup de reins et s'assit face à lui.

– Eh, je ne suis pas votre ennemie ! Que vous ne vouliez pas en parler, soit ! Je respecterai votre volonté, mais je dois être la seule à pouvoir vous aider.

Le pire était qu'elle avait absolument raison. Il pinça les lèvres, ayant donné sa parole à Hugo, Marco devait refuser la discussion et pourtant, il désespérait de vider son sac, de tout déballer et d'afficher au grand jour ce qu'il ressentait. Alex pourrait le comprendre, il le savait en son for intérieur, d'autant plus qu'elle serait certainement une alliée précieuse. N'avait-elle pas renoncé à ses privilèges d'héritière pour marquer sa différence et le refus du destin qu'on lui imposait ?

– Je vois bien que vous vous torturez. Laissez tomber, je ne voulais pas être trop indiscrète.

Elle ne lui en voulait même pas et sa voix restait la même, enjouée et chaleureuse. Alex eut un petit rire, se rallongea et le relança.

– Vous savez quel est le programme pour demain ?

– On devrait faire relâche en Martinique et visiter un marché. J'ai entendu le Prince et Malek en discuter hier après-midi. Une question d'approvisionnement, je crois, et on en profitera pour faire une escapade.

– Ouf ! Ça fera du bien de marcher sur la terre ferme. Est-ce qu'on fera un truc sympa en dehors du marché ?

– Aucune idée, je le saurai comme vous, demain matin.

Elle fit une pause et il en profita pour changer de sujet.

– Pourquoi avez-vous renoncé à tout, Alex ?

– Oh, c'est simple. Je déteste notre mère et j'ai refusé de me retrouver embringuée dans un mariage à la con. Pour moi, la vie, ce n'est pas ça. Et comme j'adore notre père, j'ai eu la lâcheté d'accepter de devenir une des deux vice-Présidentes pour rester proche de lui et travailler avec ma sœur. Je gagne bien ma vie et je choisis les hommes avec qui je couche. Bref, je suis le mouton à cinq pattes de la famille et seul mon père ne me considère pas comme une renégate.

Oui, exprimé ainsi avec la sincérité naturelle qui la caractérisait, c'était très clair.

– Alex, pourquoi votre sœur n'en fait-elle pas autant ?

Elle eut un petit rire.

– Je pense que je peux culpabiliser, car après mon départ, c'est elle qui a repris le flambeau familial. Sauf que…

Elle réfléchit un bref instant avant de reprendre.

– Tout s'est dégradé très rapidement. Après mon départ, notre mère a changé et elle est devenue une vraie garce qui pense avec une calculette dans une main et l'étendard des Massard d'Espan dans l'autre. Nos relations n'avaient jamais été très bonnes, mais cela a vraiment empiré à ce moment-là. Elle se contrefout du bonheur de mon père ou du nôtre. C'est dingue ! Et puis il y a un truc qui me fait bondir.

– Lequel ?

– C'est mon père qui insiste pour que cette union ait lieu et ça ne lui ressemble pas. D'autant plus qu'ayant lui-même subi un mariage pourri et supporté une mégère au quotidien, il sait très bien qu'il condamne ma sœur à vivre un enfer.

Marco n'insista pas, les propos d'Alex corroboraient ce qu'il savait déjà et confirmaient ses propres déductions. Madame Massard d'Espan ne lui avait jamais adressé la parole depuis qu'il la connaissait, ou à peine un bonjour, et encore ! C'était elle qui se trouvait à la tête de ce plan machiavélique. Si seulement il pouvait découvrir quels étaient ses moyens de pression, il pourrait écarter cet Omar de la vie d'Aurélia.

Elle étouffa un bâillement.

– Bon, je vais aller me coucher et toute seule, bien sûr !

Elle s'assit de nouveau au bord du transat.

– Je ne voulais pas vous froisser, Marco, et j'aimerais conserver votre amitié. Vous voulez bien ?

Il lui tendit la main.

– Tope-là ! dit-il avec un large sourire.

Alex négligea sa main tendue, se pencha et l'embrassa sur la joue, puis se mit debout.

– Je vais vous faire une dernière confidence, Marco.

Elle s'éloigna de quelques pas et fit volte-face.

– Déjà, c'est bien d'avoir refusé une partie de jambes en l'air avec moi. Pour tout vous dire, je voulais être sûre de ce que je pressentais et savoir quel genre d'homme vous étiez. Vous n'avez fait que confirmer la bonne opinion que j'avais déjà sur vous. Ensuite…

Elle eut un petit rire délicat qui n'avait rien de moqueur et poursuivit.

– Je connais bien Aurélia, c'est un bloc, un caractère entier, tout comme vous. Tout à l'heure, quand nous l'avons croisée devant votre cabine, j'ai bien vu son regard.

Marco serra les dents.

– Oui, moi aussi ! Je l'ai déçue et je lui expliquerai, dès demain.

Alex rit de bon cœur et leva les yeux au ciel.

– Vous êtes trop mignon, Marco, et vous n'avez rien compris. Ce n'était pas de la déception qu'il y avait dans ses yeux.

Il fronça les sourcils.

– Je ne comprends pas.

Alex écarta les bras, dans un signe d'impuissance.

– Eh bien, réfléchissez un peu et en attendant, je vous conseille de ne pas lui parler, justement !

Elle s'apprêtait à descendre et reprit d'une voix joyeuse.

– Ce soir, je suis venue chercher une réponse auprès de vous et le destin a voulu que ce soit ma sœur qui me réponde. J'en suis ravie !

Elle dévala l'échelle en riant. Saisi, il resta assis, stupéfait devant cette sortie à la hauteur de sa personnalité haute en couleur. Cependant, il refusait d'entendre ce qu'elle venait d'affirmer et n'osait formuler, même en pensée, les mots qui lui venaient à l'esprit et qu'il essayait de refouler en vain. Non, ce n'était pas possible ! Comment Aurélia pourrait-elle s'intéresser à lui, d'autant plus dans sa situation ?

Il s'allongea sur le transat et s'endormit là, en se berçant des paroles d'Alex qui résonnaient encore gaiement à son oreille. Il s'interdisait d'y croire, mais ne pouvait museler son cœur qui hurlait de plus en plus puissamment.

*

Dès le petit-déjeuner, cela avait mal commencé. Marco était à part et buvait un café debout, à quelques pas de Malek, tandis que les passagers arrivaient un à un et s'installaient à une table copieusement servie. Un peu fourbu et courbaturé par une nuit inconfortable au sommeil agité, il affichait une mine fatiguée et soucieuse.

Alex arriva la dernière et, devant toute l'assemblée, vint l'embrasser sur la joue sans rien dire. Marco, surpris, ne sut quelle conduite adopter et, après avoir constaté le regard amusé d'Hugo, il put découvrir celui de son épouse, bien plus furieux. Quant à Omar, il se pencha à l'oreille de sa fiancée pour murmurer quelque chose, avant d'éclater de rire. Dans leur monde, on ne se faisait pas la bise le matin et cet idiot avait certainement alourdi l'addition avec quelques remarques bien choisies ou une plaisanterie à l'humour improbable qui ne faisait rire que lui.

D'ailleurs, Aurélia, d'abord ébahie et la bouche ouverte, ne l'écoutait visiblement pas et restait insensible à son humour. Elle rougit subitement, son regard devint accusateur. Puis, avec la force de l'habitude, elle reprit peu à peu son masque impassible et, finalement, détourna les yeux. Ce fut pire qu'une gifle pour Marco.

Il douta alors qu'Alexandrine puisse avoir raison, car rien ne trahissait la jalousie chez Aurélia et au contraire, il était persuadé de l'avoir déçue. De plus, il venait de passer pour un coureur de jupons devant tout le monde et cela le blessa. Quand elle quitta le pont pour aller se préparer, elle passa à côté de lui et s'immobilisa brièvement.

– Je suis contente que vous vous intéressiez à ma sœur, vous allez très bien ensemble. Soyez tout de même un peu plus discret en public.

Une fois sa pique assassine débitée rapidement en chuchotant, Aurélia était repartie avec un large sourire, saluant Malek de quelques mots gentils, prononcés à haute voix. Elle lui aurait planté un couteau dans le cœur que cela ne lui aurait pas fait plus mal. Son humeur sombre devint celle d'un fauve en cage. Quand Alexandrine quitta la table, elle s'arrêta aussi près de lui et murmura à son oreille.

– Alors, qui avait raison ? Je n'ose imaginer la vacherie qu'elle vous a balancée en partant.

En riant, elle tourna les talons, ce qui ajouta au malaise de Marco.

Le *Sea Dreamer* mouillait enfin dans la baie de Fort-de-France. Peu de temps après, la vedette rapide fut mise à la mer et tous les passagers prirent place à bord.

*

Les deux gardes du corps suivaient le groupe à faible distance, en raison de la foule environnante. La ville était magnifique, très colorée. Les joyeux accents créoles, les jolies femmes ou encore les étals couverts d'épices, de fruits parfumés, rien ne déridait Marco.

La visite du grand marché couvert fut l'occasion de faire des achats divers et variés pour les passagers. Tous passaient du bon temps, riaient, plaisantaient, et même Aurélia paraissait prendre du plaisir aux blagues vaseuses ou aux commentaires de son fiancé qui jouait les guides touristiques. Ruminant sa colère et insensible à tout ce qui l'entourait, Marco était vexé.

– Pendant qu'ils s'amusent, je voulais vous parler, Marco.

Il fit volte-face et découvrit Hugo proche de lui. Décidément, il avait un don pour le surprendre.

– Oui, Monsieur, ça tombe bien, je souhaitais vous voir, moi aussi.

– Faisons vite, ils ne remarqueront pas ma présence tout de suite.

Il sourit et secoua la tête.

– Alex est venu me voir cette nuit et a prêché pour votre paroisse. J'ai eu du mal à m'en débarrasser !

– Comment ça ? Je ne comprends pas.

– Elle est très proche d'Aurélia et m'a raconté votre entrevue. Elle a insisté pour que je mette un terme à ces fiançailles. Même si je lui donne raison, vous savez bien que j'ai les mains liées.

Encore cette histoire de chantage, songea Marco, sans rien dire. Il préféra ne pas l'interrompre.

– Elle a compris que vous aimiez sa sœur et s'est moquée de vous parce que vous avez refusé de vous confier. Il y a autre chose qui m'inquiète beaucoup plus…

Marco le fixa et attendit la suite.

– Alex m'a expliqué qu'Aurélia était… comment dire ? Réceptive, dirais-je.

Il ne put retenir sa langue et sa réponse fusa, ironique et amère.

– Oui, je comprends tout à fait que cela vous ennuie.

Hugo s'emporta et balaya l'air d'un revers de la main agacé.

– Ne dites pas d'âneries aussi grosses que vous, Marco. Ça m'ennuie parce que je connais le caractère de chien de ma fille, c'est tout. Pour l'instant, j'ai un problème et c'est ce zouave là-bas qui joue les jolis cœurs auprès d'elle et que je sens de moins en moins. Je vous demande simplement d'être prudent et discret. C'est tout. Et vous, que souhaitiez-vous me dire ?

Marco expliqua rapidement ses investigations nocturnes dans les cabines et cela fit sourciller Hugo. Il resta pensif et répondit après un long moment de silence.

– Bien joué. Je ne sais pas ce que ça cache, mais grâce à vous, je sais que j'avais raison de me méfier. Cette histoire ne me plaît pas du tout.

Il s'éloignait déjà et se retourna vers lui.

– Veillez sur mes filles, surtout. Le reste, je m'en arrange.

Soucieux, il disparut dans la foule bigarrée et réapparut à côté d'Alexandrine. Il les vit parler à voix basse très rapidement. En cherchant les autres, il remarqua aussitôt Omar et Alberte en grande conversation. Il ne pouvait guère entendre le sujet de la discussion. À leurs gestes et leurs physionomies, il comprit que cela relevait plus de la dispute. Plus loin, il vit Malek avec Aurélia, tous les deux en train de rire à gorge déployée. Apparemment, ils négociaient ou marchandaient quelque chose avec un vendeur hilare.

Marco manœuvra pour arriver dans le dos du Prince, lâchant des mots d'excuse tout en fendant la foule. La femme d'Hugo dut le repérer, car quand il fut assez proche pour les écouter, la discussion tourna aux banalités sans importance. Omar le fusilla du regard et rejoignit sa fiancée. Alberte Massard d'Espan le regarda de haut et Marco se demanda pourquoi une mère agissait ainsi, contre le bonheur même de ses propres enfants. Cela restait un grand mystère !

Ils visitèrent encore un long moment le marché couvert puis ils quittèrent les lieux pour déambuler en ville, guidés par le Prince héritier qui se vantait de la connaître parfaitement.

Les deux gardes du corps restaient en couverture du groupe qui cheminait devant eux.

*

De plus en plus, Marco se sentait mal à l'aise, car les rues qu'ils empruntaient, étroites et désertes, ressemblaient à de véritables coupe-gorge. Il en fit la remarque à Malek qui acquiesça sans un mot. Lui aussi semblait nerveux et sur ses gardes, jetant des coups d'œil rapides de part et d'autre.

En tête, Omar décrivait les lieux avec grandiloquence, évoquait le passé et les grands navigateurs, expliquait les richesses de l'île et de la ville, employant le ton magistral de celui qui sait tout. À l'entendre, on pouvait croire qu'il connaissait Fort-de-France comme sa poche, et d'ailleurs, il se faisait construire une villa, un petit pied-à-terre pour les vacances de quelques centaines de mètres carrés, dans le nord de la Martinique.

Marco était écœuré et ne l'écoutait plus.

Ils empruntèrent une ruelle plus sombre, bordée d'arcades de chaque côté. L'absence de passants alerta aussitôt Marco qui s'approcha très vite du groupe. Hugo Massard d'Espan marchait devant lui, fermant la marche alors qu'il devait certainement s'ennuyer des élucubrations de son futur gendre. L'attaque soudaine vint de sa droite. Un homme jaillit de l'ombre, brandissant une machette et fonçant vers lui.

– HUGO !

Il avait hurlé sa mise en garde. Il bondit en avant et tout en poussant son patron dans le dos, fit face à l'agresseur. L'homme avait les yeux injectés de sang et sentait l'alcool à dix mètres. Sans crainte et avec calme, il esquiva, saisit le poignet de la main armée, asséna un blocage rapide et son poing gauche s'abattit sur le coude qui produisit un craquement sinistre. Son bras maintenant brisé, Marco fit tomber l'arme et frappa l'homme avec le genou au niveau du sternum. Il s'écroula sans un cri et Marco put faire volte-face, ayant senti le danger derrière lui.

Le deuxième agresseur arrivait de l'autre côté, tenant un poignard effilé, cherchant à l'impressionner, la lame tendue, le buste courbé en avant. Marco avait fait le vide et n'entendait pas les cris d'alerte ou de peur. Il effectua un mouvement tournant, se plaçant entre le bandit et ses compagnons. Ce fut à cet instant qu'il remarqua Malek, immobile et les bras croisés.

Concentré maintenant sur son adversaire, il se positionna en fente avant, bien stable sur ses appuis, avec une garde parfaite. Cet idiot, même armé, n'avait aucune chance. L'attaque fut soudaine et il entendit à peine les cris d'Aurélia et d'Alex. Rapide comme l'éclair, Marco enroula le mouvement de pointe, pivota parfaitement sur le côté du truand. Surpris et n'ayant rencontré que de l'air, celui-ci fut déséquilibré par son propre élan.

Marco cria pour libérer son énergie. Son poing fermé s'abattit violemment sur l'avant-bras de son adversaire, lui causant une paralysie musculaire qui l'obligea à lâcher le couteau. Après avoir saisi son poignet, il le retourna, tirant brutalement son bras dans son dos puis frappa sèchement l'épaule comme un marteau-pilon. Pour faire bonne mesure, il asséna un coup de genou dans les côtes et doubla avec un coup très rapide du pied sur le côté du genou. Au craquement qu'il entendit distinctement, il sut que les ligaments latéraux avaient cédé. Sa cible s'écroula en hurlant.

– MARCO, DERRIÈRE !

Cette fois, ce fut Malek qui entra en piste. Un troisième agresseur lui tombait dessus et grâce au chef de la sécurité, il sauta de côté, roula et se releva dans un même mouvement. Finalement, leur embuscade était bien ficelée !

Malek le frappa de deux directs très puissants, au visage et au foie et Marco vint aussitôt en renfort. Déjà sonné, le bandit jeta la machette à leurs pieds et, en se tenant le ventre, décampa rapidement. Marco fit volte-face et observa la scène. Deux agresseurs au tapis, un dernier en fuite, et le groupe était immobile. Ils étaient tous pétrifiés par la peur. Alex fut la première à venir vers lui.

– Bon sang ! Vous n'avez rien, vous ne saignez pas ?

Il lui sourit et fit non de la tête. Il croisa ensuite le regard de son employeur et apprécia son sourire approbateur. Au moins, il avait fait ce pour quoi il était rémunéré ! Puis il vit le visage d'Omar. Il était blême et tremblait de rage. Marco comprit immédiatement que cette agression n'était pas due au hasard. Il serra les dents et se tourna vers Malek.

– Ça va ?

Le chef de la sécurité fit une grimace et montra son torse d'un doigt.

– Pour moi, oui, mais vous, c'était moins une.

Il baissa les yeux. Sa chemise pendait lamentablement, coupée net de l'épaule gauche à la hanche droite. Les armes devaient être affûtées comme des rasoirs ! Quelques centimètres de plus et il serait rentré les pieds devant à Paris. Il soupira et remercia sa chance. Malek attira son attention.

– Marco, on dégage très vite. Marchez en tête, je couvre l'arrière.

Un peu secoué malgré tout, il s'étonna.

– On n'attend pas les flics ?

– Non, ces types-là sont capables de revenir. Il y en a un qui a foutu le camp. Alors, on trace !

Après tout, c'était Malek qui avait l'expérience de ce genre d'action. Marco lui obéit et prit la tête du groupe, restant vigilant, tous ses sens en alerte, regardant partout et prêt à répliquer, le besoin échéant. Cette fois, il ne cherchait plus d'éventuels paparazzis et dévisageait les gens pour guetter leurs intentions. Peu de temps après, ils retrouvèrent les rues animées, la foule ainsi que les concerts de klaxons et la tension retomba d'un coup. Marco respirait mieux et soudain, une rage folle le submergea. Il s'immobilisa et fit demi-tour, prenant tout le monde par surprise. Il se planta devant le Prince, les yeux dans les yeux. Les poings serrés, il l'apostropha.

– Pour quelqu'un qui connaît bien la ville, bonjour le traquenard. Avec vos conneries, on a tous failli se faire éventrer. Vous avez même risqué la vie de votre fiancée. Bravo ! Vous êtes trop fort.

Omar avait blêmi sous l'attaque.

– Pour qui vous prenez-vous pour me parler sur ce ton ?

Il n'attendait que ça et fut ravi de saisir l'occasion. Marco franchit le dernier pas.

– Pour celui qui va te botter le cul, gros tas de…

– MARCO !

La voix de son patron avait cinglé. Il bouscula les autres et se mit entre eux pour essayer de le faire reculer. En vain.

– Venez, Marco, et calmez-vous. On marche… C'est un ordre.

Il se laissa faire à regret et pendant que le Prince glapissait en appelant son garde du corps à la rescousse, Hugo ne retint pas son sourire. Ils s'éloignèrent et il parla à voix basse.

– Je vous aurais bien laissé faire, mais pas ici et certainement pas devant Aurélia.

– Monsieur, je suis certain que c'est lui qui a tout organisé !

Hugo le contempla de côté.

– Pourquoi ?

– Je vous signale que vous étiez la première cible visée alors que vous marchiez derrière tous les autres. Ce n'est pas logique. S'ils en voulaient à notre argent, ils auraient bondi sur les premiers qui arrivaient, non ? Autrement dit, l'autre abruti et Aurélia qui étaient en tête.

– Bien vu. On en reparlera plus tard, pour l'instant, calmez-vous. D'accord ?

Marco ne fit aucun commentaire et en bougonnant, pressa le pas.

Chapitre 15

Ils s'étaient finalement retrouvés sur le pont arrière, très tard dans la nuit. Marco avait frappé discrètement à la porte de la cabine et quand Hugo l'avait invité à entrer, le garde du corps avait refusé. Sans sombrer dans une paranoïa stupide, il lui avait intimé le silence et avait préféré le guider vers l'arrière du yacht afin d'éviter les oreilles indiscrètes. Quand ils furent enfin à la poupe et après s'être assuré qu'ils étaient seuls, Hugo ironisa.

– Des micros dans les cabines, rien que ça ! Vous allez un peu loin, non ?

Marco fit non de la tête.

– Avec ce que j'ai vu aujourd'hui, l'embuscade et le comportement de votre futur gendre, non, je ne pense pas exagérer. Bien au contraire.

Sa froide détermination impressionna Hugo. Ils parlaient à voix basse et se tenaient proches du bastingage surplombant l'arrière du navire. Nul ne pouvait s'approcher sans qu'ils en soient avertis. Massard d'Espan se massa la nuque.

– Bien, expliquez-moi le fond de votre pensée. Vous commencez à m'inquiéter.

– C'est très clair, Monsieur. Aujourd'hui, nous n'avons pas été victimes d'une agression simple, mais bel et bien d'une embuscade, j'en suis persuadé. Malek était nerveux et cela ne lui ressemble pas, lui qui est toujours d'un calme olympien. Comme s'il savait ce qui nous attendait.

De plus, alors que j'engageais les deux premiers agresseurs, il est resté les bras croisés et...

Hugo lui fit un signe de la main.

– Il a quand même maîtrisé le troisième, non ?

– C'est vrai et c'est le seul détail qui ne cadre pas. Ensuite, après la bataille, pourquoi n'a-t-il pas voulu que l'on appelle les flics ? Bizarre, n'est-ce pas ? J'en arrive au principal. Devant, il y avait l'autre abruti et Aurélia, derrière Alex, puis venait votre femme et enfin, vous. Pourquoi le premier truand voulait-il vous planter dans le dos ? S'ils en voulaient vraiment à notre fric, ils nous auraient menacés, à commencer par Omar, sans chercher à tuer. Non, le type est sorti de l'ombre et si je ne vous avais pas poussé, il...

– Oui, d'ailleurs, merci, Marco. Sans vous, je ne sais pas où je serais ce soir.

– Ce n'est rien, Monsieur. Vous me payez pour protéger vos filles, mais je vous signale que vous étiez la première cible. Et le second, c'était visiblement moi. Cela ne vous évoque donc rien ? Vous ne voyez pas où je veux en venir ?

Au fur et à mesure, emporté par ses convictions, Marco avait haussé le ton.

– Je n'ai pas de preuves concrètes, c'est vrai, mais je suis persuadé que votre futur gendre en veut à votre vie.

Cela tomba comme un couperet et Hugo le regarda, ébahi par son affirmation.

– Marco, c'est grave ce que vous dites.

– Et j'ai encore plus grave à vous dire, Monsieur.

– Je vous écoute.

– Pendant notre visite au marché, votre femme et le Prince d'opérette se sont discrètement mis à l'écart. Vous étiez avec Alex et Aurélia plaisantait avec Malek. Comme j'étais trop loin, j'ai voulu me rapprocher pour les écouter et les surprendre. Je n'ai malheureusement pas réussi. Mais je suis certain que votre épouse était au courant.

Hugo fronça les sourcils.

– Au courant de quoi ? De l'agression ? Non, je n'y crois pas, elle n'irait pas si loin et…

Marco lui coupa la parole sèchement.

– Une mère capable de vendre sa fille pour du fric, désolé, on peut s'attendre à tout.

Le silence s'installa. Massard d'Espan était complètement retourné. Après de longues minutes, Marco reprit à voix basse.

– Monsieur, je vous en prie, dites-moi comment cette femme peut avoir une telle emprise sur vous. Cela dépasse le cadre du simple mariage arrangé. Aujourd'hui, elle a comploté ou au moins elle était au courant de l'agression qui a failli vous faire mourir. Parlez-moi, vous voyez bien que je suis de votre côté !

Devant son silence obstiné, il chercha la provocation et titilla la corde sentimentale.

– Monsieur, prouvez-moi que vous n'êtes pas comme votre femme et que vous aimez vraiment vos filles ! Je vous en conjure, avant qu'il ne soit trop tard !

Hugo ouvrit la bouche quand, tout à coup, une voix retentit derrière eux.

– Trop tard pour quoi ?

Marco fit volte-face et blêmit pendant qu'Hugo se décalait pour voir qui venait perturber leur conversation. Aurélia, vêtue d'un déshabillé de soie et pieds nus, avançait vers eux, une cigarette à la main.

*

Les deux hommes se turent et elle s'approcha.

– Alors, père, trop tard pour quoi ?

Hugo se reprit rapidement.

– Que faites-vous ici, Aurélia ?

– Je suis encore bouleversée par ce qui s'est passé aujourd'hui et je ne parvenais pas à trouver le sommeil. Je voulais me promener et prendre l'air quand je vous ai entendus.

Marco ouvrit la bouche et son employeur le fit taire d'un geste.

– Je n'ai pas pour habitude de vous mêler à mes affaires, Aurélia. Ce que je dis à Marco est destiné à Marco. Point final.

Le ton était autoritaire et dur. Elle fit la moue tout en conservant un calme apparent.

– Je ne vous reconnais plus, père. Ces derniers temps, j'ai l'impression que vous devenez comme ma mère, insensible et calculateur.

Marco crut pendant un instant qu'il allait la gifler et il le vit faire un réel effort pour se contenir. Elle leur jeta un long regard à tous les deux.

– De quoi parliez-vous ? De l'agression, ou pire encore ?

Il dut se mordre les lèvres à sang pour ne pas répliquer. Elle soupira.

– Père, je souhaiterais m'entretenir seule avec Marco, en tête-à-tête, si vous me le permettez.

Livide, le visage parcouru de tics nerveux, Hugo lâcha un bonsoir glacial et disparut aussitôt à grands pas. Aurélia prit sa place et s'accouda au bastingage. Marco en fit autant.

– Dites-moi ce qui se passe, s'il vous plaît.

– Je ne peux pas. J'ai donné ma parole à votre père.

– Répondez-moi franchement. Ce qui s'est passé aujourd'hui, je parle de cette bataille rangée dans les rues de Fort-de-France, vous savez de quoi il retourne ? Je cherche à comprendre et je n'ai pas tous les éléments en main. J'imagine que cela concerne Omar, n'est-ce pas ?

Il savait qu'elle ne lâcherait pas l'affaire s'il ne répondait pas et s'en trouva très ennuyé. Il était difficile de se taire ou de lui mentir.

– De quoi, la conversation avec votre père ou cette bagarre ?

Elle lui fit un sourire timide.

– Les deux.

Elle insistait et il soupira longuement.

– Oh, et puis merde ! Oui, ça concerne votre abruti de fiancé. Soit vous êtes aveugle, soit vous êtes stupide et j'avoue que je ne sais plus que penser dans votre cas.

Marco était en colère et il réalisa que ses paroles avaient dépassé sa pensée. Aurélia baissa les yeux.

– C'est méchant. C'est même très blessant…

Elle ajouta :

– Que voulez-vous que je fasse ? J'essaie de comprendre, j'accepte quelque chose qui me répugne par devoir et quand je pose une question, personne ne me répond. Comment voulez-vous que je puisse prendre des décisions alors que l'on me tient dans l'ignorance ?

Vexé de l'avoir blessée, Marco se laissa emporter.

– Faites donc comme votre sœur. Alex a eu le cran de claquer la porte, elle !

Elle recula sous le choc de la phrase assassine qu'il regretta aussitôt.

– Comme Alex… répéta Aurélia, à mi-voix et à plusieurs reprises.

Elle se planta devant lui, apparaissant livide dans la lueur des veilleuses du bord, le regard embrasé. Sa voix tremblait de rage.

– Parce que si je couchais avec vous, j'aurais droit à votre respect ? Pour vous, la seule expression du courage, c'est de s'envoyer en l'air avec le premier venu et de se balader le cul à l'air pour attirer tous les hommes ? C'est ça votre vision du respect de l'autre ? Que faut-il faire pour mériter votre amitié, Marco ? Une petite gâterie et hop, l'affaire est faite. Si je raisonne autrement, si je suis fidèle à la tradition, dussé-je étouffer et renoncer à mes sentiments personnels, cela ne vous parle pas, bien sûr. Non... Trop facile ! La petite bourge n'a pas de cran, elle écoute bien papa et maman, dit amen à tout et va à l'abattoir tête basse. Tout ça, c'est de la lâcheté selon votre conception du courage ?

Elle reprit son souffle et cria.

– MAIS DITES-LE QUE JE SUIS LÂCHE !

Aurélia avait ponctué chacun des mots d'un coup sur son torse et Marco avait reculé jusqu'à se retrouver bloqué dans un coin. Aurélia était devenue une vraie furie et elle ne lui laissait pas le temps de répondre. Elle poursuivit.

– Vous me détestez parce que je suis à la botte de mes parents, parce que pour vous, on a toujours le choix de faire ce que l'on veut. Oh, facile, hein, de dire merde à

ses parents, de tourner les talons, pas vrai ? J'attends la suite. Vous allez bientôt sous-entendre que je vais me marier pour son fric, parce que je cours après l'argent et que je suis une bonne petite Massard d'Espan, hein ?

Elle le menaça de son index qu'elle agitait sous son nez.

– Eh bien, non ! Je me fous du fric, mais j'aime mon père et je le respecte.

Sa voix devint glaciale quand elle ajouta.

– Et ça, c'est quelque chose d'inconnu pour vous, pas vrai ?

Aurélia réalisa trop tard ce qu'elle venait de dire et Marco le vit dans son regard qu'elle détourna aussitôt. Il avait encaissé sans broncher et alors qu'il la fixait, elle baissa les yeux, décomposée et très gênée. Il se sentait anéanti par sa dernière attaque.

Il la repoussa doucement.

– J'ai certainement mérité votre colère, je ne vous en veux pas. Ce n'était pas la peine non plus de me faire du mal gratuitement. C'est vrai, Aurélia, je n'ai pas eu la chance d'avoir un père comme le vôtre.

Il inspira profondément et lui fit relever le menton.

– Après tout, vous n'avez dit qu'une vérité en me remettant à ma place.

Il avait la gorge nouée et ajouta d'une voix affaiblie.

– Bonne nuit, Aurélia. Je vous laisse.

Mortifiée, la jeune femme se mordit les lèvres et n'osa affronter son regard brûlant. Avant qu'il ne quitte le pont arrière, elle le rappela.

– Marco… je… attendez !

Alors qu'il s'était immobilisé, lui tournant toujours le dos, elle s'approcha.

– Pardon ! Je me suis laissé bêtement entraîner par la colère et je ne le pensais pas. Essayez de me comprendre. On ne me laisse pas le choix et…

Il fit brusquement volte-face. Son visage était paisible, sans rancune. Il lui sourit et la prit par les épaules, avec beaucoup de douceur.

– Aurélia, on a toujours le choix dans la vie. Moi, j'ai choisi d'accepter votre amitié et de veiller sur vous. Mieux, je respecte vos traditions familiales que je trouve injustes et stupides à mourir. Autrement dit, j'ai fait le choix conscient de souffrir en silence.

Il lâcha prise lentement, la fixa droit dans les yeux. Il eut un sourire amer et baissa la tête.

– Et pourtant, je vous aime comme jamais je n'ai aimé personne.

D'un geste, il l'empêcha de s'approcher.

– Non, ne dites plus rien et n'ajoutez pas la pitié à la méchanceté gratuite. Vous m'avez fait assez de mal comme ça pour ce soir. Bonne nuit, Aurélia.

Il tourna les talons et disparut dans la nuit.

*

Malek, adossé à la paroi de teck verni de la coursive extérieure, fumait tranquillement une cigarette dans l'obscurité. Il la jeta à la mer en souriant. Situé au-dessus du pont arrière, en léger décalage, il avait pu suivre les conversations successives, même si les protagonistes avaient régulièrement baissé le ton.

La discussion entre Hugo et Marco l'avait intéressé au premier chef. Le gamin, comme il le surnommait affectueusement, avait deviné bien des choses. S'il continuait dans le métier, il deviendrait un professionnel hors pair. Il fallait qu'il apprenne simplement à mieux maîtriser ses émotions. Étant donné ses sentiments à l'égard de la jeune fille, il comprenait mieux pourquoi il l'avait mal jugé au début, l'ayant estimé trop doux, trop gentil.

Ensuite, le conciliabule entre Aurélia et le gamin, qui avait presque tourné à l'échauffourée, l'avait beaucoup plus fait réfléchir. Marco avait raison, les traditions

étaient parfois injustes et stupides, comme celles des mariages arrangés, ou pire, celles qui unissaient les tribus du désert aux Princes de sang, quand ces derniers ne méritaient ni loyauté ni respect. Le gamin avait raison, tant sur le fond que dans la forme.

Malek se redressa et quitta son poste d'observation. Il descendit rapidement une échelle et prit l'escalier suivant. Arrivé sur le pont des cabines, au lieu de tourner à droite, il se dirigea vers la proue sans hésiter et s'arrêta devant la porte de Marco. Là, il réfléchit encore un court instant. Il était temps d'agir et de piétiner toutes les traditions, sans exception.

Sa décision étant arrêtée, Malek frappa trois coups discrets.

*

Marco broyait du noir, assis sur son lit, recroquevillé sur lui-même, le menton sur les genoux. Il venait de commettre une erreur impardonnable. Quel idiot d'avoir balancé comme ça ses sentiments, sans ménagement et avec une méchanceté qu'il regrettait. Il avait ajouté du poids sur les épaules d'Aurélia et se torturait en cherchant un moyen de réparer sa faute. Quand on frappa à sa porte, il bondit et ouvrit rapidement, certain qu'Aurélia venait, à juste titre, lui réclamer des comptes.

– Aurélia, je…

Stupéfait, il se tut et Malek entra. Il referma derrière lui pendant que son visiteur nocturne s'asseyait à la petite table.

– Venez vous asseoir, Marco. S'il vous plaît.

Ahuri et ne comprenant rien à la présence du chef de la sécurité dans sa cabine, il obéit et vint prendre place face à lui. Méfiant et sur ses gardes depuis les derniers événements, il s'enferma dans le silence, le fixa du regard et attendit.

Malek soupira.

– Vous aviez raison, tout à l'heure.

Marco fronça les sourcils sans ouvrir la bouche et ne posa aucune question.

– Oui, les traditions sont injustes et stupides.

Il bondit de sa chaise, furieux.

– Quoi, vous étiez là et vous avez tout entendu ? Espèce de salaud !

Malek mit les mains devant lui et afficha un large sourire. Serein, il resta assis.

– Du calme, je suis venu en ami. Asseyez-vous et écoutez-moi.

Ne sachant plus comment il devait réagir, Marco obtempéra. Soudain, il grimaça.

– Même quand j'étais avec…

– Oui, même avec elle. Vous n'avez pas à rougir de vos sentiments et je vous rassure, cela ne me regarde pas. Je suis venu pour quelque chose de bien plus grave et il faut en parler.

Difficile de trancher en faveur d'un retour subit de sincérité, car il était tout de même le chef de la sécurité du Prince. Pourtant, il ravala son commentaire acerbe.

– Je vous écoute, Malek.

– Vous aviez raison. L'agression à Fort-de-France, c'est bien moi qui l'ai organisée.

Ébahi, Marco ouvrit de grands yeux, ne pouvant s'attendre à de tels aveux spontanés. Il en bredouilla et ne parvint pas à s'exprimer, suffoqué par le sang-froid de son interlocuteur et ce qu'il venait d'entendre. Malek continua ses explications sur un ton serein.

– Du calme, je savais que vous seriez capable de faire face tout seul. Au moins, cela crédibilisait encore un peu ma position aux yeux d'Omar, mais quand j'ai vu le troisième vous attaquer, je suis intervenu. J'ai eu peur qu'il ne vous surprenne et, à un contre trois, cela faisait beaucoup, même pour un combattant comme vous. C'est la stricte vérité.

Soufflé, Marco secoua la tête.

– C'est dingue ! Et pourquoi tout avouer ? Vous réalisez que vous vous accusez tout seul ?

Il acquiesça.

– Oui, je ne suis pas complètement idiot non plus. Maintenant, soit vous m'écoutez, soit vous me demandez de sortir et je le ferai sans discuter. Alors, que décidez-vous ?

Marco croisa les bras et se montra attentif.

– Parlez. Nous verrons bien.

Malek s'appuya sur la table et se pencha vers lui pour parler à voix basse.

– Omar est un salaud, mais sur ce sujet, je ne vous apprends rien. Ensuite, il vous a toujours fait suivre et c'est bien lui qui vous a envoyé des hommes de main, à Paris, pour vous dissuader de revoir Aurélia. Je le sais, c'est moi qui les ai recrutés. D'ailleurs, je vous signale que votre employeur aussi vous a fait suivre par un détective privé que j'ai repéré très facilement.

– Je le savais pour Hugo et j'aurais dû m'en douter pour l'autre crétin !

Décidément, il s'en était passé des choses dans son dos. Avoir une héritière pour amie l'avait obligatoirement exposé à la méfiance des uns et des autres. Quand lui ne voyait qu'une femme sublime, tous les autres, à commencer par son père, le clan Massard d'Espan ainsi que le prétendant officiel, n'avaient imaginé qu'un coureur de dot, simplement intéressé par l'argent. Finalement, rien de bien surprenant.

– Ne soyez pas étonné, Marco. Dans sa position, Massard d'Espan ne pouvait pas faire autrement que se renseigner sur quelqu'un qui tourne autour de sa fille. C'est une règle de sécurité tout à fait normale chez les gens riches et influents.

– Je vous l'ai dit, j'étais au courant. C'est lui-même qui me l'a dit.

Il songea à leur conversation et comprit que le même détective avait dû enquêter sur son passé. Selon Malek, c'était normal. Peut-être. Avait-il eu le choix ? Pas vraiment.

Malek reprit.

– Cependant, il y a une chose que vous ignorez et…

– Que la mère d'Aurélia est complice d'Omar, vous rigolez ? Il y a longtemps que je le sais.

– Non, Marco. Les affaires de la famille Benschritt-Maalouf ne sont plus si florissantes et si Omar veut accélérer le mariage, c'est pour mettre la main sur la fortune des Massard d'Espan. Oh, bien sûr, il est encore très riche et cela a suffi à tromper Alberte. Je vous garantis qu'en matière de renseignements commerciaux, elle en a eu pour son argent. Il est blanc comme neige et pourtant, si vous saviez…

– Que c'est un truand, ça oui, je le sais.

Malek sourit et hocha la tête.

– Je n'irai pas jusque-là. Disons qu'il est à la limite et que ces derniers temps, il emploie de drôles de sbires pour faire ses commissions. Ensuite, eh bien, c'est un séducteur accompli. S'il exige la virginité de sa future épouse, il est regrettable qu'il n'applique pas ce principe à lui-même.

– Je vois le genre ! Harem et compagnie, c'est bien ça ?

– Effectivement. Il les collectionne et n'a aucun respect pour les femmes.

Marco fit un petit geste de la main.

– Est-ce que vous savez comment la mère d'Aurélia oblige son mari à accepter ce mariage ?

– Non. Tout ce que je peux vous dire, c'est qu'Alberte est très proche d'Omar. Ils se téléphonent très régulièrement. Par contre, je pense qu'elle a été abusée comme tout le monde. Elle est assoiffée de pouvoir, d'argent, rêve de cette union comme une consécration pour sa famille, mais je ne la pense pas complice ou informée jusqu'au bout des intentions d'Omar.

Marco réfléchissait très vite.

– Alors, ils visaient bien Hugo, n'est-ce pas ? Mais je ne vois pas…

Il se tut et fit claquer ses doigts avant de poursuivre.

– Que je suis con ! En tuant Hugo, Omar avait tous les moyens de concrétiser le mariage plus vite, appuyé par la mère d'Aurélia. Ainsi, il prenait la direction des sociétés et pouvait piocher dans le tiroir-caisse. Mince, c'est Machiavel, ce type.

– Oui, il voulait la tête d'Hugo, mais pas seulement. La vôtre aussi et de façon encore plus déterminée, pour ne pas dire prioritaire.

Marco sursauta.

– La mienne ? Mais pourquoi ?

– Omar a compris qu'Aurélia s'intéresse à vous et pas comme un simple ami. Vous êtes le grain de sable qui peut faire coincer tout son engrenage bien huilé.

Il haussa les épaules.

– C'est n'importe quoi, il ne s'est jamais rien passé. Aurélia est une femme droite qui a le respect de la parole donnée. La preuve, elle n'a pas brisé ses fiançailles.

Malek pinça les lèvres.

– Je ne pense pas que vous soyez un homme stupide. Aurélia a des sentiments pour vous et, apparemment, vous êtes le seul à ne pas les voir.

Il encaissa sans broncher et le chef de la sécurité continua.

– Il me suffit de contempler votre visage pour comprendre ce que vous ressentez. L'autre jour, j'ai vu comment elle vous regardait, alors cessez de vous mentir. Quant à Omar, il a tout de suite vu le danger et mis votre tête à prix. Logique ! Si Aurélia cède à ses sentiments, il la perd et donc adieu le mariage, ce qui signifie…

– Adieu, la fortune des Massard d'Espan. Bordel de merde, je n'y crois pas !

Tout s'emboîtait parfaitement et ce qu'il avait pris pour un excès de jalousie n'était rien d'autre qu'un froid calcul financier. Marco se leva, tourna en rond dans la cabine et revint s'asseoir.

– Quelle pourriture ! Je vais le…

– Du calme. D'autant plus que la suite est encore plus grave. Il va falloir la jouer fine et se montrer plus rusé que ce monstre.

Inquiet, il déglutit plusieurs fois avant de répondre.

– Parce qu'il y a une suite ?

Malek soupira et s'adossa à la chaise en s'étirant. Marco en profita et le tutoya naturellement.

– Pourquoi me dire tout ça, pourquoi veux-tu me prévenir… Je ne comprends plus.

Le chef de la sécurité répondit de la même manière.

– Parce que j'ai des problèmes avec ma conscience pour tout te dire. Envoyer des hommes de main donner une leçon et rosser un inconnu ne m'a jamais dérangé. M'ordonner de commettre des assassinats sur des personnes qui n'ont rien fait, et pour qui je ressens du respect, me dépasse réellement et j'en suis incapable. Enfin, tu m'as définitivement ouvert les yeux, tout à l'heure.

Son regard flamboyait de colère et ses traits s'étaient vraiment durcis.

– Pour commencer, j'ai un compte à régler avec ce salaud et cela traîne depuis trop longtemps. Une dette d'honneur, cela se paie toujours et je vais lui présenter l'addition. Ensuite, je veux le coincer légalement et j'ai tous les moyens d'y arriver, mais seulement avec ton aide. Je veux que la terre entière sache exactement qui est ce malade. Ainsi, la famille Benschritt-Maalouf sera définitivement mise sur la touche et Omar retournera à la place qu'il n'aurait jamais dû quitter. Dans la fange !

Marco comprenait tout à fait qu'un sentiment de vengeance puisse animer un homme comme Malek, dont les deux moteurs principaux demeuraient la fierté et l'honneur.

– À quel moment cette suite va se produire ?

– Si l'agression à Fort-de-France ne fonctionnait pas, Omar m'avait demandé un plan B. De quoi vous tuer, Hugo et toi, de manière à le faire briller un peu plus aux yeux d'Aurélia, au point qu'elle en oublierait plus vite son chagrin. Une horreur que je ne peux pas laisser faire.

Marco serra les dents.

– Quand, où et comment ?

– La nuit prochaine…

Les deux gardes du corps parlèrent longtemps et se préparèrent à contrer l'esprit malfaisant qui avait ourdi un plan si parfait. Omar avait tout prévu sauf une chose. On ne plaisantait pas avec l'orgueil et la conscience d'un homme comme Malek. Une heure plus tard, le chef de la sécurité prit congé. Avant qu'il ne parte, Marco voulut une dernière garantie.

– Malek, s'il m'arrivait quelque chose…

– Je prendrais soin d'Aurélia comme tu l'aurais fait. Je le jure sur mon honneur.

Il porta la main à son front, sur sa bouche et le cœur, puis s'inclina avec cette noblesse si singulière des hommes du désert, révélant ainsi très clairement sa grandeur d'âme.

– Que ton cœur soit apaisé. Je le tuerais moi-même s'il touchait à un seul de ses cheveux.

Ils se donnèrent une accolade, scellant ainsi leur pacte et Malek quitta sa cabine.

Il avait un allié précieux, pour ne pas dire un ami, et ils ne seraient pas trop de deux pour contrer Omar et sa folie meurtrière. Il s'allongea sur le lit et ne put trouver le sommeil.

La peur du lendemain était déjà en lui.

Chapitre 16

Marco n'avait pas fermé l'œil de la nuit, car chaque bruit inconnu, chaque craquement de l'infrastructure du yacht l'avait fait sursauter. S'il savait quels étaient les plans d'Omar, rien ne l'empêchait de les mettre à exécution plus vite que prévu. Pourtant, Malek lui avait expliqué le noir dessein du Prince en détail et sans son chef de la sécurité, rien ne pourrait être entrepris.

À l'aube, submergé par une nuit de stress et d'an-

goisse, Marco sut qu'il n'avait d'autre choix que de se recentrer sur lui et il ne connaissait qu'un moyen infaillible d'y parvenir. Il n'enfila que le pantalon de son dobok, ceignit la ceinture noire et, torse nu, monta sur le pont-promenade, le plus vaste et toujours désert à cette heure matinale.

En position du Lotus, face au soleil, il ferma les yeux et fit le vide. Rapidement, il visualisa un lac de montagne et le silence. L'eau trouble, la surface agitée représentaient la tempête qui soufflait sous son crâne. Reprenant le contrôle, il maîtrisa ses émotions puis son corps, sa respiration et enfin, son rythme cardiaque s'apaisa. L'esprit devint le lac, en quête de sérénité et de tranquillité. Plus rien ne pouvait troubler sa concentration mentale.

Revenant lentement debout, Marco enchaîna les huit Poomsés[2] des niveaux inférieurs. Ces combats

---

2 Appelés katas dans d'autres disciplines martiales, ce sont des enchaînements mettant en œuvre des parades et des attaques contre des adver-

réels contre des adversaires imaginaires représentaient l'essence de la technique, mais aussi la progression du combattant. N'y voir que des coups, des esquives ou des positions de combat serait stupide. Grâce à son niveau, chaque Poomsé était exécuté avec une maîtrise parfaite et des placements au millimètre. Plus il avançait, plus ses gestes devenaient secs et les coups de pied faisaient claquer la toile rude du pantalon. La respiration n'était pas laissée au hasard et de temps en temps, il ponctuait une technique d'un cri libérateur d'énergie, d'une puissance phénoménale et allant crescendo. Les yeux clos, il effectua les huit premiers Poomsés dans une concentration extrême. Chacun d'eux portait un nom poétique et représentatif de la progression vers la maîtrise de soi. Le Ciel, le Lac, le Feu, le Tonnerre, le Vent, l'Eau, la Montagne et la Terre défilèrent ainsi à un rythme soutenu.

Puis il s'immobilisa, les paupières toujours baissées, enfermé dans un monde que lui seul semblait voir. Après un court laps de temps, Marco enchaîna directement des combats à l'instinct, faisant surgir des ombres de toutes parts dans sa tête, esquivant, maîtrisant des attaques fantômes et chaque partie de son corps devint une arme mortelle, assénant des coups très rapides dont l'énergie et la puissance auraient pu broyer les os les plus durs et anéantir en une seule fois un adversaire.

Il acheva son entraînement sur sa technique favorite, le fameux coup de pied sauté et retourné sur place, que bien peu maîtrisaient et qu'il effectua une dizaine de fois, à la vitesse de l'éclair. Un dernier coup de poing, accompagné d'un cri puissant, et Marco revint en garde, comme au début. Il salua et reprit la position du Lotus. Ses mains se joignirent devant son ventre, les doigts se

---

saires imaginaires, permettant ainsi au pratiquant d'acquérir des gestes sûrs et maîtrisés avec l'entraînement et la répétition dans le temps.

touchant à l'extrémité dessinant un cercle presque parfait. La surface du lac était maintenant immobile, son esprit apaisé et serein.

La respiration redevint silencieuse et son cœur ralentit considérablement. Le lac était calme, l'eau transparente et Marco profita longuement de ce moment intense de concentration et de paix intérieure. Quand il rouvrit les yeux, tous les passagers se tenaient face à lui.

Silencieux, leurs regards en disaient long. Malek fut le premier à réagir et à l'applaudir avec un hochement de tête approbateur, avant de s'approcher. Il tendit la main et l'aida à se relever. La sueur coulait abondamment sur le front de Marco et il s'essuya le visage. Le chef de la sécurité se montra admiratif.

– Eh bien, quelle démonstration ! Tu es un sensei, n'est-ce pas ?

– Un maître ? Heu… Oui. Tu pratiques, toi aussi ?

Il acquiesça.

– Plusieurs sports pour mon job, mais certainement pas à ton niveau !

Hugo s'était approché, affichant une moue admirative.

– Vous avez raison, Malek ! Ce jeune homme, l'air de rien, accumule les titres, en France ou en Europe, d'ailleurs. C'était époustouflant, Marco ! Bravo.

Gêné et cultivant naturellement l'humilité qui seyait à son art, Marco prit littéralement la fuite, prétextant une douche urgente à prendre. Omar le fusilla du regard et quand il salua Aurélia, elle détourna les yeux et ne lui répondit pas. Il serra les dents, ne voulant pas céder de nouveau à la bataille qui se livrait en lui. Il réalisa tout à coup que son entraînement avait empêché les serveurs d'installer la table du petit-déjeuner. Marco retourna voir Hugo.

– Désolé, Monsieur, j'avais besoin de m'entraîner et j'ai oublié que cet endroit était réservé aux repas.

Massard d'Espan lui sourit et tapota sans hésiter son épaule, pourtant encore ruisselante.

– C'était magnifique, Marco et ça valait bien quelques minutes de retard, ne vous inquiétez pas. Nous pouvions attendre.

Omar s'approcha et parla suffisamment fort pour être bien entendu par tous.

– Moi, ça ne me convient pas et c'est à moi que vous devriez présenter des excuses. Je suis encore le propriétaire de ce navire et je déteste que l'on retarde mes repas.

Son intervention provoqua un silence soudain et gêné. Penser au lac et ne pas céder à la provocation, pensa aussitôt Marco. Rien n'y fit. Omar avait un don pour l'humilier. Comme un fauve, il bondit et se retrouva nez à nez avec le Prince, le visage à quelques centimètres du sien, son regard brûlant fixé dans le sien. Personne n'avait eu le temps de réagir. Marco afficha un large sourire.

– Avec toutes mes excuses, sa seigneurie. Sans rancune, hein ?

Il frappa l'épaule princière du plat de la main, apparemment sans force particulière, et Omar, déséquilibré, dut faire plusieurs pas de côté pour ne pas tomber.

– Non, mais vous êtes cinglé ! Espèce de…

Il se ravisa, il y avait trop de témoins autour d'eux, et lui décocha un regard meurtrier. Un jour ou l'autre, tout cela se réglerait et le plus tôt serait le mieux. Marco refusa de rompre le combat et attendit, face à lui, prêt à en découdre immédiatement. Le Prince grimaça, baissa les yeux le premier et donna ses ordres pour installer la table.

Hugo pinça les lèvres et Marco comprit le message de désaveu dans ses yeux sombres. Il n'aurait pas dû le provoquer. Tant pis, il assumait et son patron ne savait pas encore ce qui l'attendait. L'esprit libéré, il gagna sa cabine où il se doucha avec bonheur.

*

Quand il revint, l'ambiance était de nouveau joyeuse et les conversations allaient bon train. Marco fit un petit signe à Malek et alla se servir une tasse de café qu'il boirait à l'écart, comme d'habitude. Omar intervint.

– Pas question ! Puisque vous avez de l'énergie à dépenser, allez chercher le vôtre en cuisine.

Marco blêmit et regarda Hugo qui lui fit un signe de tête. Il reposa la tasse vide et s'éloigna. Tout à coup, ce fut Aurélia qui explosa à son tour et sa voix tonna.

– Revenez, Marco !

Debout et cédant à une véritable fureur, elle tendit l'index vers son fiancé.

– Vous êtes peut-être sur votre yacht, Omar, mais cela ne vous confère pas le droit d'insulter mes amis et de les humilier à votre guise. Encore un mot, une insulte de ce genre envers Marco, et je vous rends votre bague de fiançailles.

Dans un grand silence, elle remplit une tasse et disposa des viennoiseries dans une assiette.

– Tenez, Marco. Prenez et mangez, vous devez mourir de faim après vos efforts de ce matin.

L'esprit de justice accompagnant généralement celui de la générosité, Aurélia se tourna vers le chef de la sécurité.

– Venez, Malek. Je vous prépare la même chose. Vous reprendrez bien du café ?

Il y avait de la rébellion dans l'air et Marco remercia Aurélia avant de s'éloigner. Malek vint prendre sa part et s'éloigna aussi, rejoignant son collègue. Omar avait blêmi et devant Hugo, il choisit d'en rire. Il félicita sa fiancée.

– Eh bien, ma chère, avec vous, le petit personnel va se croire au paradis.

La réponse de la jeune femme cingla.

– Le petit personnel risque sa vie pour protéger la vôtre, Monsieur ! Ne l'oubliez pas et n'insultez jamais mes amis, ou il vous en cuira. Parole de Massard d'Espan.

– Aurélia, taisez-vous ! cria sa mère.

Alberte était offusquée par la tournure des événements. Sa fille se tourna vers elle.

– Ma chère mère, ne perdez pas de vue que le sang des Massard d'Espan coule dans mes veines. Vous n'en portez que le nom par la grâce de mon père, alors retournez à vos affaires mercantiles et laissez-moi gérer l'honneur de ma famille !

Hugo était livide et tellement suffoqué par l'attitude de sa fille cadette qu'il resta sans voix. Sa femme le toisa.

– Bien entendu, vous démontrez encore votre incapacité à gérer l'éducation de vos filles !

Alex se leva et fit un geste d'apaisement.

– On se calme ! Ma sœur a raison sur bien des points et ne sait pas nécessairement les exprimer de manière correcte ou avec suffisamment de courtoisie.

Elle contempla leur mère avec un sourire qui s'effaça et haussa brutalement le ton.

– Vous faites chier, mère ! Vous m'entendez ? Vous faites chier tout le monde depuis des années et vous emmerdez ma sœur à épouser ce crétin fini, tout ça pour votre plaisir personnel.

Puis elle toisa son père.

– Quant à vous père, comment pouvez-vous supporter de tels agissements ? Votre fille cadette est malheureuse comme les pierres et vous ne le voyez même pas. Vous êtes devenu aveugle ou vous êtes à la botte de votre épouse qui vous mène à la baguette ?

C'était la consternation générale. Surprenant tout le monde, Alberte quitta le pont, en pleurs. Hugo, le visage cramoisi, s'emporta à son tour.

– Alexandrine, dans ma cabine !

Alex prit le temps de décocher un clin d'œil amusé à Marco en passant. Omar se leva et prit congé poliment, la mine soucieuse. Aurélia resta seule à table et fondit en larmes. Il allait se précipiter et Malek l'en empêcha en le retenant par le bras.

– Non, Marco. Pas devant des témoins.

Les serviteurs s'empressaient autour d'elle et débarrassaient la table.

– Eh bien, quel joyeux bordel ! Je ne peux pas la laisser pleurer comme ça, je…

Omar était revenu et se pencha vers elle. Il murmura un long moment à son oreille, lui donna un mouchoir plié et l'entraîna à l'intérieur du yacht. Marco était abattu et ravala sa colère. Il contempla Malek qui mordait dans un pain au chocolat avec appétit.

– Au moins, ça ne te coupe pas la chique !

Le chef de la sécurité acquiesça.

– Cela couvait depuis longtemps et tu le sais bien. Omar est trop rustre, trop brutal, et ne cultive aucun respect envers quiconque. Je reste persuadé que ce mariage n'aura pas lieu de toute manière. Sinon, cela n'aurait pu se dérouler que dans la trahison, le sang et les meurtres. Omar est un homme dangereux.

Il marqua une pause et termina son café avant de reprendre.

– Dis-moi, tu as vu la réaction d'Alberte, tout à l'heure ? Ce monstre de sang-froid et d'insensibilité a fondu en larmes. Les Massard d'Espan doivent supporter un lourd secret sur leurs épaules.

Marco regarda son homologue et apprécia la finesse de ses déductions, car il était arrivé aux mêmes conclusions. Il grimaça.

– Pourquoi l'autre abruti n'a pas réagi ?

– Parce qu'il sait très bien que ce soir, tout sera réglé et qu'il n'a plus que quelques heures à patienter. Il fait bonne figure devant tout le monde et surtout, il sait qu'il doit faire profil bas tant que le père d'Aurélia est en vie. Par contre, comme tu l'as provoqué, il n'a pas pu se contenir et mal lui en a pris. Aurélia a volé immédiatement à ton secours.

– Merde, fait chier tout ça !

– Ne t'inquiète pas, il ne peut pas se douter que nous sommes prêts et que nous allons ruiner ses plans. Un peu de patience, ce soir, demain au plus tard, tout sera réglé.

Marco hocha la tête et ils se frappèrent la main avant de réintégrer leurs cabines respectives. Le silence régnait sur le yacht et Marco dut se faire violence pour ne pas aller voir Aurélia.

*

Quand l'un des garçons de l'équipage vint toquer à sa porte et entra, Marco fut surpris.

– Monsieur Stenzza, Son Altesse a organisé une petite réunion sur le pont principal et vous êtes invité à les rejoindre.

Étonné puis méfiant, Marco acquiesça d'un signe de tête. La minute d'après, il enfilait une chemisette sur son pantacourt et se précipitait dans l'escalier, tous les sens en alerte. Que cachait cette invitation ?

Il fut le dernier à arriver. Il échangea un regard rapide avec Malek qui fit un petit signe de tête qu'il traduisit facilement. Lui non plus ne savait pas ce qui se passait.

– Ah, Marco ! Nous vous attendions. Venez, cher ami.

Marco contempla le Prince, suffoqué par sa politesse. Tout le monde était debout et il l'invita à venir se placer à côté d'Aurélia dont la mine soucieuse lui révéla qu'elle ne savait rien non plus. Omar se mit en évidence, devant tous les passagers.

– Bien, l'incident de ce matin est de mon seul fait et je vous dois des excuses sincères.

Marco se contracta aussitôt et l'écouta plus attentivement.

– Je suis parfois un peu trop directif avec mes employés et j'avais oublié que votre garde du corps, mon cher Hugo, était aussi l'ami de ma fiancée. Vous savez combien je l'aime déjà. Nous avons discuté longuement avec Aurélia et j'ai pris une décision importante.

Marco était suffoqué par autant d'hypocrisie et de mensonges. Muffle jusqu'au bout des ongles, macho comme pas deux, misogyne comme trois, jusqu'où cet homme abject allait-il pousser la fourberie ? Omar lui fit signe d'approcher et après une brève hésitation, il s'avança.

– Venez, cher ami. Devant tout le monde, je vous présente mes excuses pour mon comportement qui vous a causé bien des désagréments. Pour faire bonne mesure, si vous voulez bien, je vous demande d'être mon témoin à notre mariage. Qu'en dites-vous ?

Il était souriant, mais son regard trahissait le fond de sa pensée. Marco, tout de même déstabilisé, dut se ressaisir et lui rendit le même sourire.

– J'accepte avec plaisir.

Il avait pris sur lui et donné à sa voix l'intonation de la vérité. Devant eux, Alberte s'exclama.

– C'est un geste vraiment princier ! Merci Votre Altesse, votre grandeur d'âme nous honore.

Elle applaudit et fut la seule à le faire. Omar reprit aussitôt.

– Pour vous détendre, la vedette va vous emmener sur une plage, pas loin. Je vous rejoindrai plus tard, car je dois organiser une petite surprise pour Aurélia. Je vous rappelle que nous sommes venus dans ce paradis pour fêter son anniversaire. Et c'est aujourd'hui !

Il s'inclina vers elle.

– Sur place, vous pourrez déjeuner et un orchestre vous accompagnera. À tout à l'heure !

Omar quitta le pont et Malek le suivit. En passant devant Marco, il ouvrit de grands yeux et passa très près de lui pour chuchoter rapidement sans être entendu.

– Ouvre l'œil, ce n'était pas prévu.

Marco sentit son estomac se nouer. Les Massard d'Espan père et mère allèrent se préparer et Marco rejoignit leurs filles qui restaient à l'écart.

– Bon sang, je ne m'y attendais pas !

Alex plaisanta aussitôt.

– Attention, les caresses de chien, ça donne des puces !

Aurélia haussa les épaules et l'apostropha.

– Ma chère Alex, si tu pouvais lui accorder une once d'humanité, tout irait bien. Je te rappelle que le Prince sera un de ces jours ton beau-frère et il a quand même fait un pas vers Marco.

Tandis qu'Alex éclatait de rire, Marco se tourna vers Aurélia.

– Ne me dites pas que vous avez avalé la couleuvre ? Tout à coup, il serait devenu humain, en une seconde, comme ça ! Et vous y croyez ?

Il avait fait claquer ses doigts et elle le fusilla du regard.

– Oh, vous ! Vous avez bousculé mes principes, tout bouleversé dans ma vie, et à cause de vous, tout le monde se crêpe le chignon.

Marco resta stoïque.

– Mais je n'ai rien fait et je n'ai rien dit.

– Justement ! Si de temps en temps, vous disiez les choses au lieu de ruminer tout seul dans votre coin, ça faciliterait la vie de votre entourage. Alors tant mieux si Omar vous a pris comme témoin. Comme ça, il fait un geste pour réparer ses fautes.

Il était abasourdi.

– Donc, vous y croyez ! Je n'en reviens pas.

Aurélia explosa.

– Déjà hier, vous m'avez… Oh ! Et ce matin, vous me prenez pour une idiote ! Je vous déteste !

Elle tourna les talons et s'enfuit. Sidéré, il la regarda détaler. Alex lui tapota l'épaule.

– Qu'est-ce que je vous disais ! Je la connais par cœur, ma petite sœur.

Il fronça les sourcils.

– Eh bien, elle a une drôle de manière de témoigner son affection. Elle passe son temps à me fuir, à me snober et quand elle ne m'insulte pas, elle dit qu'elle me déteste. Faut s'accrocher !

Alex lui rit au nez et caressa sa joue.

– Je vous trouve génial, Marco. Vous êtes un pur, ne changez jamais, et croyez-moi, ma frangine est bien accro ! Allez, il faut s'habiller pour la petite sauterie, on se retrouve à la vedette ?

Désemparé et ne sachant plus que penser, il la regarda quitter le pont à son tour. Marco se retrouva seul et réalisa que son entraînement du matin lui avait apporté un bienfait rapidement mis à mal par Aurélia et en seulement quelques secondes. Il donna un coup de pied rageur dans un coussin qui traînait par terre et gagna sa cabine.

*

– Où sommes-nous exactement ?

– Sur Sainte-Lucie, Aurélia. Ce sont les Îles du Vent.

Hugo contempla sa fille et ne fit aucune remarque sur ses yeux rougis. Il jeta un coup d'œil vers son garde du corps et sourit à sa mine taciturne. Alex, fidèle à elle-même, ne tarda pas à dérider tout le monde, quant à Alberte, pensive, elle finit par revenir peu à peu vers les siens. Deux marins du bord les avaient accompagnés. Ils dressèrent la table sur une plage de sable blanc et fin, en limite des cocotiers qui formaient l'essentiel de la végétation.

Marco contemplait ce petit monde et songea qu'après tout, même s'il avait de véritables raisons de se plaindre d'une enfance difficile, ce n'était rien comparé aux misères des grands de ce monde. Lui, au moins, il avait tutoyé ses parents.

– Marco, ne restez pas tout seul.

Il répondit à l'invitation par un hochement de tête et rejoignit Hugo. Jetant un coup d'œil vers les deux hommes d'équipage qui allumaient le feu, il l'entraîna un peu plus loin.

– Venez, Monsieur, nous devons parler.

Hugo le suivit et quand ils furent assez éloignés, Marco lui fit face.

– Ce soir, quand nous regagnerons tous nos cabines, ne vous déshabillez pas et attendez-moi, je viendrai vous chercher.

Hugo le contempla et pencha la tête de côté.

– Pardon ? Que voulez-vous faire ?

Marco pesa ses mots, principalement pour ne pas l'affoler.

– Faites-moi confiance, Monsieur. Ne me posez pas de questions et faites ce que je vous demande. Ne dites rien à personne, surtout pas à votre femme et encore moins à vos filles. Donnez-moi votre parole.

– Je veux bien, mais si je m'engage, ce sera en toute connaissance de cause. Soit vous m'expliquez, soit je ne le ferai pas.

Marco regarda son patron et comprit qu'il ne céderait pas à ses injonctions. Il soupira.

– Ce soir, il va essayer de nous tuer, vous et moi. Sauf qu'il ignore que j'ai déjoué ses plans. On va donc le laisser croire qu'il a réussi, dans un premier temps, et ensuite, nous aviserons.

Hugo était abasourdi et n'en croyait pas ses oreilles. Cela se devinait à son regard affolé et ses gestes nerveux, ce qui ne lui ressemblait guère.

– Comment est-ce possible ? Vous devez faire erreur, Marco, et…

– Non, Monsieur. Son chef de la sécurité, Malek, est de notre côté et ce sera grâce à lui si nous en sortons vivants. Je vous expliquerai tout, promis, mais faites ce que je vous demande. S'il vous plaît !

– C'est d'accord, Marco, et je ne dirai rien à personne. Bon sang ! Vous avez un don pour me couper l'appétit, jeune homme.

Marco lui sourit franchement.

– Vous avez insisté pour savoir, Monsieur, et maintenant, il faudra faire comme si de rien n'était. Nous allons jouer la comédie et entrer dans son jeu. Retournons auprès des autres.

Entre-temps, un grand bateau à fond plat, certainement réservé au cabotage, avait déposé un orchestre et quelques danseurs sur la plage. Quand Hugo et Marco rejoignirent les autres convives, une musique sympathique apportait un peu de gaieté au repas tandis que des jeunes gens dansaient sur des rythmes créoles. Pendant le déjeuner, Hugo fit l'effort de se détendre. À chaque fois que leurs regards se croisaient, les deux hommes se comprenaient et partageaient une vive inquiétude qui échappait aux autres. Marco mangea du bout des dents et ignora totalement Aurélia. Maintenant, il s'obligeait à penser à la suite et sa vigilance ne pouvait être troublée par les sentiments qu'il éprouvait.

Après le repas, l'un des marins remonta à bord de la vedette rapide et rejoignit le *Sea Dreamer* d'où il ramena le Prince et Malek. Omar affichait un costume blanc éclatant et cela tranchait sur les tenues vestimentaires plus simples que tous portaient.

Au son d'une musique enjouée, il vint s'agenouiller devant Aurélia et lui tendit un écrin à deux mains. La jeune femme le prit et l'ouvrit, provoquant un grand cri d'admiration quand elle révéla son contenu à l'assistance. C'était une rivière de diamants, sur cinq rangées, parée d'émeraudes et de rubis.

– Nom de Dieu ! murmura Marco.

Ainsi, dans ce monde, on pouvait acheter l'amour si l'on y mettait le prix. Désespéré, il chercha à croiser son regard. Aurélia le vit et très discrètement, fit lentement non de la tête, de manière à peine perceptible. Le cœur battant, Marco comprit le message et lui sourit. Elle esquissa alors un petit sourire, très bref. Ravi, il sentit soudain la main de Malek sur son épaule.

– Eh, Marco, laisse tomber, ce n'est pas le moment de rêver.

Redescendant sur terre, il se tourna vers lui.

– Alors ?

– Tout est prêt. Il voulait vous écarter pour mener à bien son plan. J'ai donc tout installé.

– Dans la cabine d'Hugo, comme prévu ?

Malek fit oui de la tête et Marco contempla de nouveau les invités. Aucun d'eux ne savait ce qui se tramait, sauf Hugo. Là-bas, l'écrin passait de main en main et une idée jaillit tout à coup dans son esprit. Il fit signe à Malek de ne pas bouger.

– Je reviens très vite.

Marco disparut dans la jungle luxuriante qui bordait la plage. Peu de temps après, il revint, arborant fièrement un joli bouquet de fleurs tropicales dont les couleurs chatoyantes étaient mises en valeur par quelques fougères. Il alla tout droit vers Aurélia et devant tout le monde le lui donna.

– Bon anniversaire, Aurélia ! Ce n'est pas grand-chose, mais j'y ai mis tout mon cœur.

Ses yeux s'ouvrirent en grand et elle ne retint pas un large sourire. Les arômes des hibiscus, des fleurs de frangipanier et les autres essences inconnues lui firent tourner la tête et oublier qu'ils n'étaient pas seuls.

– Et cela va droit au mien. Merci, Marco.

Comme il aurait aimé la prendre dans ses bras et lui dire que tout irait bien, qu'il veillerait sur elle jusqu'à la fin de ses jours. Marco se mordit les lèvres et prudemment, recula d'un pas.

Omar arriva près d'eux. Le charme était rompu et il battit en retraite.

Chapitre 17

Grâce à Malek, Marco connaissait tout le minutage prévu pour mener à bien le sinistre dessein d'Omar. Peu après minuit, debout, il écoutait les bruits environnants et maintenant familiers. Le ronronnement des moteurs puissants, le clapotis de l'eau, rien ne semblait anormal. L'équipage était couché pour le moment et les autres passagers devaient dormir. Il entrouvrit sa porte et jeta un bref coup d'œil dans la coursive. Personne !

Il se précipita et frappa discrètement à la cabine d'Hugo. La porte s'ouvrit immédiatement et il s'engouffra. Son employeur n'avait conservé comme éclairage que la lampe de chevet. Marco mit son index en travers de sa bouche pour lui intimer le silence.

Sans hésiter, il jeta le matelas de côté afin d'accéder au sommier qui subit le même sort. Comme sur n'importe quel navire, le châssis du lit était scellé au sol. Composé de bois, il formait en même temps un coffre permettant de ranger des affaires personnelles. Marco souleva les planches du dessus, simplement clipsées, et les déposa une à une. Il prit une petite pile électrique et examina l'intérieur du coffrage. Il se redressa aussitôt et invita Hugo à se pencher à côté de lui, désignant quelque chose à l'aide du faisceau lumineux.

Quand il regarda vers la tête du lit, Massard d'Espan ne put retenir un juron.

– Nom de Dieu de bordel de merde !

Marco s'étonna. C'était la première fois qu'il l'entendait prononcer de tels mots et cela le choqua encore plus que le reste. Il lui fit signe de se taire et remit tout en place, poussant le détail jusqu'à refaire à peu près correctement le lit.

– Suivez-moi.

Il vérifia que le couloir était libre et tous les deux se mirent à l'abri dans la cabine de Marco.

*

– Donnez-moi quelque chose à boire, Marco, j'en ai besoin. Du costaud, s'il vous plaît.

Le jeune homme haussa les épaules.

– Désolé, je ne bois pas.

Son employeur lui sourit et lui montra le petit bar qui équipait toutes les cabines à bord. Marco l'ouvrit et prit une mignonnette de vodka qu'il versa dans un verre. Hugo l'avala cul sec sans trembler. Il se laissa tomber lourdement sur la chaise.

– Nom de Dieu, je n'ai plus de jambes. Versez-m'en une autre, s'il vous plaît.

Marco grimaça et refit le service avant de venir s'asseoir face à lui. Cette fois, Hugo dégusta son verre lentement, le regard encore rempli de frayeur.

– C'était bien...

– Une bombe. Oui, Monsieur.

– Il est complètement fou. C'est un malade, ce type, et je vais déposer plainte...

Marco posa la main sur son poignet et le pressa pour attirer son attention.

– Il faut que je vous explique le plan de ce cinglé. Et inutile de compter sur les flics pour déposer plainte, je vous rappelle que nous sommes en pleine mer.

Hugo prit sur lui et se ressaisit.

– J'admire votre courage, Marco. Je tremble de partout, moi.

Le jeune homme acquiesça.

– Moi aussi, j'ai peur. Heureusement, Malek a changé de camp, sinon, vous et moi, nous nous serions retrouvés devant Saint-Pierre sans rien comprendre.

Marco expliqua alors la conversation qu'il avait eue avec Malek et les raisons de sa trahison qui servait bien leurs intérêts.

– Décidément, Omar n'est qu'un sale con ! Il ne comprend même pas qu'il se met à dos les complices de ses forfaitures. Quel idiot ! Heu… Ce n'était pas plus simple de désamorcer la bombe et d'appeler la police ?

– Non, Monsieur. Malek a raison, il faut le mettre définitivement hors d'état de nuire, sans oublier qu'il faut convaincre votre famille et apporter suffisamment de preuves pour la Justice.

Hugo vida son verre et le reposa.

– Cela fait trente ans que j'ai arrêté de fumer et pourtant, j'en grillerais bien une, là, tout de suite. Alors, vous dites que tout ça n'était calculé que pour mettre la main sur notre fortune ? C'est démentiel. Jamais Alberte ne l'aurait accepté. Je refuse d'y croire.

– Votre femme s'est fait rouler, Monsieur. Elle ne pouvait pas deviner les véritables intentions de ce fourbe. Bien, vous êtes prêt à entendre ce qu'il avait prévu ?

Hugo contempla son verre vide, jugea que c'était suffisant et croisa les bras. Il devint attentif et ne fuit pas le regard acéré de Marco.

– Allez-y, je m'attends au pire.

– Nous passons en ce moment au large de Saint-Vincent et les Grenadines pour foncer vers la Grenade. Entre ces deux îles, il y a beaucoup d'îlots déserts, de récifs et de grands dangers pour la navigation. À deux heures du matin, l'équipage abandonnera le navire et prendra la fuite à bord de la vedette rapide.

Hugo fronça les sourcils et voulut poser une question. Marco lui intima encore le silence.

– Écoutez-moi jusqu'au bout. À 2 h 30 tapantes, en fonction de coordonnées GPS précises, le *Sea Dreamer* s'échouera sur un récif au large d'une île déserte. Omar et Malek procéderont à l'évacuation en urgence et le Prince invoquera une faute de l'équipage. Il mettra à l'eau un des radeaux de sauvetage et obligera Aurélia, Alex et votre femme à embarquer. Bien entendu, elles se demanderont pourquoi vous et moi, nous ne sommes pas là.

Massard d'Espan secoua la tête, incrédule, attendant la suite.

– Omar reviendra sur le bateau et se fera passer pour l'homme courageux volant à notre secours. Avez-vous bien regardé la bombe, tout à l'heure ?

– Heu… Vite fait, mais assez pour reconnaître un truc pas catholique du tout !

– Vous avez vu l'antenne ? Bien. Omar a une télécommande en poche qui déclenchera l'explosion au moment voulu. Il a même prévu de se blesser lui-même pour apporter du crédit à son petit scénario. Malek retiendra les femmes sur le bateau de sauvetage pendant qu'il appuiera sur le bouton et hop !

Marco écarta puis frappa sèchement ses mains.

– Terminé ! Exit le beau-père qui freine le mariage et disparu le pauvre Marco et ses lubies amoureuses.

Réalisant ce qu'il venait de dire et surtout à qui il s'adressait, Marco rougit violemment. Hugo ne remarqua guère son trouble et claqua des doigts.

– Il y a un truc qui cloche dans son plan. Quand le bateau va drosser sur le récif, vous et moi n'allons pas attendre bien sagement dans nos cabines. Il est vraiment stupide !

– Non, Monsieur. Malek devait verser une drogue puissante dans votre tisane du soir et dans mon café.

Ce qu'il n'a évidemment pas fait. Sinon, nous serions en train de dormir et nous ne nous serions jamais réveillés.

Frappé de stupeur, Hugo ouvrit la bouche et fut incapable de répondre. Marco poursuivit ses explications.

– J'en reviens au moment où il va déclencher l'explosion supposée nous tuer tous les deux. Il va revenir au radeau et dire qu'il n'a pas eu le temps de nous sauver. Ils abandonneront le navire et j'imagine qu'il la justifiera par une fuite de carburant.

– Et ensuite ?

– Sur l'île, il a prévu de jouer les aventuriers et là, il aura la partie facile. Ayant agi comme un héros, il n'aura pas de mal à convaincre votre femme, et Aurélia sera fière d'épouser un homme si courageux, capable de braver le danger. Après, je vous laisse deviner la suite…

Le regard d'Hugo s'enflamma.

– Quelle petite ordure ! Je… Je…

Suffoqué par la colère, il en perdait encore son aisance à parler. Il dut prendre sur lui pour s'exprimer.

– Quid de nos corps ? La police aurait fait une enquête, tout de même ? Bon Dieu ! On ne supprime pas les gens comme cela !

Marco acquiesça.

– D'une part, la zone est infestée de requins et il y a peu de chances de retrouver des corps ou… les morceaux, après une telle explosion. Ensuite, il y aurait laissé un yacht valant une petite fortune et les témoignages de vos filles comme de votre femme auraient écarté les soupçons des enquêteurs. Bref, deux meurtres parfaits. N'oubliez pas qu'il est très connu dans les Caraïbes !

Hugo secoua encore la tête.

– Et sur l'île, je suppose qu'il a prévu un moyen de récupération ?

– L'un de ses amis promène des touristes sur un catamaran dans toutes les Antilles et, comme par hasard, il va justement mouiller l'ancre très bientôt dans les parages.

– Alors, qu'allons-nous faire ?

– Eh bien, c'est simple. Avec Malek, nous allons le laisser croire qu'il a emporté la partie et contrecarrer ses plans. Voilà comment nous allons procéder…

*

Dix minutes avant deux heures, Marco secoua Hugo qui somnolait, allongé sur son lit.

– Monsieur, réveillez-vous, l'équipage ne va plus tarder.

Hugo s'assit d'un coup, très alerte. Il était malgré tout d'un certain âge, et Marco estima qu'il faisait preuve de beaucoup de courage et d'une belle résistance physique. Massard d'Espan lui montra le sac devant la porte.

– Qu'est-ce que c'est ?

– Un sac étanche dans lequel j'ai pris quelques accessoires utiles. Principalement, une trousse de secours, une corde, des fusées de détresse et ainsi de suite.

Il hocha la tête et pinça les lèvres.

– Dommage que nous n'ayons pas d'arme.

Marco montra sa jambe. Il avait attaché à son mollet un couteau de plongée, glissé pour l'instant dans sa gaine de néoprène.

– Ce n'est pas grand-chose, mais ça peut servir.

Les deux hommes sourirent. Marco leva la main.

– Écoutez !

Il se précipita et débloqua son hublot. Hugo se leva et le rejoignit, tendant l'oreille comme lui. Marco chuchota à son oreille.

– Le *Sea Dreamer* a mis en panne et ils mettent à la mer la vedette. Vous entendez ? C'est le grincement des palans.

Hugo murmura à son tour.

– Mais si le capitaine abandonne son navire, qui va piloter ce fichu rafiot pour le jeter sur un récif ? Bon Dieu, ce n'est pas un…

Il blanchit tout à coup. Marco acquiesça.

– Eh oui, l'autre enfoiré sait parfaitement manœuvrer cette coquille de noix. Il nous l'a prouvé à plusieurs reprises, non ? Il pilote son yacht comme un vrai marin, le salopard !

Ils entendirent encore des chuchotements et peu de temps après, ils reconnurent le bruit des rames manœuvrées en rythme. Marco hocha la tête.

– Ils pagaient pour s'éloigner du yacht. Quand ils seront assez loin, ils mettront le moteur de la vedette en route. Écoutez, le *Sea Dreamer* repart. On entend de nouveau les machines.

Le ronronnement habituel avait repris. Tout s'était déroulé dans un silence impressionnant et nul n'avait rien remarqué à bord. Il regarda la montre au poignet de son patron.

– Dans vingt minutes, on va toucher ! On quitte la cabine dans dix minutes. Tenez-vous prêt !

Hugo le contempla et lui sourit. Il prit sa main entre les siennes.

– Merci, Marco. C'est Dieu qui vous a mis sur ma route. Je n'oublierai jamais ce que vous faites pour ma famille et moi ! Vous pourrez tout me demander après cela.

Il haussa les épaules et afficha un petit sourire en coin.

– Vous ne devriez pas dire ça, Monsieur. Parce que je risquerais bien d'en profiter.

Hugo était sérieux et lui répondit sur un ton très grave.

– Tout ce que vous voudrez, Marco. Je n'ai qu'une parole et vous le savez bien.

Marco lui serra les mains avec beaucoup d'affection.

– Oh, je ne suis pas du genre à profiter d'une situation, mais je vous demanderai une seule faveur si l'on sort vivant de ce merdier.

L'échange de regards dura longtemps. Marco lâcha le premier les mains de son patron pour se diriger vers le bar.

– Bon sang ! Je vais boire un coup, tellement j'ai le trouillomètre à zéro ! Vous voulez quelque chose ?

– Je vous accompagne.

Marco avala une petite gorgée de whisky et s'étrangla à moitié, toussant à plusieurs reprises. Souriant de bon cœur, Hugo lui prit la mignonnette des mains et but au goulot comme lui.

Marco regarda sa montre.

– Il est l'heure. Venez !

Il éteignit la lumière de sa cabine et ouvrit la porte. Il n'y avait personne, comme il pouvait s'y attendre. Tous les deux pieds nus, ils ne firent aucun bruit en marchant sur la moquette. Grâce à Malek, Marco savait où se réfugier et guida son patron qui le suivait, calquant ses pas sur les siens. Les veilleuses donnaient suffisamment d'éclairage pour se repérer. Après la coursive, Marco tourna à droite et montra une porte, dans un recoin. Il chuchota.

– La cabine du capitaine, maintenant vide. J'ai la clé.

Malek lui avait remis un double au début de la soirée. Marco passa le premier et, sur ses gardes, fit le tour du logement qu'il jugea minuscule comparé aux cabines des passagers. Une simple douche et un petit lavabo, des toilettes, un lit placé devant un bureau composaient l'habitat de l'officier de bord.

– On reste avec les veilleuses, on n'allume pas de lumière que l'on pourrait voir de l'extérieur, par le hublot.

Il débloqua immédiatement le panneau vitré. La position de cette cabine la situait vers la poupe, autrement dit, du côté où ils pourraient entendre l'évacuation du yacht. Marco ne perdit pas de temps et plaça le matelas contre une paroi puis tendit un oreiller à Hugo.

– Mettez ça autour de votre tête. Avec le choc, nous risquons d'être projetés par un arrêt brutal. Ce n'est pas le moment de s'assommer. Adossez-vous au matelas.

Marco en fit autant avec une couverture et regarda l'heure.

– Maintenant ! dit-il à voix basse.

Il ne se passa rien. Sans doute que le yacht avait du retard ou peut-être que la montre était en avance ?

– Mince, il m'avait bien dit…

Tout à coup, il y eut un choc effroyable. Le *Sea Dreamer* fut stoppé net et tous les objets de la cabine qui n'étaient pas fixés furent projetés avec force vers eux. Aussitôt, le yacht donna de la gîte, l'infrastructure grinça et émit des protestations puis un mouvement rotatif le déporta violemment sur bâbord où enfin, il s'immobilisa. Une sirène d'alarme retentit.

– Bon Dieu, quel choc !

Marco lui fit signe de se taire, se leva et s'empressa d'écouter à la porte. Le hululement strident était assourdissant et il parvint tout de même à entendre des cris dans la coursive. Il fut soulagé de reconnaître les voix des deux sœurs puis de leur mère.

– Elles vont bien, Monsieur ! dit-il, en se tournant vers Hugo.

Il sembla soulagé et s'approcha de lui.

– Dites, j'espère que la bombe n'est pas trop puissante ?

– Mais non. Malek me l'a certifié et puis il faut bien que ce cher Omar joue les héros. Il ne mettrait jamais sa vie en danger. Non, l'explosion détruira uniquement la proue du yacht et par conséquent nos deux cabines.

Une voix retentit soudainement et ils la reconnurent immédiatement. Dans la coursive, Omar venait d'entrer en jeu.

– Venez vite, il faut évacuer le navire. Dépêchez-vous !

– Mon père et Marco ? Il faut aller les chercher et…

– Du calme Aurélia ! Je vous mets à l'abri et je m'en occuperai ensuite. Malek aidez-moi à les faire grimper, vite !

Hugo serra les poings.

– Quelle ordure ! Dire qu'il sait très bien que nous sommes drogués et qu'il va nous tuer !

Les voix leur parvenaient de l'extérieur maintenant et ils se déplacèrent vers le hublot pour suivre les événements.

– Malek, je vous en prie, allez aider le Prince à retrouver mon père et Marco.

– Soyez sans crainte, Mademoiselle. Tout ira bien !

La voix d'Aurélia était remplie de terreur et de sanglots. Les deux hommes se regardèrent, atterrés. Malek essayait de la calmer tandis que le Prince hurlait.

– Ne vous inquiétez pas, Aurélia ! Je vais les récupérer, quitte à y laisser ma propre vie.

Marco serra les dents et Hugo devint livide de colère.

– Sale fils de…

Une explosion l'empêcha de continuer. Tout le yacht fut secoué et trembla pendant un long moment. Hugo l'aida à se relever.

– Nom de Dieu ! Ça va Marco ?

Le jeune homme était sonné. La déflagration l'avait propulsé contre le bureau et il avait une vilaine entaille au front qui saignait abondamment.

– Merde, je ne m'y attendais pas si vite.

Dehors, Alex et Aurélia avaient hurlé. Malek cria.

– Sautez dans le radeau. Vite ! Il va sombrer.

La voix du Prince fut reconnaissable à nouveau.

– Je n'ai rien pu faire ! Malek, venez m'aider et vous, ne bougez plus du canot.

Marco se raidit. Malek ne lui avait pas parlé de cette phase. Il devait veiller à la sécurité des trois femmes, sans bouger du pneumatique de sauvetage. Hugo remarqua son changement de physionomie.

– Que se passe-t-il ? Vous en faites une tête.

– Ce n'est pas normal, Malek ne devait pas revenir. Venez.

Il batailla un peu avec la serrure, ses gestes étant trop nerveux. Dans la coursive, l'eau montait déjà. Pourquoi Omar avait-il rappelé son chef de la sécurité ? Que cachait cette improvisation de dernière minute ? La lumière jaillit brutalement dans son esprit. Bien sûr ! Ce salaud n'allait pas laisser de témoins derrière lui.

– Merde et merde !

Il se tourna vers Hugo.

– Venez, Monsieur. Suivez-moi.

Heureusement, vers la poupe, l'eau ne leur arrivait qu'aux chevilles. La progression fut rapide et ils atteignirent l'escalier sans problème. Marco jeta un coup d'œil alentour et ne vit rien, hormis une épaisse fumée noire qui provenait de l'avant. Apparemment, un incendie s'était déclaré et l'eau de mer grésillait au contact des parties enflammées.

Il ne lâcha pas le poignet de son patron et grimpa très vite les marches. Avant de monter sur le pont, il demanda à Hugo de rester caché. Il se montra prudent et arriva à temps pour voir le radeau de sauvetage s'éloigner du yacht. L'incendie à l'avant du *Sea Dreamer* éclairait la zone suffisamment pour qu'il puisse identifier les naufragés à bord du pneumatique. Il n'y avait que les femmes et Omar.

– Espèce d'enfoiré !

Il se tourna et appela Hugo.

– Ne bougez pas d'ici, je vais chercher Malek. Cette ordure a dû lui régler son compte, mais je ne veux pas partir sans être sûr.

– Alors, je viens avec vous.

– Non, Monsieur, je…

– Marco ! Je dois la vie à cet homme, tout comme vous, et vous n'êtes pas de taille à m'en empêcher. On y va tous les deux.

Il se levait déjà et Marco l'arrêta.

– Minute, il faut réfléchir et vite. Trouvez les gilets de sauvetage, ils doivent être quelque part dans les casiers sur le pont. L'île n'est pas loin, mais mieux vaut être prudent.

Il réfléchit un bref instant avant de poursuivre.

– Si Malek était descendu vers les cabines, nous l'aurions obligatoirement croisé. Donc, il n'est pas de ce côté.

Hugo acquiesça et se dépêcha de mener sa mission à bien. Dès leur arrivée à bord, l'équipage les avait formés aux manœuvres d'urgence. Pendant ce temps, Marco pivota sur lui-même et se précipita vers la coursive extérieure, à tribord. Il ne retint pas son cri. Malek gisait sur le ventre, retenu par le bastingage et déjà ballotté par les vagues qui léchaient le côté incliné du yacht.

– Ah merde !

Malek n'était qu'assommé, heureusement ! Il repéra une vilaine entaille sur la nuque et le retourna. Marco ne perdit pas de temps et le gifla avec force. Hugo le rejoignit, les bras chargés de trois gilets. Sa voix trahit son angoisse.

– Il… Il n'est pas mort ?

Il fit non de la tête. Malek émergea de l'inconscience à cet instant. Il se débattit et le jeune homme dut le ceinturer pour le calmer.

– Eh ! C'est Marco, tout va bien. Tu peux te relever ?

Malek se tint au bastingage et les deux hommes durent l'aider, le tenant chacun par un bras.

– Quel fils de hyène ! Il m'a frappé par-derrière.

Il se fouilla tout à coup.

– Merde, il a pris mon flingue et mes chargeurs.

Marco ne perdit pas de temps et lui fit enfiler son gilet de sauvetage.

– Bien, on va rejoindre la plage en nageant. Tu pourras y arriver, Malek ?

Il fit oui de la tête, alors qu'il chancelait encore sur ses jambes. Il réalisa soudain et se tourna vers la proue où l'incendie transformait tout en fournaise infernale.

– Vite, les réservoirs vont finir par vraiment sauter pour de bon.

Les trois hommes se dirigèrent vers la poupe et sautèrent à la mer rapidement. Ils n'étaient pas à vingt mètres du *Sea Dreamer* qu'une violente explosion secoua le yacht et éclaira la zone jusqu'à l'île, bien plus proche qu'ils ne le pensaient.

– Nom de…

Puis il y eut une dernière déflagration, plus puissante que les autres, qui souleva le navire dans les airs. L'épave et les débris disparurent en quelques secondes ! Il ne restait plus que de rares espars, de petits brûlots et une grande nappe d'essence enflammée en surface avec des objets personnels ou des vêtements.

– Putain, j'y crois pas !

Marco était secoué et sa tête le lançait. Tous les trois flottaient, leurs visages éclairés par les dernières flammes de cette vision dantesque qu'ils n'oublieraient pas. Malek l'interpella.

– Hugo et toi, vous les rejoignez. Jouez les idiots, surtout. Vous ne comprenez pas ce qui s'est passé. D'accord ?

– Et toi, Malek ?

– Je vais toucher terre plus loin. Il faut qu'il reste persuadé de ma mort. Comme ça, je pourrai vous aider.

– Tu penses qu'il va encore tenter quelque chose ?

Malek grimaça.

– Tu oublies qu'il a mon arme et ce salaud est capable de faire un carnage. Alors, gardez les yeux ouverts et soyez vigilants. S'il se sent pris, il n'hésitera pas.

Marco n'écouta pas la suite, il nageait déjà un crawl rapide, l'esprit tourné vers Aurélia. Hugo le suivit pendant que le chef de la sécurité prenait une autre direction.

Chapitre 18

À une vingtaine de mètres du rivage, Marco prit le temps d'attendre son patron. Nageant sur place, il put voir ce qui se passait sur la plage, car ils avaient allumé une lampe-tempête qui éclairait une scène bouleversante. Aurélia et Alex pleuraient comme des damnées, leur mère les serrait contre elle, le visage ruisselant de larmes. Toutes les trois regardaient vers l'endroit où le *Sea Dreamer* avait sombré, corps et biens. Omar se tenait debout et d'où il était, Marco l'entendait distinctement.

– Ah les salauds ! Tout ça, c'est la faute de l'équipage. Dire que j'aurais pu les sauver, à quelques secondes près…

Il secouait la tête, marchait de long en large sur le sable blanc, en proie à une crise de désespoir habilement feinte. Marco serra les dents et quand Hugo arriva près de lui, il lui fit signe et chuchota.

– Faites comme moi, on joue les idiots et ne craquez pas. Il ne faut pas lui mettre la puce à l'oreille. N'oubliez pas qu'il a l'arme de Malek et qu'il pourrait s'en prendre à vos filles et à votre femme. Ne leur dites surtout pas un mot sur tout ça, faites-moi confiance. On y va !

Ils nagèrent de concert et quand ils purent reprendre pied, Marco cria.

– Au secours ! Venez nous aider, j'ai Hugo avec moi !

Il ne quitta pas Omar des yeux. Il se tétanisa sur place et ouvrit grand la bouche. Les filles d'Hugo étaient déjà presque à leur hauteur, courant et sautant dans les vagues tout en hurlant. Marco tenait son patron par la taille, son bras appuyé sur ses épaules.

– Vite, on est épuisés !

Aurélia fut la première arrivée. Le cri qu'elle poussa fut étouffé par un sanglot de joie et Marco ne l'oublierait jamais.

– PAPA ! Oh, mon Dieu, tu es vivant !

Alex le prit par l'autre côté et les deux sœurs aidèrent leur père à rejoindre la grève. Alberte se précipita aussi, muette de stupeur. Marco les regarda à peine, songeant qu'il fallait des situations extrêmes pour faire baisser le masque aux gens les plus insensibles. Cependant, il fixait le visage du Prince, bien éclairé par la lampe. Il était livide, tétanisé, et ce fut un intense moment de plaisir.

Hugo, qui s'était appuyé sur les siens, s'affala sur le sable.

– Ça va aller, ne vous inquiétez pas. Marco m'a sorti de l'enfer… dit-il, bon comédien.

Il sortit de l'eau lentement et feignit une immense fatigue, sans toutefois quitter des yeux Omar. Ce dernier était complètement sidéré par leur retour, et pour cause ! Hugo alla droit vers lui tout en regardant à droite et à gauche.

– Malek n'est pas avec vous ?

Cela parut soulager le Prince qui s'empressa de répondre.

– Non, en essayant d'aller vous chercher, il a été fauché par l'explosion.

– Non !

Marco dut se tourner pour dissimuler le sentiment de colère qui le submergeait. Comment pouvait-on mentir si facilement ? Que valait une vie selon les principes d'Omar ?

Il se laissa tomber assis et Aurélia le fixa. Elle réagit aussitôt.

– Mais vous êtes blessé, vous saignez du visage !

Elle s'approcha de lui et déchira un bout de sa chemise pour en faire un tampon qu'elle appliqua doucement sur son front.

– Vous avez une vilaine coupure. Vous n'avez pas trop mal ?

Marco profita de cet instant, lui sourit et se ressaisit. Il regarda Omar.

– Que s'est-il passé ? Nous buvions un verre avec Monsieur Massard d'Espan dans ma cabine quand tout à coup, nous avons été projetés par un arrêt brutal du bateau. Et plus rien, le trou noir.

Hugo se tourna vers lui et acquiesça d'un signe de tête vigoureux.

– Bon sang ! J'aurais dû me contenter de ma tisane, comme d'habitude.

Le regard soupçonneux d'Omar disparut peu à peu. Il faisait un effort conséquent pour se reprendre et donner le change.

– En tout cas, je suis content de vous revoir vivants tous les deux ! On vous croyait mort. En fait, l'équipage a abandonné le navire et sans personne à la barre, nous avons heurté des récifs. Après… Eh bien, ça a été le sauve-qui-peut général. J'ai réussi à sortir votre femme et vos filles, puis en retournant vous chercher avec Malek, nous avons été surpris par l'explosion des réservoirs. Je m'en suis sorti de justesse.

Marco n'en pensait pas moins et tandis qu'Aurélia le soignait comme elle pouvait, elle croisa son regard. Il ne lui fallut qu'une petite seconde pour comprendre qu'il ne disait pas tout. Il fronça discrètement les sourcils pour lui faire comprendre de ne pas réagir, puis il relança le Prince.

– Vous savez où nous sommes ?

– Aucune idée. Quelque part entre Saint-Vincent et la Grenade.

Marco contempla son patron qui serrait sa femme contre lui.

– Ne vous inquiétez pas, je pense que c'est une voie maritime assez fréquentée. Nous ne devrions pas rester trop longtemps ici.

Il jeta un coup d'œil au Prince qui semblait perdu dans ses réflexions. Il pensa aussitôt qu'il devait se demander si rien ne pouvait le trahir. La mort de Malek arrangeait ses petites affaires.

– Omar, vous savez au moins si nous sommes sur une île ?

Il le regarda, l'air mauvais.

– Je vous en prie, ne m'appelez pas par mon prénom, même si…

Hugo rugit aussitôt.

– Oh, c'est bon ! Avec ce que nous venons de vivre, je pense que les convenances ne sont plus notre principal souci dans l'immédiat.

Sa voix avait cinglé et Marco le fixa droit dans les yeux pour lui rappeler discrètement leur situation, d'autant plus que Omar était armé et très dangereux. Il était inutile de le provoquer. Il fit un petit geste à son employeur et se tourna de nouveau vers le fiancé d'Aurélia.

– Vous avez raison, Votre Altesse. Je m'égare. Désolé, j'ai pris un sacré coup sur la tête.

Aurélia fronça les sourcils à son tour et fit un signe de tête imperceptible. Il appuya son regard et, avec sa finesse habituelle, elle comprit qu'il ne fallait pas insister. Alex vint vers eux et s'agenouilla.

– Bon sang, c'est une sacrée entaille. Il faudrait recoudre.

Marco réalisa tout à coup qu'après la découverte de Malek, il ne s'était plus préoccupé du sac qu'il avait préparé. Quel idiot ! Il l'avait oublié sur le yacht et maintenant, il devait reposer au fond de la mer. Il toucha son front et grimaça.

– Ça ira, j'ai la tête dure.

Alex rit de bon cœur.

– Oui, je pense que c'est une grande vérité !

Ils échangèrent un sourire complice. Alberte, dans les bras de son mari, se redressa.

– Croyez-le ou non, jeune homme, mais je suis contente de vous revoir vivant et je vous remercie d'avoir sauvé mon mari.

Cette fois, ce furent les deux jeunes femmes qui s'étonnèrent. Marco la gratifia d'un sourire et d'un signe de tête, puis il prit naturellement la direction des opérations.

– Bien, je propose de nous reposer et nous verrons demain si l'on peut se repérer et savoir plus précisément où nous avons atterri. Qu'en dites-vous ?

Hugo acquiesça.

– Oui, vous avez raison. Je suis épuisé pour ma part.

Marco se tourna vers le Prince qui se révélait bien moins expansif qu'à son ordinaire.

– Votre Altesse, je suggère de laisser le radeau et l'abri aux femmes ainsi qu'à Hugo qui a été très secoué. Nous deux, nous pouvons rester sur le sable.

Visiblement, Omar avait prévu autre chose à voir le visage déçu qu'il affichait.

– Oui, vous avez raison, Marco. Il faut savoir se sacrifier.

Marco ravala les paroles haineuses qui lui vinrent spontanément à l'esprit et se releva.

– Aidez-moi, on va tirer l'embarcation plus haut sur la plage.

Les deux hommes s'emparèrent de la haussière et tractèrent le lourd radeau à l'abri des vagues. C'était un pneumatique à gonflage automatique qu'il suffisait de jeter à la mer. Au contact de l'eau, les boudins se remplissaient d'air très rapidement grâce à un système qui avait maintes fois fait ses preuves. Une double paroi, un plancher épais et la moitié de sa surface bénéficiait d'un abri, permettant aux naufragés de s'abriter par gros temps. Pour les Massard d'Espan, ce serait parfait et ils finiraient la nuit à peu près convenablement.

Marco contempla l'horizon. Il n'y avait plus aucune trace de l'incendie et en plein jour, la couleur orange fluo du pneumatique ne manquerait pas d'attirer les regards si par chance un bateau passait dans le coin.

Il jeta un coup d'œil aux autres qui s'étaient réfugiés sous l'abri. Quand Hugo s'apprêta à le fermer, il lui fit un clin d'œil discret. Il ne dirait rien, pour préserver l'effet de surprise et ne pas affoler les siens, mais Marco imaginait fort bien la joie pour lui de retrouver sa famille saine et sauve. D'ailleurs, Marco avait été surpris par le comportement de Madame Massard d'Espan et le bonheur bien réel qui avait illuminé son visage quand elle avait vu son mari prendre pied sur la plage. C'était à ne plus rien y comprendre !

Bientôt, tout cela serait tiré au clair, du moins Marco l'espérait. Comment oublier ce cri du cœur quand ses filles avaient hurlé en voyant Hugo revenir vivant, l'appelant même papa. Marco restait figé devant le radeau et le Prince attira son attention.

– Eh ! Venez, on va se coucher à l'abri des rochers là-bas. On sera protégé du vent, mais désolé, il ne reste qu'une couverture de survie.

Marco montra d'un geste du menton la lampe-tempête abandonnée sur le sable.

– Prenez la lumière, Votre Altesse, et allez-y. De mon côté, je préfère rester à côté d'eux.

Pourtant, il frissonnait. Entre la fatigue, les émotions et son bain de mer forcé, Marco n'était pas réchauffé.

– Comme vous voudrez, alors bonne nuit. Essayez de dormir un peu, cela vous fera du bien.

Il regarda Omar ramasser la lampe et s'éloigner vers les hauteurs de la plage dont une partie était bordée d'immenses rochers, très imposants. De l'autre côté, il ne voyait que la masse sombre d'une jungle tropicale et, sans être spécialement peureux, il reconnut que son aspect, en pleine nuit, était plutôt inquiétant. En soupirant, il s'y dirigea. Omar le vit et cria presque pour l'interpeller.

– Où allez-vous ?

Il fit une grimace et posa la main sur son ventre.

– Un besoin naturel urgent. À tout de suite !

Très vite, il s'enfonça dans les buissons, le visage fouetté par de larges feuilles. Sa progression ne fut pas simple, il s'accrochait aux lianes ou trébuchait sur des rochers et des racines qu'il ne voyait pas.

Normalement, Malek ne devait pas être très loin et il espérait que tout s'était bien passé pour lui aussi. Il jeta un coup d'œil derrière lui et, se jugeant suffisamment loin de la plage, il obliqua sur la gauche. Il n'en eut pas le temps. Une main se posa sur son épaule. Surpris, il fit un bond en arrière, prêt à se battre. La silhouette qui se tenait là ne semblait pas menaçante et tendit les mains vers lui avant de chuchoter.

– Eh, c'est moi, Malek. Suis-moi.

Un dernier regard pour s'assurer que la lampe n'avait pas bougé et Marco suivit en silence les pas du chef de la sécurité.

*

Ils se faisaient face, assis sur des rochers arrondis, au milieu d'une trouée dans cette jungle qui paraissait inhospitalière et dangereuse. Ils parlèrent à voix très basse.

– Ouf ! Je suis crevé, soupira Marco, en se laissant tomber.

Malek hocha la tête.

– Tu rentreras vite, nous n'avons que peu de temps. Déjà, pour commencer…

Il se pencha et lui tendit la main.

– Merci, mon ami. Sans toi, j'y restais. Je ne m'attendais pas à son attaque.

Le jeune homme haussa les épaules et serra sa main.

– Ça cadre avec le personnage. Ne me remercie pas, tu en aurais fait autant pour moi. En t'abandonnant à ton triste sort sur le bateau, il se débarrassait d'un témoin gênant. On aurait dû s'y attendre.

– Bref, tu as vu s'il avait mon arme ?

– Non, rien du tout. Par contre, j'ai bien remarqué la gueule qu'il a tirée quand on est revenus sur la plage. Quel salaud ! Il s'est empressé de nous demander si on t'avait vu.

Malek laissa échapper un petit ricanement. Marco reprit.

– Alors, que fait-on, maintenant ?

– Pour le moment, en pleine nuit, rien du tout. C'est trop dangereux. Il a mon Glock et mes chargeurs, autrement dit, de quoi tuer tout le monde. Et contre une balle de neuf millimètres, tu ne peux rien faire, malgré toute ta science du combat à mains nues.

– On attend demain, alors ?

– Tu verras, quand tu retourneras sur la plage, face à la mer, à ta gauche, tu as un immense promontoire rocheux qui culmine à une cinquantaine de mètres. Tout à l'heure, j'ai vu un sentier qui grimpe vers le sommet. Débrouille-toi comme tu veux, mais tu l'emmènes sur ce chemin, et surtout, fais en sorte que les autres ne viennent pas. Moi, je vous suivrai par la jungle et quand nous serons assez éloignés, on pourra le maîtriser. Il faudra faire attention, Omar est un excellent tireur. Tu connais la légende sur les bébés des Benschritt-Maalouf ?

Marco fit non de la tête.

– Dans leur berceau, ils déposent trois choses. Un biberon, une liasse de dollars et un flingue.

Marco ne goûta pas vraiment l'humour noir de Malek.

– Et une fois qu'on l'aura maîtrisé ?

– On le ramène et on lui fait cracher le morceau devant les autres. Ensuite, il n'y aura plus qu'à attendre le catamaran qui devrait arriver demain ou après-demain. Il faudra impérativement le faire avouer et ne t'inquiète pas, à Paris, j'ai quelques enregistrements que les flics seront ravis d'entendre ! Depuis des mois, j'accumule les preuves pour le faire condamner.

– Tu ne veux vraiment pas qu'on lui tombe dessus maintenant ?

Malek soupira.

– Il est peut-être déjà en train de te chercher ou, le connaissant, il va attendre que tu sois revenu pour s'endormir. Imagine qu'il dégaine, tire, et qu'une balle perdue atteigne quelqu'un.

Marco sentit une sueur froide couler entre ses omoplates.

– Non, tu as raison. Demain matin, je l'emmène sur le promontoire. Comment saurai-je que tu vas intervenir ?

– Dès que je lui saute dessus, tu me donnes un coup de main. Gaffe, aussi ! Il porte souvent une lame et il s'en sert encore mieux que d'un flingue.

Après s'être entendus, les deux amis se séparèrent et Marco reprit le chemin de la plage. Il lui fallut longtemps et il déboucha assez loin, s'étant déporté. Il longea le bord de mer et s'apprêtait à s'adosser contre le radeau quand la voix d'Omar retentit dans l'obscurité.

– Vous en avez mis un temps !

Sa réponse fusa.

– Je me suis perdu en revenant. Dans le noir, tous les cocotiers se ressemblent ! Bonne nuit, Votre Altesse.

Le Prince grommela quelque chose qu'il ne put comprendre. Peu de temps après, il parvint à se caler et trouva une position assez confortable. Pourtant, il lui fut impossible de fermer les yeux. Marco préféra garder un œil ouvert.

Une heure plus tard, terrassé par la fatigue, il sombra dans un sommeil sans rêves.

*

– Eh, Marco ! Réveillez-vous.

Il ouvrit un œil, puis le second, pour découvrir le visage d'Alex penché sur lui. Marco grimaça et se leva. Ankylosé et souffrant de courbatures, il dut faire quelques mouvements pour se réchauffer. Le soleil était assez haut et la chaleur déjà bien perceptible.

– Tout le monde est debout ?

– Oui, il ne restait plus que vous.

Il contempla la plage. Tous les naufragés étaient réunis plus haut, à l'ombre des premiers cocotiers. Il suivit la jeune fille et salua la cantonade. Aurélia lui fit un large sourire et il nota la mine soucieuse d'Hugo. Comme lui, il avait certainement eu du mal à dormir. Quant à Omar, imperturbable, il semblait imperméable aux événements et affichait une mine reposée. Aussitôt, Marco entra dans le vif du sujet.

– Votre Altesse, pourquoi gardez-vous votre veste avec cette chaleur ?

Le Prince bougonna avant de lui répondre.

– J'ai eu froid cette nuit et je ne supporte pas l'humidité.

Marco acquiesça et songea qu'il devait porter l'arme à la ceinture. La veste ne servait qu'à dissimuler la présence du pistolet.

Alberte le regarda.

– Dites-moi, nous avons tous faim et nous n'avons rien sous la main. Auriez-vous une idée, jeune homme ?

Marco n'en revenait toujours pas de la soudaine amabilité de Madame Massard d'Espan à son égard. Il fronça les sourcils et fit volte-face. Il montra les rochers vers la mer.

– Je pense que là-bas, on pourra trouver quelques coquillages. Sinon…

Il balaya le reste de la plage et la jungle du regard puis il leva les yeux.

– Là-haut, il y a plein de noix de coco.

Omar vint se planter devant lui.

– Je vous fais la courte échelle ? dit-il, très ironiquement. Nous les avions vues, mais c'est trop haut et personne n'a trouvé d'escabeau au fond de ses poches.

Marco haussa les épaules, insensible à ses moqueries.

– Eh bien, je vais me fabriquer un ascenseur polynésien.

Tous le regardèrent avec des yeux ronds. Sans écouter le persiflage habituel d'Omar, Marco coupa une liane et s'entoura une cheville puis la seconde, laissant environ soixante centimètres de tresse végétale entre les deux.

– J'ai vu ça à la télé. Les Tahitiens grimpent avec ce truc-là, sans problème. En prenant appui, la liane sert de frein naturel. Enfin, dans le reportage, ça avait l'air facile.

Il regarda les noix de coco en grappes à une bonne douzaine de mètres de hauteur et s'avança vers le tronc. Aurélia s'approcha de lui.

– Vous avez déjà fait ça ?

– Bien sûr que non, mais j'ai faim, moi aussi.

Elle secoua la tête et il positionna ses pieds de part et d'autre de façon à tendre le lien. Il donna un coup de reins et, après deux ou trois essais infructueux, il entama la montée sans trop de problèmes. Parvenu au sommet, il saisit son couteau de plongée et fit une razzia dans les fruits qui tombaient au fur et à mesure. Quand ce fut suffisant, il redescendit, utilisant le même procédé. Au passage, il profita de sa position dominante et repéra quelque chose d'intéressant. Quand il toucha le sable de la plage, ses amis avaient déjà ramassé les noix. Il se tourna vers eux.

– Je reviens, j'ai vu un truc sympa, un peu plus loin.

Il s'enfonça dans la jungle et poussa un petit cri de joie. C'était bien un manguier et il utilisa sa chemise pour transporter les fruits qu'il récolta par grappes. Par précaution, il en goûta une et ne put réprimer un soupir de gourmandise. Elles étaient mûres, très juteuses et sucrées à souhait.

Son retour fut vivement acclamé par les autres. Il déposa son trésor à côté des noix de coco et prit la direction du rivage. L'eau était chaude, transparente, et il repéra aussitôt une multitude de poissons multicolores qui prirent la fuite. Avec de l'eau à la taille, il entreprit une visite des rochers et découvrit la richesse de la faune marine. Après les poissons, il vit des coquillages ressemblant à des berniques, beaucoup de bernard-l'hermite, assez gros d'ailleurs, des crabes, et il jeta son dévolu sur un rassemblement de moules géantes, plates et à la chair jaune orangé.

– Miam ! Tant pis pour la marinière et les frites, on fera un festin tout cru.

Les bivalves mesuraient environ une quinzaine de centimètres de long et il n'en prit qu'une pour chacun. Ces rochers étaient une réserve de nourriture extraordinaire qu'il valait mieux préserver, au cas où. Il remarqua aussi un espar de bois, apparemment un morceau de pont en bois qui dérivait pas loin de lui. Dire que le Prince avait sabordé un yacht si majestueux pour mener à bien son plan infernal, cela le dépassait complètement.

Il contempla le récif corallien apparaissant dans l'eau turquoise et, beaucoup plus loin, les écueils rocheux sur lesquels le *Sea Dreamer* s'était éventré puis avait sombré, certainement au-dessus du tombant. Malek avait raison, le plan avait été savamment élaboré. On n'aurait jamais retrouvé leurs cadavres. Il frissonna et fit demi-tour pour gagner la plage.

– Alors, le cuistot, que mangeons-nous ce matin ?

Alex l'attendait au bord de l'eau et le débarrassa de son butin. Elle fit une petite grimace.

– Bien, tartines de moules dans des bols de lait de coco, j'ai vu mieux, hein ! Zut, même pas de café, vous n'êtes pas très doué.

Ils rirent ensemble et rejoignirent les autres. Marco ayant le seul couteau, il ouvrit les coquillages, éplucha les mangues et, après avoir retiré les gangues des noix, il perça les fruits pour que chacun puisse boire au moins le lait d'une noix et en déguster une seconde.

C'était leur premier repas de naufragés et finalement, tous l'en félicitèrent. Marco nota les regards qu'Aurélia lui jetait à la dérobée, certains plus appuyés, et à chaque fois, le cœur battant, il se demandait s'il comprenait bien ce qu'il lisait dans ses yeux. Pourtant, le moment n'était pas venu de songer à ses affaires de cœur, mais bien d'appréhender ce criminel qui mangeait plus que de raison, pas loin de lui. Avant la fin du repas, il passa à l'action.

– Votre Altesse, vous avez remarqué ce promontoire rocheux ?

Il désigna l'éperon du couteau, tout en dégustant la chair laiteuse d'une noix.

– Oui, et alors ?

– Eh bien, quand nous aurons fini, je vous propose d'y aller tous les deux. D'une part, nous saurons si nous sommes sur une île. Ensuite, cela nous permettra de nous repérer et avec votre connaissance des Caraïbes, c'est le diable si vous n'identifiez pas les lieux. Et puis, on ne sait jamais, de là-haut, on repérera peut-être un abri plus confortable, des arbres fruitiers ou que sais-je encore.

Le regard sombre d'Omar fut suffisant comme réponse. Bien sûr ! Lui savait pertinemment qu'un ami allait venir le récupérer sous peu et il n'y avait aucune raison de se fatiguer ou de faire des efforts dans le but d'améliorer une situation qui n'était que momentanée.

Marco resta enjoué et lui sourit.

– Alors, qu'en dites-vous ?

– Oh, je ne connais pas très bien cette partie des Antilles, je le reconnais aisément, et il n'est pas dit que de là-haut, nous verrons mieux où nous sommes.

Il n'était pas du tout enthousiaste, pourtant il fallait le convaincre. Marco joua sur la corde sensible.

– Pensez à votre fiancée, Votre Altesse. Elle sera ravie si nous trouvons un abri plus confortable pour les prochaines nuits et…

Agacé et voulant briller devant elle, Omar abdiqua rapidement.

– C'est effectivement une bonne idée.

Alors que Marco jubilait, il croisa à nouveau son regard et comprit qu'il s'était réjoui trop vite. Le Prince ajouta.

– Nous y allons tous, ce n'est jamais prudent de se séparer dans de telles situations.

Il ouvrit la bouche pour protester et Aurélia lui coupa l'herbe sous le pied.

– Oui, Omar a raison, et puis cela nous fera une petite promenade.

Désarmé par son attitude joyeuse, Marco se mordit les lèvres. La nuit dernière, il n'avait pas pu les prévenir et de toute façon, il aurait dû rentrer dans de trop grandes explications. Il n'avait pas voulu courir le risque de réveiller le Prince et maintenant, il se retrouvait coincé.

Il conserva son sourire de façade et hocha la tête.

– Eh bien, la cause est entendue. Nous y allons tous.

Il jeta un coup d'œil vers la jungle. Le plan se compliquait et l'embuscade risquait de tourner au désastre. Même s'il pouvait faire confiance à Malek, ce ne serait pas facile et il contempla brièvement Aurélia avant de baisser les yeux.

Les mots échangés avec Malek la nuit précédente lui revinrent brutalement en mémoire. Une balle perdue suffirait à anéantir tous ses espoirs et la simple idée qu'Aurélia soit blessée lui révulsait l'estomac. Il n'osait envisager le pire et se refusa à regarder la jeune femme une fois de plus. Il fallait se concentrer maintenant et chasser ses idées noires.

Marco croqua avec rage dans la noix de coco. Tout à coup, elle avait un goût bien amer.

Chapitre 19

Omar marchait en tête, à un rythme tranquille, Marco dans ses pas et derrière, le petit groupe suivait tout en discutant presque gaiement, compte tenu de la situation. Finalement, le sentier se révéla très facile et praticable, sans aucune difficulté majeure, si ce n'était que de temps en temps, à leur droite, le vide apparaissait dans les trouées de la végétation luxuriante. Bien que peu large, le chemin permettait tout de même à deux personnes de marcher de front sans se gêner.

Marco jetait quelques coups d'œil rapides sur sa gauche. La jungle était épaisse et à aucun moment il ne vit d'accès, de sentiers croisant le leur, et pire, aucun passage qui aurait permis à Malek d'intervenir. Le chef de la sécurité n'avait guère eu le temps d'affiner son plan et cela se révélait maintenant plus périlleux que prévu.

Il regarda le dos du Prince et sa veste trempée de sueur. Il était à moins de trois mètres devant lui, pourtant, il n'avait aucune solution pour l'attaquer. Il avait beau être rapide, Omar se retournait régulièrement et à chaque fois qu'il approchait d'un peu trop près, le bougre accélérait le pas et maintenait la distance. Ensuite, franchir cet espace sans faire de bruit, dans cette montée où des dizaines de cailloux roulaient sous leurs pas, et sans lui laisser le temps de réagir, relevait d'un pari sur l'impossible, d'autant plus que derrière lui, Aurélia le suivait en première ligne. Si le Prince trouvait le moyen de dégainer, de faire feu… Marco refusait de lui faire courir le moindre risque. Tant pis, il fallait faire confiance à Malek et patienter.

La pente devint un véritable raidillon sur la fin et Omar s'essouffla rapidement. C'était le moment de combler l'espace entre eux. Le Prince fit volte-face, à croire qu'il avait bien senti la menace.

– Bon sang, que c'est haut ! Passez devant, Marco. Je vous suis.

Le visage neutre, il passa devant et entreprit de poursuivre la marche. Maintenant, il ne pouvait vraiment plus rien tenter. Serrant les dents, il allongea le pas et enragea d'entendre le souffle court d'Omar, bien accroché à ses talons.

Ils débouchèrent sur une large plate-forme, presque au sommet. Sur leur gauche, la forêt tropicale recouvrait le reste du promontoire rocheux avec quelques saillies de pierre. Sur la droite, hormis le chemin qu'ils venaient de gravir, la vue était dégagée sur un horizon vierge de toute terre ou d'un quelconque repère.

– Flûte ! On ne voit rien, quelle poisse.

Marco s'approcha du bord et grimaça en voyant l'à-pic sous ses pieds. Ne souffrant aucunement du vertige, il marcha le long du bord et fit le tour. Apparemment, c'était bien une île, mais sans visibilité sur le côté opposé, il était impossible d'être affirmatif. Pour le moment, c'était le cadet de ses soucis.

Omar en profita pour ironiser.

– Je vous avais bien dit que cela ne servait à rien. Bien, au moins, on peut profiter de la belle vue sur la mer avant de redescendre.

Aurélia et Alex, comme leurs parents, s'assirent sur des rochers, le dos au précipice et face à la jungle. Marco resta debout et réfléchit rapidement. Il n'aurait pas d'autres occasions et il effectua un lent mouvement tournant pour ne plus mettre les Massard d'Espan dans la ligne de mire du Prince. Soudain, il croisa le regard d'Aurélia et il comprit instantanément. Elle et sa famille contemplaient quelque chose dans son dos. Leurs yeux écarquillés, leur teint soudain très pâle, le firent se retourner très lentement.

Par chance, Omar contemplait encore l'horizon et n'avait rien vu. Au-dessus de lui, Malek venait de sortir comme un fauve de sa tanière et progressait sur un surplomb rocheux, deux mètres au-dessus de la tête du Prince qui ne se doutait de rien. Proche de la falaise, il montrait toujours l'horizon.

– Ne vous inquiétez pas, il y a beaucoup de navires, des bateaux de touristes qui passent par ici. C'est une route maritime très fréquentée et dans le radeau, nous avons un petit stock de fusées de détresse. Très franchement, je ne me fais aucun souci. D'ailleurs…

Il se tourna vers les Massard d'Espan et se tut devant leur mine, sans toutefois comprendre ce qui se passait. Il fronça les sourcils, une main montrant toujours l'horizon.

Tout alla très vite.

Marco fit encore un pas pour se rapprocher de lui alors que Malek s'apprêtait à sauter.

Puis ce fut la catastrophe imprévisible ! Le rocher sur lequel Malek prenait appui se déchaussa brutalement de la paroi, arrachant des plantes, des lianes. Alors qu'un éboulis de pierres et de terre se déversait, la roche bascula et entraîna le chef de la sécurité dans sa chute.

Omar fit un bond de côté et avec une vitesse folle, dégaina son automatique, arma la culasse et visa en premier Malek, maintenant à quatre pattes devant lui. Le Prince réagit très vite et mit aussitôt Marco en joue alors qu'il s'apprêtait à bondir à son tour.

– Toi, le petit con, tu ne bouges pas.

Prudemment, il tourna le dos au vide et ajusta sa visée sur Marco puis sur Malek qui se remettait lentement de sa chute. Par chance, la roche ne l'avait pas écrasé ! Omar jura.

– Comment t'es-tu sorti de ce merdier, toi ?

Il contemplait son ancien complice, stupéfait de le retrouver vivant et surtout sur ce promontoire. Omar fronça les sourcils et détourna son pistolet vers Marco.

– Ah, mais je comprends, ce salopard m'a vendu et vous savez tout.

Il balaya du canon de son arme le petit groupe. Marco essaya d'attirer son attention.

– Eh, pauvre pomme ! Eux n'y sont pour rien. Tu n'es vraiment qu'un branquignol. Que croyais-tu, qu'on te laisserait faire sans réagir ?

Le regard du Prince s'embrasa.

– Bien, c'est dommage. Tous les Massard d'Espan auront péri dans l'accident et moi, pauvre petit naufragé, je serai le seul rescapé. Quel malheur ! Ça me fend le cœur.

Il se tourna vers la famille, maintenant anéantie.

– Je vais garder Alex avec moi. Au moins, cette nuit, je ne serai pas seul.

Il pointa Aurélia de son canon.

– Désolée, ma chère fiancée. Je vais te dire une bonne chose. Physiquement, tu n'arrives pas à la cheville de ta sœur. Trop plate, trop mince, bref, je ne suis pas fâché d'échapper à ce mariage tordu.

Alberte se leva, raide comme la justice, et l'apostropha.

– Espèce de monstre ! Que signifie toute cette mascarade ? Vous êtes devenu fou ou quoi ?

Hugo calma sa femme et l'obligea à se rasseoir. Marco avait franchi encore un peu de distance et échangeait des regards avec Malek qui se remettait enfin de sa chute.

Omar devait avoir un sixième sens et pivota de nouveau vers lui.

– Pauvre idiot ! Comme tu m'as fait rire, l'amoureux transi. Je t'aurais bien laissé Aurélia en lot de consolation, mais je suis certain que tu te serais ennuyé. Le plus bête, c'est que tu ne vas même pas en profiter.

Il ôta le cran de sécurité et le petit cliquetis résonna comme une condamnation à mort. Marco banda tous ses muscles, prêt à saisir sa chance. Le Prince mit en joue Malek, maintenant debout.

– Bien, on va commencer le ménage par le vide. Toi, en premier, sale traître !

Malek fit face à la mort sans reculer, les mains sur les hanches. Après un court ricanement, il insulta Omar en arabe et le sens des phrases échappa aux autres, mais cela porta ses fruits, car le Prince devint soudainement livide. Il leva son arme tout en répondant dans la même langue.

Marco ne quittait pas le doigt fixé sur la queue de détente. Quand il vit sa crispation, il hurla.

– MALEK !

De toutes ses forces, il bondit sur leur agresseur, fit un pas brusque de côté alors que Omar le mettait en joue et tout se déroula comme dans un film au ralenti. Il n'y avait que trois petits mètres qui le séparaient de sa cible. Pendant la fraction de seconde où il sauta et s'écarta de la ligne de mire, il vit deux flammes jaillir du canon de l'arme. Marco ressentit tout à coup une douleur à la hanche et sans y prêter attention, dans un dernier rugissement, il sauta sur le Prince, les bras en avant pour le ceinturer. Les deux hommes roulèrent à terre et tout à coup, dans les buissons feuillus qui ornaient le bord de la falaise, Marco sentit avec horreur le sol se dérober sous lui.

Ils étaient dans le vide !

Il bascula, tête en avant, et entraîna le Prince dans sa chute. En bas, il vit la surface de la mer, comme un miroir où le soleil se reflétait. La terrible descente commença et Marco ne poussa pas un cri tandis que Omar hurlait à côté de lui.

C'était injuste. Il aimait pour la première fois de sa vie et il allait mourir.

*

Malek avait évité la balle qui lui était destinée et, horrifié, vit Marco se précipiter sur le Prince. Il entendit les deux détonations quasi simultanées ; il fut certain que le gamin était touché. Ayant de bons réflexes, il voulut se jeter dans la mêlée alors qu'ils roulaient sur le sol et tout à coup, il vit les deux hommes basculer dans le vide. Aurélia et Alex poussèrent un cri d'horreur en même temps que Omar.

– Nom de…

Dans un effort désespéré, Malek plongea, tendant la main le plus loin possible et il vit la cheville de Marco disparaître, lui échappant à moins d'une trentaine de centimètres. Il n'avait rien pu faire ! Consterné, il rampa jusqu'au bord et eut juste le temps de voir les deux corps s'enfoncer dans la mer. Il se releva, furieux, et gémit des imprécations dans sa langue natale. Il ne quittait pas la surface des yeux. Rien. Aucun des deux ne remontait.

– C'est pas vrai !

Il ne pouvait pas sauter, il se serait rompu le cou. Aurélia se précipita.

– Mon Dieu, Marco ! Malek, je vous en prie, sauvez-le. Faites quelque chose !

Le chef de la sécurité se tourna vers les Massard d'Espan et apostropha Hugo.

– Rejoignez-moi en bas. Vite ! Je vais le chercher et fasse Dieu qu'il soit encore vivant.

Culpabilisant et rempli d'angoisse, Malek écarta vivement la jeune femme et se jeta dans le sentier. Il entama une folle descente, courant comme un cabri, sautant parfois de roche en roche, tombant, glissant et, sans tenir compte de la douleur, se relevant pour aller plus vite. Le gamin venait de le sauver pour la seconde fois et il ne pouvait accepter sa mort. Ce serait trop injuste ! Ils avaient mis une petite demi-heure pour atteindre le sommet, Malek parcourut le chemin inverse en moins de cinq minutes.

Il se repéra vite et courut comme un sprinter sur la plage. Au bout, une barrière rocheuse l'empêchait d'atteindre l'endroit où Marco était tombé. Sans hésiter, il plongea et, dans un crawl puissant, contourna les rochers pour se diriger tout droit vers l'anse, battue par une mer au calme relatif. Il lutta contre le courant et parvint à prendre pied sur la petite grève, à l'aplomb de la falaise.

Il scruta la mer et ne vit rien en surface.

– Merde, c'est pas vrai ! Pas maintenant.

Il mit ses mains sur le front pour éviter les rayons du soleil. L'eau était claire et il avait une vue dégagée. Tout à coup, il le vit. Marco flottait sur le ventre. Il ne bougeait plus.

Jurant en arabe, Malek plongea aussitôt. En quelques mouvements, il put le rattraper et tira Marco vers la grève. Il souleva sa chemise et effectivement, son œil ne l'avait pas trompé. Le gamin avait pris la balle dans la hanche ! Il chercha un pouls au poignet puis à la carotide.

Rien.

Malek avait été mercenaire pendant la guerre du Liban, il s'était battu, avait vu mourir des dizaines de gens, des compagnons d'armes comme des ennemis. Il s'était endurci. Pourtant, la mort du gamin le touchait beaucoup plus que toutes les autres. Ce môme n'avait pas mérité ça. Il avait été incapable de le sauver, alors qu'il lui devait deux fois la vie.

Pris de folie, Malek jura et entreprit un massage cardiaque décousu. Il frappa la poitrine de Marco à coups de poing violents, entama un bouche-à-bouche tout en l'insultant, en le secouant comme un prunier, puis il lui asséna des gifles à arracher la tête des épaules.

Si la méthode de réanimation n'avait rien d'académique, elle se révéla efficace. Le blessé se redressa tout à coup et vomit de l'eau tout en cherchant de l'air. Malek l'aida et maintint son front pendant que les nausées vidaient son estomac de toute l'eau de mer ingurgitée. Après quelques minutes, Marco grimaça. Il était dans les bras de son ami et lui sourit.

– Bon Dieu, je rêve ou tu m'as collé des baffes ?

Malek ne put s'empêcher de rire et les deux hommes se redressèrent. Marco réalisa alors qu'il avait mal à la hanche.

– Oh, putain ! Qu'est-ce que…

– L'autre enfoiré ne t'a pas loupé, tu as pris une balle dans le gras. Pas d'inquiétude ! Elle a traversé et rien de vital à cet endroit. Tu auras une belle cicatrice à montrer à tes enfants.

Marco contempla la mer, appuyé sur l'épaule de son ami.

– Alors, on l'a eu ?

– Puissent les chacals de l'enfer emporter son âme ! Oui, tu l'as eu.

Marco regarda alors autour de lui.

– Heu… On repart comment ?

– À la nage. La plage est à droite, derrière cette barrière. Tu te sens ?

Il grimaça d'une telle manière que Malek ne retint pas un petit rire.

– Allez, tu fais la planche et je te remorque. OK ?

– Eh bien, pas trop le choix. Malek, j'ai vraiment mal à la hanche.

– C'est la brûlure qui fait cet effet. Ne t'inquiète pas, tu vas survivre. Allez, viens. Les autres sont déjà en train de pleurer et j'en connais une qui ne doit plus vivre.

Médusé, Malek vit Marco rentrer dans l'eau précipitamment. Il sourit intérieurement. Finalement, il suffisait d'évoquer Aurélia et Marco était prêt à faire n'importe quoi.

Il soupira, hocha la tête et le rejoignit.

*

Ayant présumé de ses forces, Marco accepta l'aide de Malek à mi-parcours. Ils mirent le pied sur la plage alors que les Massard d'Espan arrivaient en courant du chemin. Aurélia et Alex en tête, leurs parents demeurant encore assez loin, distancés par les deux jeunes femmes. Marco dut s'appuyer sur l'épaule de son collègue et se laissa tomber lourdement sur le sable, épuisé par l'effort. Le cri d'Aurélia lui fit relever le visage.

D'abord immobile, elle se mit à courir et tomba à genoux devant lui.

– Oh mon Dieu, je vous croyais mort !

Elle regarda brièvement le chef de la sécurité.

– Merci Malek !

Elle remarqua enfin la main de Marco sur son flanc et poussa un cri d'horreur en voyant le filet de sang qui apparut entre ses doigts.

– Oh non, ce n'est pas vrai. Allongez-vous, tout de suite ! Alex, trouve-moi de quoi faire un pansement. Vite !

Sa sœur déchira sans hésiter sa chemise déjà en charpie. Malek intervint en souriant.

– Mademoiselle, ne vous inquiétez pas, ce n'est pas trop grave. La balle a traversé le gras de la hanche, il ne court aucun danger. Je vous donne ma parole que…

Le pauvre n'eut pas le temps d'achever sa phrase. Comme un dragon gardant sa tanière, elle fut debout, lui faisant face.

– On voit bien que ce n'est pas vous qui êtes blessé, hein ?

Malek s'autorisa un petit sourire et fit un clin d'œil à Marco qui le lui rendit. Le garde du corps prit les mains d'Aurélia dans les siennes.

– Vous avez raison, Mademoiselle. Mais ce n'est pas grave, juré !

Il pressa fort ses mains et s'éloigna. Pendant ce temps, les parents arrivèrent enfin auprès du blessé. Hugo s'immobilisa en voyant le jeune homme allongé et ses filles autour de lui.

– Ah non, merde !

Marco se redressa aussitôt pour le rassurer.

– Pas de soucis, Monsieur. Ce n'est rien qu'une petite éraflure de rien du tout et…

Aurélia ne s'en laissa pas compter, le repoussant en position allongée.

– On ne bouge pas et on arrête de jouer les héros tant que je n'ai pas fini. Père, dites-lui qu'il se laisse soigner !

Hugo fixa sa fille, puis Marco, et le regard entre les deux hommes s'éternisa dans un silence très explicite. Il hocha la tête avant de s'éloigner.

Alberte le contempla longuement et lui sourit.

– Merci, Marco. Merci pour tout.

Aurélia lui fit un pansement avec des bandes de tissu découpées et il se laissa faire, trouvant très agréable de se faire ainsi soigner. Quand elle eut fini, il ne put détacher son regard de son beau visage.

– Merci Aurélia.

Elle rougit légèrement. Finalement, tous revinrent autour de lui et malgré les protestations d'Aurélia, Marco se leva, lui aussi.

– Malek, aucune trace de l'autre enfoiré ?

Le chef de la sécurité fit la moue.

– Honnêtement, je n'ai pas cherché à le retrouver. Je m'inquiétais surtout pour toi et je n'ai pas fait attention.

Maintenant, après une chute pareille, j'imagine qu'il a eu son compte.

Hugo acquiesça.

– Malek a raison et le principal est que vous, vous soyez bien vivant. Bon sang, j'ai cru que j'allais faire un malaise là-haut en vous voyant basculer dans le vide.

Marco secoua la tête.

– Je ne vous cache pas que j'ai eu la peur de ma vie. Moi qui hésitais à me lancer sur le plongeoir de cinq mètres à la piscine, je ne vous raconte pas !

Les autres rirent de bon cœur. Hugo lui fit un petit geste.

– Bien, je pense que tu devrais tout expliquer à Alberte et mes filles. Je n'ai rien dit et l'honneur t'en revient.

Il se tourna vers l'ex-chef de la sécurité.

– Ainsi qu'à toi, Malek, je ne l'oublie pas.

Ils s'assirent en rond et Marco raconta toute l'histoire,

révélant tous les détails, sans jamais cacher le rôle prépondérant de Malek. Sa tirade fut ponctuée de cris de surprise. Ce n'était rien à côté de la fureur d'Aurélia qui se releva plusieurs fois et que sa sœur ou son père durent calmer à maintes reprises.

*

– Voilà, vous savez tout.

C'était la consternation générale, d'autant plus que Marco avait aussi relaté les problèmes à Paris, les agressions et ce qui était arrivé à son appartement. Une seule personne ne disait rien, livide, le visage constamment baissé et prenant chacune de ces paroles comme une accusation directe et personnelle.

Alberte releva les yeux et tous firent silence. Ses larmes coulaient abondamment et ses lèvres tremblaient. En étouffant un hoquet, elle se tourna vers Aurélia. La dureté de ses traits n'invitait pas à la conversation ni aux explications, fussent-elles de sa propre mère.

– Aurélia… je suis navrée. Tout est de ma faute.

Hugo leva la main et n'eut pas le temps de dire un seul mot. Elle l'en empêcha, en posant la main sur son bras, avec beaucoup de douceur.

– Non, mon ami. Je vous en prie. Laissez-moi m'expliquer.

Malek et Marco échangèrent un regard et alors qu'ils se levaient tous les deux, par simple correction, Alberte leur fit un signe péremptoire.

– Non ! Ne partez pas. Je dois avouer mon erreur et vous avez le droit d'entendre. Tous les deux, vous en avez subi indirectement les conséquences. S'il vous plaît, asseyez-vous.

Les deux amis reprirent place, sans un mot.

Aurélia fixait sa mère et son attitude, rigide et glaciale, promettait des moments bien difficiles. Madame Massard d'Espan prit son souffle et frissonna alors qu'il faisait très chaud.

– Le moment est venu de tout vous dire.

Sa voix vibrait d'étrange manière et elle fixa ses filles.

– Vous allez nous haïr, mais je ne peux plus me taire.

Les deux sœurs se regardèrent brièvement. Marco prit la main d'Aurélia et la pressa. Elle tremblait comme une feuille.

Chapitre 20

Alberte Massard d'Espan devenait presque belle en affrontant les siens et le destin, retrouvant une dignité que Marco ne lui avait jamais connue. Sa voix s'affermit.

– Je m'appelle Alberte Grandville de Rochoir et j'ai épousé votre père, sans jamais l'avoir vu, hormis au cours d'un repas de fiançailles officielles où nous étions à l'opposé l'un de l'autre, autour d'une table que nos deux familles remplissaient allègrement. C'était ainsi,

à l'époque, et si vous pouviez seulement savoir combien j'ai pu détester mes parents ! Je n'ai pas eu le choix, j'épousais un Massard d'Espan et nos avocats avaient ficelé le contrat de mariage qui régissait deux des plus grandes fortunes de la noblesse européenne.

Son regard se perdit dans le vague, cédant aux souvenirs qui refluaient en elle.

– Nous avons été mariés très jeunes et puis vous êtes venues au monde toutes les deux. J'ai été stupide de croire qu'il était important de perpétuer cette tradition, aujourd'hui encore. Alexandrine n'ayant pas suivi mes directives, je n'avais plus que vous, Aurélia et je tenais à ce que cela se fasse dans les règles. Alors, pour punir votre père d'une idiotie de jeunesse, j'ai voulu aller au bout coûte que coûte et…

Elle hésita un bref instant avant de poursuivre.

– J'ai vendu mon âme au diable ! Pourtant, je vous jure que j'avais pris tous les renseignements possibles sur ce bandit. La famille Benschritt-Maalouf me semblait un bon parti, il y avait même un cardinal au premier degré, c'est vous dire combien j'étais rassurée. Aujourd'hui, je réalise que j'ai été abusée et trompée sur bien des points.

Elle marqua une pause et nul n'osa intervenir. Alberte regarda Marco.

– J'ignorais tout ce que ce monstre avait tramé contre vous, jeune homme. Croyez-le ou pas, je ne l'aurais jamais accepté si je l'avais su auparavant. Même quand je l'ai appris, je ne pouvais croire qu'il s'était livré à de telles exactions. Je pensais qu'il agissait par jalousie et, pardonnez-moi, je ne voyais en vous qu'une personne de basse condition. Je craignais pour la réputation d'Aurélia, c'est vrai, mais je n'aurais pas supporté de telles pratiques criminelles.

Marco la fixait droit dans les yeux et il sut reconnaître l'accent de la vérité.

– Je vous crois, Madame.

Son regard brilla une seconde et elle sembla soulagée.

– J'avais perdu la tête et je ne pensais plus qu'à ce mariage, je croyais remplir une mission de la plus haute importance, en veillant à votre avenir, Aurélia, et en même temps, j'assurais les fondations de notre famille et sa pérennité.

Aurélia restait prostrée, appuyée contre l'épaule de Marco. Il la regarda et quand elle ouvrit la bouche, il pressa très fort sa main. Par ce geste, il lui demandait simplement un peu de mansuétude.

– Pourquoi, mère ? Tout le monde savait que j'étais malheureuse.

Alberte baissa les yeux, ne pouvant affronter le regard brûlant de sa fille.

– Je l'étais aussi et pourtant, votre père est le plus admirable des hommes.

Ce fut à ces mots que Hugo intervint violemment dans la discussion.

– ÇA SUFFIT ! Je ne suis pas admirable… Même maintenant, Alberte, vous ne dites pas toute la vérité et vous me laissez le beau rôle. Je refuse, il faut soit tout dire, soit se taire.

Tous les regards avaient convergé vers lui. Grand seigneur, il contempla tout le monde avec prestance puis il baissa la tête avant de murmurer entre ses lèvres.

– Le seul monstre ici, c'est moi.

Ce fut évidemment un coup de tonnerre et Marco chercha son regard. Quand Hugo releva les yeux, il lui sourit timidement.

– Je vous l'avais promis, Marco. Vous allez mieux comprendre maintenant.

Son épouse prit sa main et la serra fort à son tour. Le geste n'échappa à personne. Hugo cherchait à rassembler son courage.

– Mes chères filles, c'est moi que vous devez détester, pas votre mère. Si elle a agi ainsi, c'est que je lui ai fait beaucoup trop de mal. Je suis…

Aurélia s'emporta.

– Père, ne dites pas de bêtises, je…

Son regard fut suffisant pour la faire taire et il continua, d'une voix atone.

– J'avais vingt ans quand j'ai su que j'allais épouser l'héritière des Grandville de Rochoir. C'était un beau parti, une belle femme, intelligente et soucieuse de l'étiquette comme des convenances de notre monde. Ce fut ainsi que mon père m'en parlait. Je ne la connaissais pas, ne l'avais jamais vue et à vrai dire… Pardon, Alberte… Je m'en moquais totalement.

Il inspira profondément.

– Depuis un an, je vivais une fabuleuse histoire d'amour avec une employée de mon père, de deux ans mon aînée. Pardonnez-moi d'entrer dans les détails, c'était une véritable relation.

Marco ne dit mot et comprit que, plus simplement, l'héritier des Massard d'Espan couchait avec la bonne.

Rien de bien extraordinaire, au final, et cela lui rappela des souvenirs douloureux. Il attendit la suite.

– J'ai épousé votre mère quelques semaines après mes vingt et un ans. Vous imaginez la grande mascarade, la réunion de deux familles puissantes et tous les fastes. Toute cette hypocrisie où les visages joyeux ne cachent que calculs et manipulations, où les mariés se donnent la main pour la première fois, sans s'aimer ni se connaître. J'étais aussi malheureux que votre mère. Thérésa, la femme que j'aimais à cette époque, n'était évidemment pas invitée au mariage.

Marco réprima un frisson de dégoût. Il respectait, voire appréciait Hugo, et en même temps, il ne comprenait pas comment l'on pouvait souscrire à un ersatz de mariage pour d'obscures raisons d'argent ou de noms de famille. Hugo était triste en évoquant ces souvenirs pénibles et sa voix faiblissait souvent.

– Je vais boire le calice jusqu'à la lie. Ma nuit de noces, je l'ai passée avec Thérésa et votre mère a su me le pardonner. Dieu, que j'étais cruel !

Il secouait la tête et regarda ses filles.

– Vous comprenez ce que j'ai fait vivre à votre mère ?

Alex se braqua à son tour.

– Oui, père ! Mais…

– Silence ! Vous ignorez encore tout. Le pire reste à venir.

C'était terrible d'assister à cette confession et Marco avait presque envie de fuir, se sentant de trop, à l'instar de Malek, très gêné, qui grimaçait et le regardait à la dérobée.

Hugo reprit.

– J'aimais tellement Thérésa que je l'ai imposée à votre mère. Je l'ai recrutée et elle est entrée à notre service. Le jour, je vivais aux côtés de ma femme, en bon mari, gérant mes affaires à la face du monde, et la nuit, je devenais infidèle, rejoignant ma maîtresse dans sa chambre. Un monstre, vous dis-je.

Marco regarda Alberte avec d'autres yeux, comprenant mieux pourquoi elle était devenue si aigrie. Qui aurait pu accepter puis pardonner un tel comportement ?

Hugo croisa les bras sur son ventre, semblant étouffer une douleur ancienne qui se ravivait en parlant de ces temps funestes.

– Le pire est arrivé, bien entendu.

Il se tut et tous restèrent suspendus à ses lèvres.

– Thérésa est tombée enceinte.

Marco sentit Aurélia se raidir à côté de lui. Elle ne tremblait plus, tétanisée par ce qu'elle entendait. Devant le silence de son père, elle parla la première.

– Père, ne me dites pas que vous avez abandonné cet enfant. Je refuse d'y croire, vous n'avez pas pu commettre une telle abomination, je vous connais trop bien.

Hugo semblait supporter le poids de la terre entière sur ses épaules. Accablé, les épaules affaissées, il se voûta. Il avait perdu cette superbe qu'il avait pourtant conservée, même après le naufrage. Aurélia monta d'un ton.

– Répondez, père. Qu'est-il devenu ?

Hugo releva les yeux. Ce fut un choc pour tous de voir des larmes dans les yeux de cet homme qui ressemblait maintenant à un vieillard. Il eut un petit sourire amer.

– Cet enfant, je ne l'ai pas abandonné, je n'aurais jamais pu commettre une telle horreur. Ce bébé magnifique était une petite fille et aujourd'hui, elle est devenue une superbe jeune femme.

Un silence consterné ajouta au moment dramatique et Hugo conclut d'une voix faible alors que tous restaient suspendus à ses lèvres.

– Et cette belle femme, c'est vous, Alexandrine. Vous êtes la fille de Thérésa.

*

Alex poussa un cri de bête blessée. Stupéfaite, elle regardait ses parents, l'un après l'autre, cherchant à comprendre. Aurélia, choquée, ouvrit la bouche et ne put prononcer un seul mot. Hugo poursuivit ses explications.

– Malheureusement, Thérésa est morte en couches, une mauvaise hémorragie. Mon père m'a demandé d'abandonner l'enfant et j'ai bien entendu fait le contraire. Quand la famille a su que j'avais reconnu Alexandrine, cela a été un scandale et leur pouvoir sans limites s'est rapidement exprimé. Alberte est devenue votre génitrice, Alex, y compris pour l'administration et elle a surtout eu le courage de devenir votre mère, avec le temps.

Hugo jouait avec des poignées de sable maintenant, semblant détaché ou ne pas croire lui-même ce qu'il avait fait et imposé à sa femme.

– Elle a tout supporté, sans se plaindre. Des années après ce deuil brutal qui m'avait anéanti, j'ai compris le mal que j'avais fait et vous êtes née, Aurélia. Quand vous êtes devenues en âge de vous marier toutes les deux, j'ai lutté pour vous protéger Alexandrine, et Alberte a rapidement lâché prise. Vous êtes partie et il ne restait plus que vous, Aurélia.

Sa femme lui intima le silence et prit la suite.

– Voilà comment je l'ai menacé s'il ne laissait pas ce mariage se faire. Je n'ai pas laissé le choix à votre père, j'étais prête à tout révéler. Je suis encore plus fautive que lui d'avoir usé d'un chantage si ignoble.

Elle eut un rictus rempli d'amertume.

– Voilà, vous savez tout et vous êtes en droit de nous haïr.

Puis elle fixa longuement Alexandrine.

– Alex, ne pensez pas que j'aie pu vous détester une seule seconde. J'en voulais à votre père, c'est vrai, mais je vous supplie de me croire. Je vous aime comme Aurélia.

Que Dieu m'en soit témoin ! Je n'ai jamais fait de différences entre vous deux.

Marco était abasourdi et se doutait fort bien de la réaction d'Alex, même si celle-ci tardait. La jeune femme avait dû être assommée par ce qu'elle venait d'entendre. Il en était là de ses pensées quand Alex se leva brusquement.

– Je me contrefous de ce mariage. Aurélia n'aurait jamais dit oui et de toute manière, entre Marco et moi, nous aurions tout fait pour le faire foirer !

Elle inspira profondément et poursuivit.

– Et moi ? Comment avez-vous pu me mentir pendant toutes ces années ? Je me sens salie, trompée ! Qui suis-je vraiment ? Vous venez de jeter toute ma vie aux orties ! Je… ne…

Elle éclata tout à coup en sanglots et prit la fuite en courant. Aurélia se levait déjà quand Marco l'obligea à se rasseoir. Il lui sourit et en grimaçant, se mit debout. Il regarda les Massard d'Espan.

– Je ne vous juge pas, je comprends bien ce qui vous a menés à de telles extrémités. Cela dit, la vérité, la confiance, on ne rigole pas avec tout ça. Ce soir, je suis encore plus fier d'avoir mis un terme à cette mascarade. J'espère qu'un jour, vous aurez la force de vous pardonner. Je vous le souhaite, en tout cas.

Il s'éloigna, traînant légèrement la jambe. Hugo l'interpella.

– Je pense que c'est à moi d'aller la chercher, Marco. Vous en avez assez fait et je dois assumer mes responsabilités.

Il se tourna vers lui.

– Vous avez été assez courageux pour tout avouer, mais en matière de problème sur les origines tordues et les naissances bancales, désolé, c'est moi l'expert. Je ne sais que trop bien ce que peut ressentir votre fille en ce moment. Je me passerai donc de votre autorisation et je vais lui parler. Je trouverai les mots, ne vous inquiétez pas.

Le regard d'Hugo brilla et il dut s'éclaircir la voix pour répondre.

– Merci beaucoup, Marco.

Il hocha la tête, fit un clin d'œil à Aurélia puis, en boitant, partit à la recherche d'Alex.

*

Au soleil, midi était passé depuis très longtemps. Sans trop savoir où aller, Marco cheminait le long de la plage et se bornait à suivre cet itinéraire, alors qu'Alex avait tout à fait pu obliquer et s'être réfugiée n'importe où dans la forêt, loin des regards.

Sa jambe se tétanisait, et même si la douleur restait supportable, il espérait la retrouver au plus vite. La côte était plus déchiquetée par endroits et il abordait une zone certainement due à d'anciennes éruptions volcaniques. En grimaçant, il montait, descendait, évitait le plus souvent des amas de rochers de couleur noire, si caractéristiques de la violence des forces telluriques.

En soupirant, Marco la repéra enfin. Au bout d'un promontoire relativement aplati, Alex était assise au-dessus de la mer, les pieds allant et venant lentement dans l'eau. Il lui fallut encore dix bonnes minutes pour la rejoindre. Il s'assit à côté d'elle, en silence.

Elle lui jeta un regard de côté.

– Pourquoi êtes-vous venu ?

– Parce que je ne voulais pas vous laisser toute seule et je sais ce que vous ressentez.

Elle ne répondit pas, agitant toujours ses pieds. Il se pencha et considéra l'eau turquoise à peine agitée de vaguelettes.

– Vous devriez arrêter de bouger les pieds comme ça ou vous allez finir par attirer un requin.

Il avait parlé de manière posée. Alexandrine les retira vivement et s'assit en tailleur. Il sourit et elle conserva une attitude lointaine. Marco vit alors les traces de ses larmes qui avaient laissé des marques blanches sur son visage. Il soupira.

– Ce n'est pas si difficile que ça à accepter, dit-il doucement.

– Quoi ? Qu'un requin me bouffe les pieds ?

Elle avait répliqué d'une voix cinglante.

– Non, ce que ton père vient de dire.

Elle s'emporta immédiatement.

– Ah tiens ! On passe au tutoiement facile, maintenant. C'est quoi ? Ma nouvelle condition de fille de la bonne qui te facilite les choses ?

Surpris, il la contempla et ne baissa pas les yeux en croisant son regard enflammé.

– Là, tu dis des conneries, Alex.

– Pourquoi alors ? Parce que tu es un bâtard, toi aussi, tu te crois plus proche de moi ?

Il encaissa sans broncher. Un chien mordu a tendance à mordre, même si la main qui l'approche ne veut que le caresser. Logique.

– C'est gratuitement méchant et même si c'est vrai, quelque part, je suis venu en ami.

Elle détourna les yeux et baissa d'un ton.

– Je suis désolée.

– Pas grave. Cela ne sert à rien de fuir comme ça. Tu vois, moi, j'en ai pris mon parti et pourtant, c'est pire que ce que tu vis en ce moment.

Elle déplia une jambe et la remit à l'eau, faisant des ronds avec son pied.

– Je sais, Aurélia m'a tout raconté. Il manquait des pages dans les carnets de Georges et malheureusement, celles qui t'intéressaient. C'est trop con.

Alex posa la main sur la sienne et continua, avec emphase.

– Aurélia s'en fout, tu sais. Je ne sais même pas si elle a bien compris qu'elle était tombée amoureuse de toi. En tout cas, elle ne te reprochera pas un problème d'origine. Je la connais, c'est une âme bien remplie, pleine de grandeur, de gentillesse. Elle n'est pas comme tous ces crétins qui ont besoin d'un arbre généalogique pour aller chier droit. Merde ! C'est quelqu'un de bien, ma petite sœur. Je suis trop fière d'elle !

Marco sourit devant sa sortie et lui serra la main.

– Je le sais. Depuis toujours, je crois. Et toi, Alex, toi aussi, tu es quelqu'un de bien. Est-ce vraiment important tout ça ? Pour moi, c'est ce que tu es qui est crucial, pas d'où tu viens. Le mec qui t'aimera ne verra que ton cœur, ton sourire, ton…

– Mon cul ? Oui, ça, je sais, merci. Je comprends mieux pourquoi je baise si facilement, on ne peut pas renier ses origines, hein ?

– Là, tu deviens injuste. C'est très con ce que tu viens de dire.

Elle pivota et s'assit de travers pour lui parler en face.

– Marco, tu réalises que j'ai détesté ma mère, enfin, Alberte, et ça, depuis toujours alors que j'admirais mon père, je le respectais et…

Il posa doucement la main sur sa bouche pour la faire taire.

– Tu vas encore dire des conneries ! Ton père n'est qu'un être humain. Tu ne peux donc pas lui reconnaître le droit de faire des erreurs, comme tout le monde ? Le droit d'avoir aimé alors qu'on l'obligeait à se marier avec une inconnue. Moi, tu vois, je note un autre truc, beaucoup plus important.

Elle fronça les sourcils.

– Lequel ?

– Quand tu es née, il a été contre la volonté de son père, de votre famille. Il t'a aussitôt reconnue et t'a gardée près de lui. Et Alberte ! Comme je comprends maintenant pourquoi elle était si aigrie. Elle a gardé sa langue toutes ces années, n'a rien dit et a souffert en silence. Aujourd'hui, sincèrement, je pense que tes parents, ton père comme ta mère, ont suffisamment payé leurs erreurs. Le pardon est une grande force, tu sais.

Alex tressaillit et ne répondit pas. Marco poursuivit aussitôt.

– Tu devrais en profiter pour tisser d'autres liens avec Alberte. Elle reste ta mère et te l'a dit tout à l'heure. Elle t'a toujours considérée comme sa fille. C'est un beau geste, je trouve.

Il l'obligea à relever les yeux en prenant son menton.

– Regarde, Alex. Moi, je ne savais rien et j'ai appris que je n'étais pas le fils de mon père. Toi, c'est pareil. Sauf que tu connais la vérité et tu pourras l'accepter, y réfléchir et faire ce qu'il faut. Moi, je ne saurai jamais. Je pense que je pourrais être plus en colère que toi, non ?

– C'est vrai. Je... Je me suis encore ridiculisée.

– Mais non ! Personne ne peut entendre certaines vérités, des choses si importantes, sans réagir, en mal ou en bien. Allez, viens avec moi et fais la paix avec tes parents. S'il te plaît !

Marco était convaincant. Alex se leva et l'aida à se mettre debout.

– T'es trop con, toi ! Tu es blessé et tu es quand même venu me chercher.

Il grimaça.

– Normal. Je t'aime bien et on ne laisse pas quelqu'un tout seul, dans un pareil moment. Allez, aide-moi, s'il te plaît, ça tire et j'ai vraiment mal...

Alexandrine l'embrassa longuement sur la joue.

– Putain, des mecs comme toi, y en a pas assez. Elle a trop de chance, ma frangine !

Ils sourirent et revinrent lentement vers la plage, se tenant par la main, unis par une même vérité. Si l'on se construisait habituellement sur le passé, pour certains, tout était faussé depuis la naissance et les fondations absentes entraînaient souvent une construction fragile ou une vie qui ne l'était pas moins. Ils cheminèrent en silence et peu à peu, Alex retrouva confiance en elle.

Le soleil baissait déjà à l'horizon et la nuit ne tarderait pas.

*

Marco était comme un coq en pâte et l'ambiance joyeuse du bivouac lui devait beaucoup. Alex avait longuement parlé avec ses parents pendant qu'Aurélia et Malek avaient préparé le dîner. Le chef de la sécurité avait même refusé qu'il prépare le feu. Ce soir, ce serait barbecue avec poissons, crabes et coquillages à volonté. Pour le dessert, les deux sœurs s'étaient isolées, plus par besoin de parler en tête-à-tête qu'autre chose, et avaient rapporté des fruits à profusion.

Marco pestait tout seul et n'avait rien fait, chouchouté par tout le monde, y compris par Alberte qui ne jurait maintenant que par lui et veillait à ses moindres désirs.

La douleur de sa blessure était supportable et il enrageait d'autant de ne pas participer aux préparatifs. Le moment était festif et chacun avait ses raisons. Alex lui jeta plus d'une fois de longs regards et il songea qu'il avait trouvé une amie sûre, peut-être même plus que cela. Seul l'avenir le lui apprendrait. Tout dépendrait d'Aurélia.

Malek avait emprunté son couteau et préparait les poissons sur sa droite, à la lumière du grand feu. Heureusement, il avait eu l'idée judicieuse de fouiller le radeau de sauvetage pour récupérer les fusées de détresse et avait trouvé une trousse contenant des allumettes de survie.

Ils étaient tous assis autour du feu et les discussions allaient bon train. Marco songea que le bonheur devait ressembler à quelque chose comme cela. Aurélia était assise à côté de lui et de plus en plus souvent, leurs regards se croisaient. Marco découvrit qu'en silence, ils pouvaient se dire beaucoup de choses. Il était ravi de se retrouver enfin au calme, près d'elle, la sentant vivre, l'écoutant rire ou parler, comme une musique qui ne serait réservée qu'à lui.

Il était fou amoureux et elle était libre... enfin libre ! Le mot revenait comme une chanson dans sa tête et il souriait bêtement, enfin heureux de vivre.

Puis le drame arriva.

*

– Belle réunion de famille !

Tous se figèrent quand Omar apparut dans le cercle

de lumière et Aurélia poussa un cri. Il était là, en chair et en os, les vêtements en lambeaux, apparemment blessé à voir tout le sang séché qui couvrait partiellement son visage, son torse et ses jambes. Titubant, il fit encore un pas. Marco se leva comme les autres, ne quittant pas des yeux le canon de l'arme qui ne bougeait pas. Le Prince cracha un mélange de salive et de sang.

– Allez, tous du même côté, face à moi, qu'on en finisse.

Alex se réfugia derrière Malek. Hugo et Alberte, livides, reculèrent et vinrent à la gauche de Marco.

– Bande de connards, vous pensiez vous débarrasser de moi comme ça ? Eh bien, c'est raté, vous allez tous crever.

Il semblait se délecter de la situation.

– En tombant, j'ai cru que j'allais y rester et pourtant, je suis bien là ! Pas de chance. Le plus dur a été de retrouver ce putain de flingue que j'avais lâché et que j'ai mis des heures à retrouver au fond de l'eau, sinon je me serais joint à vous depuis longtemps.

Il marqua une pause, visiblement très fatigué et mal en point. Il respirait avec difficulté. Après un bref silence, il leva son arme, hésita un peu et visa Aurélia.

– Toi, la première, salope !

Marco poussa un cri et ne vit que la flamme aveuglante au bout du canon.

Il était déjà devant elle et reçut un grand coup dans la poitrine. Il ne vacilla pas et bizarrement, il n'entendit pas la détonation. Du coin de l'œil, il vit Malek bondir, faire une roulade avant et sans se relever, avec un grand geste circulaire, il planta le couteau dans le cœur d'Omar qui tomba comme une masse en arrière, les bras en croix.

Pourquoi n'entendait-il plus rien ? Tous se précipitèrent et il vit nettement son ami prendre le pouls du Prince et se tourner pour sourire. L'autre salaud était en route pour l'enfer. Soudain, le regard de Malek se fixa sur lui. Pourquoi faisait-il cette tête-là ? Aurélia le regarda. Apparemment, elle hurlait.

Lui n'entendait toujours pas. Il voulut aider Malek à se relever et quand il essaya de soulever sa jambe pour faire un pas, elle sembla enracinée dans le sable. Puis la douleur arriva, soudaine et brutale, de même que les bruits ambiants et les cris. Malek bondissait déjà vers lui.

– Oh non !

Marco baissa les yeux et vit le trou dans sa chemise. Le trou, et le sang qui coulait abondamment, faisant une tache qui s'élargissait à vue d'œil.

– Mais non… Je…

Ses jambes venaient de céder et sa vue se brouillait déjà. À genoux, il voulut tendre la main vers Aurélia, la rassurer surtout, lui dire qu'il l'aimait et que tout cela n'était qu'un cauchemar de plus. Ce n'était pas vrai, cela ne pouvait être la réalité.

Un filet de sang jaillit de sa bouche et lui fit prononcer des mots incompréhensibles. Malek était là et l'attrapa avant qu'il ne tombe.

– Ne parle pas, gamin, ne fais pas d'effort, ne bouge plus ! Putain de merde, c'est pas vrai.

Marco le regardait sans comprendre. Dans ses bras, il se sentait de plus en plus paralysé et le feu devait s'éteindre, car l'obscurité gagnait du terrain. Pourquoi Malek s'affolait-il ainsi ? Il tendit la main vers Aurélia et il vit ses doigts, sa paume, couverts de sang. Ça ne pouvait être le sien. Non. Pas maintenant. Il s'accrocha comme il put au col de son ami.

– Pourquoi… Malek… ?

C'était de plus en plus difficile de parler. Pour quelle raison Alex pleurait-elle comme ça ?

– Aurélia… AURÉLIA !

Elle n'était plus là. Tous les visages s'effaçaient, et dans la nuit qui l'enveloppait, il ne voyait plus les étoiles. Il ne voyait plus rien et sentait un froid glacial s'emparer de lui.

Alors il comprit brutalement. C'était la fin.

– Aurélia…

Ce fut le dernier mot qu'il eut la force de prononcer avant que sa tête ne bascule sur le torse de Malek. Il tombait dans un gouffre et sa dernière pensée fut pour elle.

Pour elle… Et la mort qui devait l'attendre au bout.

Chapitre 21

Quand Marco rouvrit les yeux, le soleil l'éblouit. Sortant de son cauchemar, il se croyait encore sur la plage de cette île déserte et, lentement, il reprit contact avec la réalité.

– Où suis-je ?

Sa voix éraillée l'inquiéta. Autre fait très étrange, il ne sentait plus aucune douleur. Se trouvait-il au paradis ? Tout était blanc autour de lui. Peu à peu, sa vision s'améliora et il réalisa qu'il était dans un hôpital. Une jeune femme se pencha sur lui, une jolie créole avec un beau sourire.

– Enfin, vous revoilà parmi nous, Monsieur Stenzza. Vous pourrez vous vanter d'avoir fait peur à vos proches. Comment vous sentez-vous ?

Non, ce n'était pas un ange et bien une infirmière. Il voulut se redresser et la douleur irradia sa poitrine. Il retomba sur l'oreiller, le souffle coupé.

– Arrêtez de remuer comme ça ou je vous assomme. Votre gorge, ça va ?

Il fit une petite grimace sans répondre.

– Ce n'est rien, c'est à cause de l'intubation, vous verrez, ça passera très vite. Vous êtes resté très longtemps dans le coma. Je vais chercher votre médecin, cessez de remuer et je reviens vite.

Son sourire charmant démentait ses paroles prononcées avec une certaine fermeté. Quelques minutes plus tard, la chambre était envahie de blouses blanches, vertes et bleues. Il entendit à peine les explications et ne chercha pas à en savoir plus dans le brouhaha des échanges entre les chirurgiens et les internes. Une seule chose revenait sans cesse à son esprit. Il était vivant !

Quand tout le staff médical ressortit, la première infirmière revint et lui donna à boire. Ce fut douloureux. Elle posa le verre sur la table de nuit et le regarda. Marco se tortilla et parvint à se redresser sans trop de souffrance. Elle l'aida et cala deux oreillers de plus dans son dos.

– Merci pour le coup de main. C'est comment votre prénom ?

– Chloé.

– Eh bien, Chloé, pouvez-vous me dire où je suis ?

– Au CHU de Fort-de-France, en Martinique. Ne vous inquiétez pas, maintenant que vous êtes réveillé, un psychologue passera vous voir dès cette après-midi. C'est la procédure normale pour les patients blessés par arme à feu.

Que fichait-il en Martinique alors que l'autre cinglé venait de lui tirer dessus ? Il avait du mal à remettre de l'ordre dans ses idées.

– Puisque vous allez bien, autant vous le dire. J'ai deux fous furieux, dehors, qui attendent pour venir vous voir. Je me demande encore si je peux les laisser entrer parce qu'ils font le siège depuis pas mal de temps.

Marco n'avait pas d'amis dans cette île paradisiaque. Il fronça les sourcils et ne dit mot. Chloé comprit son état et se montra rassurante.

– Avec l'aide du psy, vous retrouverez tous vos repères temporels et tout ira mieux, je vous le promets. En attendant, je vais chercher les deux zouaves qui trépignent d'impatience avant qu'ils ne retournent tout le service. Je suis certaine que cela vous fera le plus grand bien.

Chloé sortit et dix secondes après, deux taureaux furieux envahirent sa chambre. Médusé, il les regarda.

– Jean ? Malek ? Mais qu'est-ce que vous foutez là ?

Son entraîneur se pencha et l'embrassa avec effusion.

– Ah petit con, tu m'as foutu une de ces trouilles, bon sang !

Ils s'assirent de part et d'autre de son lit. Marco n'en croyait pas ses yeux. Il lui manquait une partie de l'histoire et il ne comprenait plus. Malek le réalisa et tapota sa main.

– Allez, gamin ! Ne tire pas une tête pareille, tout va bien et nous sommes tous sains et saufs. Je viens de téléphoner aux Massard d'Espan, à Paris, et ils t'embrassent tous. Heu… Surtout Aurélia.

Aurélia à Paris et Jean, qui devrait normalement y être, se trouvait devant lui ! Il y avait de quoi y perdre son latin. Il grimaça et ferma les yeux, subissant un léger étourdissement. Il sourit à ses amis et regarda l'ex-chef de la sécurité.

– Malek, reprends tout dans l'ordre, s'il te plaît. Je suis complètement largué.

Il rit de bon cœur puis redevint sérieux.

– Omar a voulu tuer Aurélia, ça tu t'en souviens ? C'est toi qui as pris la balle pour elle.

Marco acquiesça.

– Je pensais que j'allais mourir. Ensuite, je ne me rappelle plus de rien.

– En fait, tu es tombé dans les pommes et on a tout fait pour te maintenir en vie. Ton état s'aggravait d'heure en heure, pourtant tu ne semblais pas avoir d'hémorragie. Tu avais été touché en pleine poitrine. Bref, je ne te dis pas l'affolement !

Marco imaginait fort bien leur panique. Malek continua.

– Le catamaran du copain d'Omar est arrivé à quatre heures du matin. Par chance, il avait une radio qui fonctionnait bien et on a pu lancer un appel de détresse. Moins d'une heure plus tard, l'île était envahie par les flics et un hélico sanitaire s'est posé sur la plage. Tu as été embarqué et les pilotes ont foncé pour t'emmener ici, en Martinique. Ils t'ont opéré et te voilà ! C'était moins une, cela dit. Le chirurgien a expliqué que si tu n'étais pas un sportif de haut niveau, tu serais mort bien avant d'arriver sur sa table.

Marco grimaça et regarda Jean avant de questionner Malek à nouveau.

– Pourquoi sont-ils à Paris ? Que s'est-il passé ?

Puis il tapota doucement la main de son entraîneur.

– Et toi ? Comment as-tu su ? Qu'est-ce que tu fiches ici ?

Jean haussa les épaules.

– Figure-toi que votre histoire a fait la une des journaux. C'était un de ces bordels, je ne te raconte pas. C'est Monsieur Massard d'Espan qui est venu me prévenir lui-même à la salle. Il a mis son jet privé à ma disposition et je suis venu le jour même. Il est vraiment adorable cet homme.

Malek renchérit aussitôt.

– Ils ont dû rentrer à cause de l'enquête. Moi aussi j'y étais, d'ailleurs. Brigade criminelle, Interpol et tout le bazar ! Ce n'était pas n'importe qui, Omar, et en prime, il était mouillé dans des trafics de folie. Armes, stupéfiants et ainsi de suite, même moi, je ne le savais pas. Donc, ils sont partis et je peux te dire qu'il a fallu tirer Aurélia de force et l'attacher dans l'avion, elle voulait rester avec toi.

Marco eut un petit sourire et soupira, sans rien dire. Tout à coup, il prit conscience de ce que cela impliquait.

– Je suis ici depuis combien de temps ? J'ai l'impression que tout ça, c'était hier.

Malek grimaça.

– Heu… Nous sommes le 5 août, gamin. Tu t'es pris trois semaines de sieste !

Marco ouvrit de grands yeux.

– Quoi ? Un mois que je suis dans ce plumard ? Vous plaisantez là… Vite, mes fringues !

Surpris, son entraîneur tenta de le maintenir couché.

– Eh, petit, du calme.

Marco explosa.

– Petit… Gamin ! Merde, vous n'avez pas bientôt fini de me traiter comme un gosse ? Je veux partir et celui qui m'en empêchera n'est pas encore né.

Chloé entra à ce moment, la mine sévère.

– Le dragon du service est là et si vous bougez un doigt, je vous renvoie dans le coma pour six mois. Allez, hop ! Au lit et plus vite que ça.

Elle se tourna vers ses amis.

– Les deux zinzins, dehors. C'est bon, vous l'avez vu, il est vivant et je suis certaine qu'il est aussi têtu qu'avant, hélas la blessure n'a pas touché le cerveau et n'a pas arrangé son cas, pas de chance. Donc, ouste ! Du balai et vite.

Elle tapa dans ses mains, comme une institutrice devant des gamins qui refusent d'obéir. Malek et Jean ne retinrent pas leur rire et sortirent avec un petit signe d'au revoir de la main. Broyant du noir, Marco se rallongea, boudeur. L'infirmière refit son lit convenablement pour le border et il la fixa.

– Chloé ?

– Oui.

– Je vous déteste.

– Moi aussi, mon cher ! Un partout, la balle au centre.

Elle éclata de rire. Cette jeune femme débordait de gentillesse. Ils échangèrent un sourire complice. Ce n'était plus qu'une question de patience maintenant.

*

Quinze jours plus tard, à Paris…

Marco entra dans la Fondation d'un pas décidé. De retour en France, il avait pris connaissance des principaux journaux et l'affaire Benschritt-Maalouf alimentait encore la une de la plupart des quotidiens. Il avait halluciné de voir que le Prince se servait de ses sociétés et de tous ses actifs déjà très importants pour faire écran à sa véritable activité de trafiquant. Les stupéfiants et les armes, la prostitution, rien ne lui avait échappé.

Finalement, épouser Aurélia aurait ramené un confort financier à son alibi social de façade et surtout redoré un blason qui s'était sérieusement effrité avec le temps. Selon un journaliste qui semblait bien informé, plusieurs enquêtes judiciaires avaient été ouvertes pour des homicides et des assassinats en réunion. Omar avait du sang sur les mains, ce qui confirmait ce qu'avait toujours prétendu Malek. C'était un criminel de la pire espèce !

Il reconnut les locaux, le cœur battant, et sans rien demander, prit l'ascenseur pour l'étage de la Direction. Il ne devait venir que le soir, mais n'avait pu attendre. Qui aurait pu lui en vouloir ? Quand les portes s'ouvrirent, les trois secrétaires se levèrent d'un bond, un large sourire aux lèvres. Tout le monde savait quel avait été son rôle dans cette affaire très médiatisée, et son nom, cité à plusieurs reprises, avait fait de lui un héros bien malgré lui.

– Bonjour, Monsieur Stenzza.

Il leur sourit et prit la direction des bureaux. La secrétaire le rappela.

– Non ! Ils sont en conseil d'administration. Je ne vous accompagne pas, je pense que vous connaissez le chemin ?

Il se tourna vers elle tout en continuant de marcher à reculons.

– Oui, merci ! J'y vais. Heu… Ne m'annoncez pas !

Marco ouvrit la porte de la salle de réunion sans hésiter. Le silence se fit. Cela avait un air de déjà-vu. Aurélia était là-bas. Enfin ! Son père se leva en souriant et ce fut à cet instant qu'il vit Alex, assise face à sa sœur. Comme autrefois, il remonta jusqu'à eux.

Les membres du conseil se levèrent et, peu à peu, l'applaudirent. C'était très gênant et son sourire s'élargit au fur et à mesure qu'il approchait. Il ne voyait qu'elle.

Il se planta devant Hugo.

– Bonjour, Monsieur. Je suis navré de vous déranger en plein conseil, mais…

Il serra la main qu'il lui tendait. Hugo se montra amusé et plaisanta.

– Vous ne venez pas m'accuser d'une tentative de meurtre cette fois ?

Marco rit de bon cœur.

– Oh, non ! Je suis venu réclamer la faveur dont vous m'aviez parlé. Vous vous souvenez, c'était une nuit très sympa et tranquille, juste avant qu'une bombe n'explose !

Ils rirent ensemble.

– Et comment que je m'en souviens ! Puis-je demander à mes filles de venir avec nous ?

Marco acquiesça et tous les quatre quittèrent la salle de conseil sous une nouvelle salve d'applaudissements.

*

Dans le bureau d'Hugo, Marco resta debout, Aurélia se tint à côté de son père et Alex s'assit à l'opposé. Elle fut la première à parler.

– Quel bonheur de te revoir debout et en pleine forme. Je suppose qu'ils t'ont expliqué à l'hôpital ? On serait bien resté, mais avec cette histoire et l'enquête, on a dû rentrer très vite.

– Je sais, Alex, ne t'inquiète pas.

Hugo hocha la tête.

– Je confirme, c'est un réel plaisir de vous voir sur vos jambes, Marco. Nous avons eu très peur. J'avais demandé à Malek de veiller sur vous, en Martinique, je craignais que la famille Benschritt-Maalouf ne réagisse très mal devant les événements. D'ailleurs, j'ai recruté Malek, il sera mon chef de la sécurité, maintenant.

Marco approuva d'un hochement de tête. Son patron poursuivit.

– Quelle histoire ! Les suites judiciaires et les retombées ont déclenché un véritable cataclysme dans le monde des affaires. Enfin, peu importe, tout est bien qui finit bien et le principal est que vous soyez de retour parmi nous.

Marco dévisagea Aurélia et elle rougit légèrement. Le cœur battant, il se tourna vers son père.

– Monsieur, j'espère que vous ne me trouvez pas trop…

– Allez-y. Pas de gêne ou de chichis entre nous, je vous écoute.

Le jeune homme reprit sa respiration avant de se jeter à l'eau.

– Voilà ! Je sais bien que je ne suis pas très riche, mais… je… Hum ! Je souhaiterais emmener votre fille avec moi, pendant quarante-huit heures, un simple week-end, juste elle et moi.

Hugo ouvrit de grands yeux. Il s'attendait visiblement à autre chose.

– Depuis ces terribles événements, avec Alberte, nous avons décidé de ne plus nous mêler de la vie privée de nos filles. Alors, si j'ai bien compris le sens de votre demande, je vous en prie, Aurélia est ici et c'est à elle que vous devez vous adresser.

Marco chercha la salive qui lui faisait défaut et la contempla.

– Dites… Je… Aurélia, vous… Ah merde !

Il se jeta à l'eau d'un coup.

– Aurélia, tu veux bien passer un week-end avec moi ? J'ai besoin de te parler. En tout bien tout honneur, juste toi et moi, s'il te plaît.

Il n'avait même pas réalisé qu'il l'avait tutoyée pour la première fois. Son regard resta longtemps plongé dans le sien. Elle prit son temps pour répondre, ce qui lui fit battre le cœur de plus en plus vite.

– Seulement un week-end ?

Il rougit, comprenant parfaitement son allusion.

– Eh bien, pour parler, ce n'est pas si mal, non ?

Elle eut un large sourire.

– Avec plaisir, Marco. Quand tu veux et où tu veux, je viendrai.

Il décolla pour un petit nuage et afficha un sourire béat, sans remarquer les rires de son père et d'Alex. Il bredouilla quelques mots inintelligibles sans quitter Aurélia du regard et quitta le bureau à reculons.

*

Hugo éclata de rire après la sortie de Marco. Il se tourna vers Alexandrine.

– Je rêve ou il a oublié de dire où il voulait l'emmener ? Il n'a même pas donné de date.

Alex montra sa sœur du menton.

– Pas la peine, je crois que le rendez-vous est fixé depuis longtemps et qu'ils sont tous les deux en retard.

Aurélia, toute rêveuse, souriait en regardant la porte du bureau.

*

Le week-end suivant…

La plage de Saint-Jean-de-Luz était déserte à cette heure très matinale. Les vacanciers n'avaient pas encore envahi les lieux et la fréquentation tendait enfin à se calmer en cette fin de saison. Le soleil n'était pas levé et dans la pénombre, Aurélia frissonnait à son bras.

– Pourquoi voulais-tu venir ici ?

– Je ne sais pas. En fait, je ne connaissais pas cette région. Et puis…

Il marqua une courte pause, hésita et ajouta.

– Ce sera notre plage, comme ça. Qu'en penses-tu ?

– J'aime beaucoup l'idée… Originale et romantique.

Aurélia inclina la tête et la laissa sur son épaule. Ils foulaient le sable maintenant. Marco regarda autour de lui et posa à terre la grande serviette. Le soleil se levait enfin et l'horizon se couvrait de couleurs magnifiques.

Elle brisa le silence.

– Tu voulais me dire quelque chose ?

Il la serra un peu plus fort et resta silencieux. Aurélia patienta. Il réfléchit longuement et se lança.

– Je voudrais que tu saches qui je suis.

– Ça, je pense savoir. Tu es l'homme le plus adorable que je connaisse, le plus gentil et…

– Non, je ne parlais pas de ça.

Il fixa l'astre du jour en face et ferma les paupières un court instant avant de reprendre.

– Tu vois, je me sens vivant en regardant le soleil se lever, j'aime marcher, faire du sport, je suis bourré de défauts, je n'ai pas de fric, pas d'avenir bien précis. Je ne suis pas comme toi et j'ai eu une enfance pas très simple. Tu en sais une bonne partie et…

– Je t'ai promis que je t'aiderai à y voir clair. Je m'en fous de tes origines, zut ! Tu n'as pas à avoir honte ou à te sentir inférieur ou je ne sais quelle idiotie du même tonneau.

– Je n'ai pas honte, je souhaite simplement que tu sois consciente de tout ça. C'est tout.

Elle rit de bon cœur et se pelotonna un peu plus contre lui.

– Bien, j'en suis consciente. Ensuite ?

Marco regarda des mouettes planer et crier au loin. Elles suivaient un chalutier de retour de pêche et il se perdit dans sa contemplation. Aurélia lui pinça le bras.

– Et alors ? J'attends, insista la jeune femme.

Il soupira et se tourna vers elle en prenant ses mains dans les siennes.

– Je t'ai aimée à la seconde où je t'ai vue et depuis, je n'ai pas cessé de penser à toi. Je voulais que tu le saches. Même si tu étais promise à un autre, je ne sais pas, ça m'est tombé dessus sans prévenir et j'ai le cœur qui a dérapé. Tu étais en moi, tu comprends ? Tout de suite, sans crier gare, tu étais là, tout au fond de moi.

Aurélia contempla son air grave et sourit en conservant le silence.

– Je sentais que ce type n'était pas fait pour toi. Tu es tellement… tellement loin de ce monde, de ces salauds, de…

Il ne trouva pas ses mots et abandonna.

– Je savais que tu ne devais pas l'épouser et tout ce que j'ai fait, c'était pour toi, tu comprends ? Je me refusais de penser à moi, je n'avais pas le droit de laisser libre cours à mes sentiments, à tout l'amour qui m'envahissait un peu plus, à chaque moment passé à tes côtés. Je voulais simplement que tu sois heureuse, même avec n'importe quel autre mec, mais pas avec cette ordure qui ne te méritait pas.

Il joua avec un coquillage qu'il repoussa du doigt dans le sable.

– Tu me remplissais, jour après jour, moment après moment, je savais, je sentais que tu étais la femme de ma vie, celle que je pourrais aimer sans faillir, celle que je protégerai, et je te voyais au bras de ce type qui n'en voulait qu'à ton nom et à l'argent de ta famille. J'en crevais de rage ! J'avais mal, tu sais, car avant toi, je ne connaissais pas la morsure de l'amour, de la jalousie et j'ai mené un vrai combat contre moi. En même temps, je voulais tellement me montrer à la hauteur que je faisais tout de travers.

Il baissa la tête et posa le menton sur ses genoux.

– Je suis content que tout cela se soit bien terminé et j'ai eu le temps de penser à tout ça quand j'étais à l'hôpital. Je m'endormais, je me réveillais avec toi. C'est dingue, même quand tu n'es pas là, je te vois partout, je t'entends rire, parler, je sens ton parfum et je me dis que tu es là, quelque part, que tu vas surgir de n'importe où.

Aurélia revint se blottir contre lui.

– Pourtant, je n'ai rien de spécial à t'offrir. Je me sens démuni et plus d'une fois, je me suis dit qu'il fallait renoncer, que nos différences finiraient par tout gâcher. Et puis, tu es si belle, je suis conscient que tu pourrais avoir n'importe quel homme de ton choix, plus beau et plus riche que moi, c'est un fait indéniable.

Marco secoua la tête.

– Je n'ai pas réussi à t'oublier et encore moins à te chasser de mon cœur. Pour chaque raison que je trouvais de te fuir, j'en découvrais dix autres plus fortes de t'aimer. C'est fou, mais je ne peux renoncer à ce que tu as fait naître en moi. Tu comprends ? C'est plus fort que moi et on ne lutte pas contre son propre cœur à moins de se trahir ou de se mentir.

Alors qu'elle ouvrait la bouche, il ne lui laissa pas le temps de répondre.

– Je vis avec toi, je dors, je mange, je ris uniquement parce que tu n'es plus une illusion ou un rêve, non, parce que tu es bien vivante, tu as donné ton visage au bonheur. Renoncer à toi, c'est renoncer à vivre et j'en suis de plus en plus conscient. Je ne sais même pas comment te faire une déclaration digne de toi, je me sens faible et fort en même temps, comme jamais, tu me fais perdre les pédales pour un oui ou pour un non. Je ne sais pas… je ne sais plus… mais…

Sa voix se brisait maintenant sous le coup de l'émotion.

– Mais je t'aime Aurélia, comme jamais plus je n'aimerai aucune femme.

Elle lui fit tourner la tête vers elle. Une larme coulait lentement sur son visage.

– Pourquoi pleures-tu, Marco ?

Il toucha ses joues et regarda ses doigts humides.

– Parce que la vie sans toi, ce ne serait plus la vie et je ne sais pas comment te le dire. Je ne trouve pas les bons mots pour exprimer ce que je ressens. J'avais préparé des milliers de phrases pour te confier mes pensées et je n'y arrive pas.

Il dégagea son menton et contempla l'horizon.

– En fait, tu es mon début et ma fin, ma plus belle histoire et la dernière, je le sais déjà.

Son regard brûlant la fixa sans ciller.

– Tu es mon tout, l'unique, celle que je veux pour le restant de mes jours. En résumé, Aurélia, tu es mon Alpha et mon Oméga.

Elle se leva et s'agenouilla devant lui.

– Ne pleure pas, Marco, tu viens de me faire la plus belle des déclarations, espèce d'idiot !

Elle essuya ses dernières larmes avant de continuer.

– Dis-moi, comment peux-tu être si sûr de toi ? Nous n'avons même pas fait l'amour tous les deux, tu ne sais que peu de chose de moi et…

Il ne la laissa pas finir.

– Quelle importance ? Je connais ton âme, ça me suffit, Aurélia. Quant à faire l'amour, c'est bien la première fois que je pense à une femme sans avoir couché avec elle. Cela dépasse tout ce que j'ai pu ressentir jusqu'à présent, tu comprends ?

Elle hocha la tête et fouilla dans ses poches où elle récupéra un mouchoir blanc, joliment brodé, pour l'étaler entre eux. Elle prit du sable et le versa lentement sur le tissu avant de le replier soigneusement.

Il s'étonna.

– Que fais-tu ?

Elle rangea le tout et le fixa.

– Tu avais raison, Marco, c'est bien notre plage et j'en garde une poignée de sable pour m'en souvenir à tout jamais.

Il fronça les sourcils.

– Te souvenir de quoi ?

– De l'endroit où l'homme que j'aime m'a fait une déclaration d'amour à mourir.

Elle fit une pause, avança son visage près du sien et posa les bras sur ses épaules.

– Et pour me rappeler que c'est ici que nous nous sommes embrassés pour la première fois.

Aurélia n'eut qu'à se pencher et après une brève hésitation, il l'enlaça et prit possession de ses lèvres.

Épilogue

Le mois de septembre s'écoulait sous les meilleurs auspices. Non seulement l'arrière-saison était belle avec une température encore clémente, mais Aurélia et Marco avaient organisé des fiançailles afin de faire un pied de nez aux derniers événements qu'ils avaient traversés.

Pour parfaire leur revanche sur le destin, d'un commun accord, ils avaient décidé d'organiser leur petite fête dans la maison de Georges Massard d'Espan, là où tout avait commencé.

Le repas s'était déroulé au bord de la piscine, aujourd'hui réhabilitée. Toute la propriété avait été rénovée. Il ne restait que la décoration à revoir et Marco avait tranché la question. Avec Aurélia, ils enfileraient des bleus de travail et tous les deux se transformeraient en peintres, maçons, plombiers pour l'aménager entièrement à leur goût.

C'était Marco qui avait lancé l'idée de revenir vivre ici et elle avait dit oui tout de suite. Reprendre possession de ces lieux, tant chargés d'histoires communes, c'était se réfugier auprès de ceux qui avaient œuvré pour leur bonheur, sans vraiment le savoir ni en imaginer le caractère si improbable. Tous deux y possédaient des bribes de leur passé, plus ou moins connues, plus ou moins mystérieuses, et cela ferait sans doute un bon départ pour leur vie de couple. En attendant la fin des travaux, ils abritaient leur amour dans le petit studio de la rue des Martyrs.

Malek avait été invité, pas seulement au titre de ses fonctions ou de la profonde amitié qui le liait à Marco, mais bien pour accompagner Alexandrine, car depuis peu, ils vivaient une belle histoire et ne se séparaient plus, ce qui avait enchanté toute la famille.

Hugo et Alberte étaient métamorphosés et leur couple plus uni que jamais. Il faudrait du temps pour oublier, pour pardonner aussi, mais les efforts de leurs filles conjugués à leur bonheur retrouvé avaient renforcé l'entente des Massard d'Espan. D'ailleurs, Hugo avait renoncé à beaucoup de traditions et imposé, entre autres, la liberté de la vie privée et le tutoiement entre eux. Comme il aimait à le répéter, tous ces changements d'ordre personnel n'avaient pas entaché leurs affaires, plus florissantes que jamais.

La liste des invités se terminait avec Jean Boscari qui revivait complètement en partageant la joie de son protégé, transfiguré par l'amour d'Aurélia.

*

Aurélia contemplait le jardin et l'homme de sa vie, en pleine discussion avec son entraîneur. Tous les deux s'étaient mis à l'écart peu après le café et elle les couvait du regard. Aujourd'hui, elle était heureuse et vivait pleinement son bonheur de fille, de sœur et de femme. Avec ces fiançailles, elle savait que l'amour habiterait son cœur pour toujours et elle songeait déjà à la prochaine fête au cours de laquelle elle pourrait dire enfin oui à Marco.

Elle sentit une présence et sourit à sa sœur quand elle la prit par le bras.

– Alors, Alex, comment ça va avec Malek ?

– C'est génial et il est adorable comme tout, mais si tu laisses tomber ton fiancé, je te préviens, je te le pique sur-le-champ ! Il n'y a pas deux Marco sur terre, alors veille bien sur lui !

Elles échangèrent un sourire complice et Alex suivit son regard.

– Tiens, que font-ils là-bas ?

Aurélia fronça les sourcils et se fit plus attentive. Jean tendait quelque chose à Marco et, de leur place, ça ressemblait à des petits papiers ou une enveloppe. Elles étaient trop loin pour distinguer les détails. Elle eut beau écarquiller les yeux, cela n'y changeait rien.

– Je ne sais pas, je ne vois pas très bien ce que c'est.

Elle vit Marco ouvrir le pli et en extraire des feuillets… des feuillets jaunis. Aurélia comprit tout de suite.

– Oh, mon Dieu ! Je crois que…

La gorge nouée, elle se tut en voyant Marco les lire, passant lentement d'une feuille à l'autre, puis baisser la tête. Quelques minutes plus tard, il les laissait échapper et le vent les emporta au loin. Les larmes montèrent aux yeux d'Aurélia et Alex s'inquiéta.

– Mince ! Parle-moi… Que se passe-t-il ? Pourquoi fais-tu cette tête ?

La main devant la bouche, elle avait du mal à déglutir et à parler. Elle s'appuya sur le bras de son aînée.

– Tu ne comprends donc pas ?

Alexandrine fit non de la tête. Là-bas, Marco poussa un cri qu'elles entendirent et il prit Jean dans ses bras. Aurélia pleurait et souriait en même temps.

– Alex, ouvre donc les yeux ! Les feuilles jaunies, les carnets de Georges, le mystère de la naissance de Marco… Et là, devant toi, tu ne vois donc rien ?

Sa sœur fut submergée par une émotion brutale.

– Oh, ce n'est pas vrai ! Tu penses que… Jean… Alors…

Les deux sœurs se serrèrent l'une contre l'autre. Aurélia soupira et acquiesça.

– Oui, j'en suis sûr. Regarde-les… Marco a retrouvé son père !

Devant leurs yeux remplis de larmes, les deux hommes étaient tombés dans les bras l'un de l'autre et de toute évidence, ils pleuraient autant qu'elles.

Alex fronça les sourcils.

– Pourquoi Jean aurait-il attendu si longtemps ?

Aurélia regarda son aînée et haussa les épaules.

– Je n'en sais rien… et je m'en moque. Est-ce vraiment important ? Une promesse, sans doute, la peur de le perdre, un engagement pris auprès de sa mère… Va savoir ! En attendant, je ne vois que du bonheur devant moi.

Maintenant, Marco parlait avec de grands gestes, Jean l'écoutait et tous les deux s'essuyaient le visage, riaient et pleuraient en même temps, l'un comme l'autre ne tenant pas en place.

Aurélia et Alex les observaient, partageant de loin leur allégresse.

Un bras enlaça leurs épaules et les fit tressaillir. Leur père les avait surprises en arrivant sans faire de bruit. Lui aussi regardait l'allée où Jean et Marco échangeaient toujours avec effusion.

Aurélia l'observa longuement et finit par serrer affectueusement sa main.

– Tu le savais, n'est-ce pas ? Depuis le début, tu savais qui était son père.

Hugo hocha la tête, une lueur malicieuse au fond des yeux.

– N'oublie pas que j'étais très proche de Georges. Je savais beaucoup de choses sur lui, des détails très intimes et tous ses petits secrets comme les plus grands. C'était un homme généreux qui ne supportait ni l'injustice, ni le malheur des autres. Il adorait la mère de Marco, même si elle n'est restée qu'une employée de maison.

Elle se serra contre son père.

– Tu ne lui aurais jamais dit ?

– Ce n'était pas à moi de le faire, du moins pas tout de suite. Je n'ai fait qu'une modeste intervention.

Surprise, elle le fixa.

– Laquelle ?

– Quand je suis allé chercher Jean pour le prévenir de ce qui était arrivé, je me suis permis de lui dire que je savais tout et qu'il était temps de parler à son fils.

Elle secoua la tête.

– Bonjour le choc ! Que t'a-t-il dit ?

– Qu'il avait donné sa parole à la mère de Marco de ne jamais rien lui révéler.

Alex soupira.

– Ah bon sang ! Et que lui as-tu conseillé de faire ?

Hugo eut un sourire en coin.

– Je lui ai dit qu'une parole donnée à un amour disparu et enterré ne valait rien à côté de celle qui manquait à un amour bien vivant et dans l'ignorance.

Ses filles le contemplèrent avec admiration. Il reprit.

– Et regardez comme ils sont heureux. Il fallait beaucoup de courage à Jean pour affronter le regard de son fils.

Hugo soupira avant de reprendre.

– J'avais promis à Georges de faire quelque chose, au cas où. Finalement, tout s'est déroulé d'une autre manière et tant mieux. Mais cela, mes chères filles, restera un secret entre nous.

Alex hocha la tête, embrassa son père et partit rejoindre Malek, un sourire radieux aux lèvres. Hugo prit la main d'Aurélia et l'entraîna à son tour.

– Viens, Aurélia. Ils ont beaucoup de choses à se raconter et du temps à rattraper. Laissons-les tranquilles.

La jeune femme fronça les sourcils, tout à coup.

– Mais si Omar n'avait pas été mon fiancé, s'il n'avait pas été le pire des salauds, si Marco n'était pas tombé amoureux de moi, si…

Son père serra plus fort sa main, en riant.

– Chut ! Avec des si, on referait le monde, Aurélia. Le chemin de chacun est tracé à l'avance, au moins pour les grandes lignes.

Tout en marchant, elle réfléchissait.

– J'ai l'impression que Georges avait tout prévu ! Comme si…

Hugo acquiesça.

– Tu ne t'es jamais demandé pourquoi il n'avait pas couché Alex sur son testament, en cohéritière ? À l'époque où il l'avait rédigé, il ne pouvait pas savoir qu'elle renoncerait à tout pour gagner sa liberté. Moi, c'est ce détail que je trouve ahurissant ! À croire qu'il avait écrit lui-même toute l'histoire.

Aurélia secoua la tête. Comme tout cela était bien mystérieux. Elle regarda son père, en se serrant contre lui.

– Dis… La mère de Marco et Georges n'ont jamais été rien d'autre que des amis ?

– Je pense qu'il m'en aurait parlé, mais à vrai dire, je ne suis sûr de rien. Il était touché par le destin de cette femme issue de la noblesse italienne qui était tombée suffisamment bas pour épouser un mécréant, se faire battre comme plâtre et gagner sa vie en faisant des ménages afin d'élever son fils.

– Quelle horreur ! Pourquoi ne l'a-t-elle pas quitté ?

– Ces familles sont comme la nôtre, elles ne divorcent pas, et en Italie, c'est un crime pour l'Église.

Ils se retournèrent une dernière fois. Là-bas, Jean et Marco discutaient à bâtons rompus, assis sur le vieux banc où petite, alors qu'elle était Princesse, elle se perchait et guettait au loin son Prince charmant.

– C'est émouvant de les voir réunis. Je suis tellement heureuse pour eux.

En se retournant vers la maison, elle se figea. Pendant une seconde, elle crut voir devant la porte les silhouettes de Georges et d'une femme âgée qu'elle ne connaissait pas, tous les deux en train de rire avant de disparaître, main dans la main.

Hugo avait senti son trouble.

– Qu'est-ce qu'il y a, Aurélia ?

Elle pencha la tête.

– Je… Rien, désolée.

Émue par sa vision, elle compléta son propos d'une voix forte et enjouée.

– Ou plutôt si, il y a que Marco avait raison.

Aurélia ressentit une immense bouffée de bonheur l'envahir et ajouta.

– Depuis toute petite, j'étais sa promise et j'ignore par quelle magie, mais Georges devait le savoir. Peut-être était-il plus proche de la mère de Marco que tu ne le penses. Peut-être qu'il…

Son père fit une grimace.

– Parfois, il vaut mieux ne pas chercher à comprendre. Cela dit, j'avoue que tout ceci est très bizarre.

Hugo l'entraîna. Elle se tourna une dernière fois pour les regarder. Marco s'était allongé, la tête sur les cuisses de son père, et tous les deux discutaient.

Émue, elle ajouta à voix basse.

– Je suis son Alpha et son Oméga, comme il me l'a dit. Ou peut-être que Georges était le nôtre...

Dans la même collection

La Demoiselle de Rosling, Bernard Grandjean
L'année des amours buissonnières, Julie-Anne de Sée
French Girl, Julie Derussy
Soundless, Pauline Derussy
Conte de Fay, Tome 1. Blue, Caroline Costa
Plage Sainte-Anne, Joëlle Sancéau
Le Prince du désert, Joy Maguène

Gilles MILO-VACÉRI
www.milovaceri.com

LES ÉDITIONS DU 38
www.editionsdu38.com

contact@editionsdu38.com

38, rue d'Alger
31 290 Villefranche de Lauragais

La version numérique de ce titre est disponible
sur toutes les plateformes de téléchargement

Imprimé en France - 72327 - février 2025 - 14110 Condé-sur-Noireau
RapidBook, une marque du Groupe Corlet Imprimeur